Stefan Zackariat

Iassine Shaka – König von Afrika

Ein Fußball-Roman

Impressum

Bibliografische Information der Deutschen Nationalbibliothek:
Die Deutsche Nationalbibliothek verzeichnet diese Publikation in
der Deutschen Nationalbibliografie; detaillierte bibliografische Daten
sind im Internet über http://dnb.dnb.de abrufbar.

© 2020 Stefan Zackariat

Lektorat, Korrektorat und Buchsatz: Stefan Zackariat
Covergestaltung: Thomas Zackariat

Herstellung und Verlag: BoD – Books on Demand, Norderstedt

ISBN: 978-3-7504-8710-9

02. Juni 2025 (20 Jahre alt)

@1GPontee
Was für ein *****sohn.

@NiceNizzaNice
Unfassbar :o Wie kann man nur so geldgeil sein? Der
Fußball stirbt einen weiteren Tod.

@LePariser06
Jetzt kann der König mit den Fürsten frühstücken. :D Nur
noch lächerlich.

@DanielDanielsonYesx3
Putain de Paris - Verräter. Mehr kann man dazu nicht
sagen. Der kann was erleben, wenn er wieder in unsere
Stadt kommt.

@IbringLaposte9
Zitat:
Was für ein *****sohn.
Zitatende

Das hat ja nicht lange gedauert, bis die verbitterten
auftauchen. :D
Reisende soll man nicht aufhalten. Wenn er auf seiner
Reise viel Geld machen will, dann soll er halt machen.
Paris wird daran nicht zu Grunde gehen, im Gegenteil,
Spieler mit einer besseren Mentalität werden uns zurück an
die Spitze führen.
Ici c'est Paris

@Robespiére22
Hahaha, da lacht das Herz. Das größte Talent der Welt
verlässt Paris, weil er lieber in der Wüste kicken will.
Seid wohl doch nicht so groß, wie ihr dachtet. Europa
zieht uns davon, aber immerhin wird die Liga mal wieder
spannender.

@RororobertoCafu
Was für ein steiler Abstieg unseres Königs #PutainDeParis
Ich weiß nicht, ob ich lachen oder heulen soll.

@ZverevGOAT
Ein schwarzer Tag für den Fußball. Während Menschen
auf der ganzen Welt hungern, stopft er sich das Maul voll
mit mehr Scheinen, als man drucken kann. #PutainDeParis

Iassine drückte den Knopf am Rande des Tablets. Das Display
wurde schwarz. Lang atmete er ein und wieder aus. Den gesamten Flug über hatte er sie gelesen, die Stimmen der Zuschauer,
der Fans und Experten. Keinen einzigen positiven Kommentar
fand er, höchstens verständnisvoll zeigten sie sich, doch verstanden nicht.

Sie sahen nur das Gehalt, das in den Medien herumgeisterte
und folgten der alten Formel: Spieler X wechselt von Team 1 zu
Team 2. Bei Team 2 verdient er mehr Geld als bei Team 1. Ergo
ist er nur wegen des Geldes gewechselt. Iassine dachte über die
Hasskommentare nach. Vielleicht konnte er sie eindämmen?
Eine Erklärung geben? Er selbst hatte sich noch gar nicht zu
dem Transfer geäußert.

Wieder drückte Iassine den Knopf am Display, wischte über
den Sperrbildschirm. All seine Gedanken sammelte er und
schrieb sie in königlicher Diplomatie nieder, doch nach kurzem
Überlegen löschte er sie wieder. Er atmete aus. Nur wenige Minuten später meldete sich der Pilot. Der Landeanflug begann –

Abidjan, Elfenbeinküste. Seine Mutter hatte ihn eingeladen. Es war das erste Gespräch Iassines mit seinen Eltern, seitdem der Wechsel zu Al-Rayyan verkündet wurde.

Gemeinsam saßen sie am Tisch. Nubia wollte gerade aufstehen, um abzuräumen, als Iassine sich räusperte und wohl überlegte Worte sprach: „Also, Mama, Papa, ihr habt in den letzten Tagen und Stunden schon viel gehört über den Wechsel von mir zu Al-Rayyan. Und ich wollte wirklich, dass ihr die Wahrheit von mir persönlich erfahrt, aber ihr wisst ja, wie das abläuft: Zuerst kann man gar nicht genug Stillschweigen vereinbaren, doch wenn's dann final ist, platzen sie nur so damit heraus."

Iassine lächelte. Nubia sah hinüber zu Didier, der seinen Sohn schon den gesamten Abend mit funkelnden Augen strafte. Während seine rechte Hand am Ohrläppchen herumzog, kaute er unablässig auf seiner Unterlippe herum. Einige Sekunden herrschte eine unheimliche Stille, in der Iassine nur das Mahlen seiner Zähne hörte. Doch plötzlich schüttelte Didier den Kopf: „Du kannst nicht nach Katar gehen."

Überrascht runzelte Iassine die Stirn. „Was soll das denn heißen? Ich habe keine Lust mehr auf Paris! Eine ganze Saison wird da heruntergebrochen auf zwei Spiele! Das sind lächerliche Ansprüche! In Katar kann ich endlich wieder befreit aufspielen … und ich verdiene da knapp 30 Millionen Euro im Jahr! Da sind die Werbeeinnahmen noch nicht mal mit eingerechnet. Das ist eine … das ist eine Menge Geld, wir haben ausgesorgt, Papa. Für immer haben wir ausgesorgt … Aber es geht nicht ums Geld." Unter dem Tisch ballte Iassine wütend seine Faust. Warum redete er vom Geld?

Nubia schaute abwechselnd von ihrem Gatten zu ihrem Sohn. Als sie das Jahresgehalt hörte, wiederholten ihre Lippen stumm die genannte Summe. Eine unwirkliche Zahl konnte in ihrem Kopf keine Relation zur Realität finden. Sie sah wieder hinüber zu Didier, der seine Paris-Cap vom Kopf zog, sie auf dem Tisch ablegte und sich mit den Händen durchs Gesicht fuhr. Ruckartig stand er auf. Die hölzernen Beine schrammten über den Holzboden, als er den Stuhl nach hinten schob, bevor er wortlos den Esstisch verließ. Kurz darauf hörten Iassine und Nubia, wie die Tür des Wohnzimmers sachte ins Schloss fiel.

„Ist schon gut, Iassine, schon gut. Lass deinen Vater machen. Er ist stolz auf dich, das weißt du", brach die Mutter eine unangenehme Stille. Iassine blieb ruhig, reagierte nicht auf die aufmunternden Worte. Stattdessen wischte er sich mit einer Serviette den Mund ab und verließ genauso wortlos das Haus, suchte Ruhe auf der Terrasse.

Ebenfalls stumm räumte Nubia das Geschirr vom Tisch, ehe sie ihrem Mann in das Schlafzimmer folgte.

„Er hasst mich", seufzte Didier.

„Was? So ein Unsinn!" Nubia setzte sich neben Didier auf die Bettkannte. „Das tut er nicht."

„Ziné, er ist mein Ziné. Er sollte groß werden."

„Aber er wird 30 Millionen im Jahr verdienen, das ist doch groß."

„Du verstehst das nicht."

„Fang bloß nicht so an! Ich weiß, dass du eine große Karriere für ihn geplant hattest, aber denk doch mal an die Familie! Wir geben zurzeit 50.000 Euro im Jahr aus, höchstens, und sogar das kommt schon von Iassine. Bei unserem Lebensstil könnten Generationen nach uns 600 Jahre von seinem Verdienst leben … und das nach nur einer Saison! Wir können anderen helfen, wo wir wollen! Wir–"

„Wir brauchen nicht so viel Geld, Nubia! Niemand braucht so viel Geld!" Didier stand auf. „In Paris hätte er locker 15 Millionen verdient, das sind dann wieviel? 300 Jahre? Reicht uns das nicht? Seit wann? Der Junge hat in Staub und Sand Fußball gespielt und jetzt reichen 15 Millionen nicht mehr? Und es ist nicht nur das Geld! Er kriegt Prestige, Ansehen, Fans, Frauen, alles was er braucht! Aber nein, es muss mehr Geld sein. Noch mehr, immer noch mehr."

„Es ist nicht das Geld!" Beide drehten sich um. Iassine stand im Türrahmen. Er hatte die aufgebrachten Stimmen hinter dem dünnen Holz gehört. „Ihr wisst gar nicht, wie das ist! Diese Scheinheiligkeit! Der Präsident verehrt den Trainer und feuert ihn am nächsten Tag. Die Fans feiern unsere Siege, doch wenn man eine Halbzeit schlecht spielt, wenn man den Ball nur mal hinten rumspielt, dann pfeifen sie!"

„Was sind denn schon ein paar Pfiffe?", warf Didier ein.

„Nicht nur die Pfiffe, sondern das, was sie transportieren! Die ganze Zeit unter Beobachtung zu stehen, keine Fehler machen zu dürfen. Dabei sind 99% davon keine falschen Entscheidungen, sondern pures Pech! Du kennst mich, Papa, ich mache keine Fehler! Für mich ist das kein Problem, wenn mich mal jemand auspfeift. Aber wenn mir ahnungslose Zuschauer erzählen, wie ich mein Spiel zu spielen habe, dann macht das keinen Spaß!"

Kurze Ruhe gefolgt von leisen Worten Didiers: „Du warst der Golden Boy." Sofort seufzte Iassine auf, aber Didier sprach mit lauter Stimme darüber hinweg: „Ist dir das überhaupt klar?"

„Natürlich, Papa!"

„Der Golden Boy! Das größte Talent der Welt! Was für eine Karriere für dich vorgesehen war!"

„Aber offensichtlich will ich diese Karriere nicht! Ich will Spaß am Spiel!"

„Du willst das Geld! Hör auf mich anzulügen! Nicht deinen Vater!" Didiers Nasenspitze berührte fast die seines Sohnes.

Iassines Augen blitzen hinüber zu seiner Mutter, die einfach nur auf dem Bett saß. Dann verließ er wutentbrannt das Zimmer, schlug die Tür hinter sich zu. Noch im Auto, vor roten Ampeln, suchte er nach Flügen Richtung Paris. Im Hotel wurde er schließlich fündig. Am nächsten Morgen, 5:27.

03. Juni 2025 (20 Jahre alt)

„Hey, Iassine, hey", rief einer der Fluggäste.

Mit hochgezogenen Augenbrauen drehte sich Iassine um.

„Gibst du mir ein Autogramm?"

„Haben Sie einen Stift?"

Eilig klopfte sich der Passagier die Taschen ab, bis er in der Brusttasche seines Hemdes fündig wurde: „Hier, unterschreib einfach auf … ähm … einfach … verdammt."

„Sollten wir vielleicht lieber ein Foto machen?", lachte Iassine.

„Das wäre super", freute sich der Passagier. Eilig zückte er sein Smartphone, streckte seinen Arm um die hohen, breiten Schultern des Fußballers.

„Hey", rief jemand von der Seite. „Putain de Paris! Verdammter Verräter!"

„Tut mir leid", flüsterte der Fan, drückte auf den Auslöser.

„Schon gut." Schnellen Schrittes verließ Iassine das Terminal. Ehe er sich versah, saß er im Flugzeug, setzte sich die Kopfhörer auf, holte Schlaf nach. Über dem Mittelmeer weckten ihn die zarten Bässe der Musik. Zwei Stunden später wackelte das Flugzeug zum Landeanflug. Bereits am Kofferband bemerkte er die Presse und zahlreiche Zivilisten, die in der Eingangshalle warteten. In Abidjan musste der Fan sein Foto hochgeladen haben. Soziale Netzwerke hatten es gesehen, waren aufmerksam geworden.

Augenrollend zog Iassine seinen Koffer vom Band, stürmte durch das Blitzlicht, vereinzelte Fragen der Medien blieben hängen.

„Einige Worte zu den Aussagen Ihres Beraters?"

„Haben Sie Ihr Comeback nach Europa bereits geplant?"

„Wie lange bleiben Sie in den Emiraten?"

Zwischen die Fragen mischten sich die zur Gewohnheit gewordenen Beschimpfungen der Pariser Anhängerschaft.

„Verdammtes Arschloch, verschwinde aus unserer Stadt!"

„Putain de Paris, niemand will dich hier."

„Nimm dein Geld und hau ab, man!"

Sie entwickelten sogar neue Gesänge. Doch aus dem früheren Roi de Paris, dem König, wurde der Putain de Paris. Noch am Taxi klopften Journalisten und ehemalige Fans an das Fenster, schlugen teils mit voller Wucht gegen die Karosserie. Mit einem Wisch über die Kopfhörer machte Iassine die Musik lauter, bevor er auf dem Smartphone den Namen seines Beraters suchte.

„George Mendes News"

Sofort präsentierten sich zahlreiche Websites, die allesamt Auszüge aus dem aktuellen Interview des Beraters zeigten. Auf der Suche nach der Originalquelle stolperte er besonders über eine Überschrift: „Shaka Berater Mendes ‚nicht glücklich' über Wechsel".

„Verflucht, Georges, was hast du erzählt?", murmelte Iassine vor sich hin. Doch schließlich fand er das Original-Interview.

„In den letzten Jahren haben sie vielleicht mitbekommen, wie Iassine mehr und mehr die Last des ganzen Vereins tragen musste. Aber egal wie gut er gespielt hat, egal wie reif er wirkte, man hat nie vergessen dürfen, dass da ein Jugendlicher auf dem Platz stand. Ein Jugendlicher, der noch vor dem 20. Geburtstag zum König ernannt wurde. Vier Jahre in Paris, vier großartige, vier sehr erfolgreiche Jahre in Paris hat er hinter sich gebracht, aber immer mit einem Haken. Das wiederholte Scheitern in den wichtigsten Augenblicken – dazu gehören auch die ausbleibenden Nominierungen für die Nationalmannschaft – wurde dem König nicht nur zur Last, sondern zur Qual. Zu scheitern gehörte nicht zu seinem Plan. Und was tut ein König, wenn er scheitert? Entweder er geht freiwillig, oder er wird gegangen. Iassine hat sich für Ersteres entschieden."

„Bereuen Sie den Wechsel?"

„Natürlich bin ich nicht glücklich darüber. Mit Iassine können wir noch immer Großes erreichen. Ich hoffe, dass sein Ausflug in die Emirate nur von kurzer Dauer ist und er sein eigentliches Ziel nicht aus den Augen verliert."

Erleichtert atmete Iassine aus, weniger schlimm als er erwartet hatte. Plötzlich bremste der Fahrer. Iassine sah durch das Fenster zum Eingangstor inmitten einer langen Mauer. Fußballfans belagerten sie wie die Mauer einer mittelalterlichen Burg, doch wandten sich rasch dem Taxi zu.

„Herr Gott … fahren Sie rein." Iassine drückte einen Knopf in seiner Hosentasche, das Tor öffnete sich. Langsam rollte das Taxi an den Menschen vorbei, die glücklicherweise hinter den Mauern zurückblieben.

„Wenn Sie einen ernsthaften Schaden am Auto haben, dann rufen Sie diese Nummer an." Iassine zog ein kleines Kärtchen aus seinem Portemonnaie, als sie vor der Villa hielten. „Die helfen Ihnen."

„Ich will Ihr dreckiges Geld nicht." Der Fahrer sah sich nicht einmal um.

„Okay", hauchte Iassine, ließ die Karte auf den Sitz fallen, stieg aus dem Taxi und holte seine Tasche aus dem Kofferraum. Sofort sauste das Auto davon. Iassine ließ sich auf die steinige Auffahrt fallen. Minutenlang genoss er die Stille, einzelne Vögel sangen. Beleidigungen, Pöbeleien, Respektlosigkeiten gerieten in kurze Vergessenheit.

Dann vibrierte sein Smartphone. Zwar war ihm die Nachricht auf dem Display nicht wichtig, aber sie erinnerte ihn daran, dass er seinen Berater Mendes anrufen wollte. Es klingelte zweimal, bevor sich der Berater meldete.

„Iassine, was kann ich für dich tun?"

„Keine Ahnung, ich dachte, ich müsste was für dich tun."

„Wie kommst du darauf?"

„Wegen deiner Aussagen – Ich werde überall damit konfrontiert."

„Ach Gott, Iassine, tut mir leid, ich habe mich da hinreißen lassen. War doch nur ein Nebensatz."

„Nein, nein, ich verstehe dich … deine Aussagen. Aber vielleicht hätte ich dich früher verstehen sollen."

Stille am anderen Ende.

„Ich habe nie wirklich mit dir darüber gesprochen, nie gefragt, was du von dem Wechsel hältst. Es tut mir leid."

„Komm schon, Iassine, was redest du? Ich bin dein Berater, ich mache meinen Job und du machst deinen. Du wolltest wechseln, also sind wir gewechselt."

„Aber vielleicht habe ich einen Fehler gemacht. Alle hassen mich, alle! Die Fans, die Journalisten, die Menschen. Mit Pierre oder Ruud habe ich seit Tagen nicht gesprochen, sogar mein eigener Va–"

„Iassine!", rief Mendes dazwischen. „Du warst erst einmal in Katar, nur zur Vertragsunterschrift, klammheimlich. Wie kannst du jetzt schon zweifeln? Klar, Frankreich solltest du vielleicht erstmal meiden, aber in Katar lieben sie dich. Du bist der größte Star des Landes. Du bist der König im Verein eines Prinzen. Verstehst du die Metapher?"

„Ich bin größer als der Clubbesitzer?"

„Sag ihm das bloß nie ins Gesicht! … Keine Ahnung wie die Strafen in dem Land aussehen."

Ein Grinsen stahl sich auf Iassines Lippen. „Na, jetzt habe ich überhaupt keine Angst mehr."

Georges lachte auf. „Mach dir einfach keine Sorgen. Die Fußballwelt ist schnelllebig. Bald hat dich jeder vergessen." Sofort räusperte sich der Berater. „Das klang falsch."

„Schon gut", wickelte Iassine ab. „Danke, dass du für mich da bist und dass du mich nicht hängen lässt."

„Dafür bezahlst du mich schließlich." Iassine konnte das Zwinkern sogar durch die Lautsprecher spüren. „Wir sehen uns bei deiner offiziellen Vorstellung. Genieß bis dahin den Afrika-Cup."

15

Eben diesen Afrika-Cup hätte Iassine am Liebsten vergessen, aber der „Größte Sommer Afrikas" nahm medial alles unter Kontrolle. Der afrikanische Fußball rückte international in den Vordergrund. Sie bauschten das Ereignis zu einer Revolution auf. Überall warb man mit den großen Stars, die am Wettbewerb teilnahmen. Domenéc Touré, Alassane Diallo, Ousmane Baghdad und natürlich Rudolph Koné waren nur einige der Namen. Iassine hatte bereits mit ihnen zusammengespielt, aber er selbst würde nicht teilnehmen.

Der ewige Streit mit dem Nationaltrainer der Elfenbeinküste, Vincent Bakaray, verhinderte seine Nominierung – trotz zahlreicher Titel, trotz seines Stammplatzes in Liga, Pokal und Champions-Liga, trotz überzeugender Auftritte gegen die ganz großen Vereine Europas. Dem wohl talentiertesten Spieler der Welt blieb aufgrund einiger weniger falscher Worte die Nationalmannschaft verwehrt.

Iassines größtes Problem daran war, dass Bakaray wahrscheinlich Trainer bleiben konnte, solange er wollte. Wie sich allmählich zeigte, war Iassine Teil einer goldenen Generation. Überall in Europa sprossen großartige ivorische Talente aus dem Boden, versprachen dem Nationaltrainer größtmöglichen Erfolg. Entsprechend galt die Elfenbeinküste als großer Favorit auf den Titel bei dem anstehenden Turnier.

Jo, Pierre, bock auf Afrika Cup am Samstag?

Große Lust darauf, das Turnier allein zu verfolgen, hatte Iassine nicht. Sein deutscher Freund und ehemaliger Teamkollege sollte ihn ablenken. Nur einige Häuser weiter wohnte Peter „Pierre" Hennings, den die Öffentlichkeit aufgrund seiner kämpferischen Spielweise respektvoll den „General" nannte.

Sorry, bin im Urlaub. Warum bist du nicht in der Heimat?

Wuchtig warf Iassine sein Smartphone in die Kissen seines Sofas. Aus der Tasche kramte er das Tablet hervor, öffnete eine Meldung über Mendes' Aussagen und versank in den Kommentaren.

07. Juni 2025 (20 Jahre alt)

„Und … jetzt … ist es rum, ja. Die hochfavorisierten Elefanten der Elfenbeinküste verlieren ihr Auftaktspiel beim wohl größten Afrika-Cup aller Zeiten. Extrem intelligente und vor allem extrem effiziente Tunesier ließen fast keine Chancen zu, und nutzten ihrerseits die seltenen Kontergelegenheiten.

Die Elfenbeinküste gerät damit schon früh unter Druck und es ist eindeutig, woran das Team arbeiten muss. Trotz überzeugenden 70 Prozent Ballbesitz gelang es dem Team kaum, Torchancen zu kreieren. Der junge Zehner Owusu konnte seine Kreativität kaum einbringen, ließ sich immer wieder von der engen Manndeckung unter Druck setzen – und er war diesem Druck heute schlichtweg nicht gewachsen."

„Tja, Owusu ist eben kein Spielmacher", seufzte Iassine und durchforstete die französischen Foren. Seit vier Tagen hatte er sich in seine Villa zurückgezogen. Vor den Toren war inzwischen ein „Zu verkaufen"-Schild aufgestellt worden. Essen bestellte er, manchmal kam es an, manchmal hungerte er. Auf dem Laufband konnte er sich einigermaßen fithalten, bevor er in drei Wochen nach Katar aufbrechen sollte.

Einige Tage später spielte die Elfenbeinküste ihr zweites Spiel gegen Burkina Faso. Im Turnierverlauf hatten sich viele Favoriten schwergetan, auch die schwächeren Teams Afrikas hatten sich taktisch verbessert. Ihr Fokus lag meist auf der Defensive, teilweise grundlegendster Fußball. Selten fielen Tore, torlose Unentschieden standen auf der Tagesordnung. Entsprechend ernüchternd war der größte Afrika-Cup aller Zeiten für viele Zuschauer.

In Iassines Kopf schwirrten die Gedanken. Die Aufstellung überraschte ihn. Owusu spielte wieder als Spielmacher im Zentrum. „Zieh ihn zurück", dachte Iassine. „Mach Tempo über Außen und warte nicht auf geniale Pässe." Auf dem Fernseher lief Vincent Bakaray die Seitenlinie entlang, um den gegnerischen Trainer zu begrüßen.

„Langweilig! Es gibt Spiele, da siehst du Offensivspektakel, es gibt Spiele, die taktisch geprägt sind. Aber heute? Das ist einfach ideenlos, uninspiriert, langweilig … Und wieder über Koné. Die Ivorer schieben sich die Kugel hinten ,rum, als hätten sie ihr Auftaktspiel mit 4:0 gewonnen, aber wenn hier Burkina Faso ein Tor schießt, dann sind sie raus."

Plötzlich nahmen Spieler in dunkelgrünen Trikots Tempo auf. Über drei Stationen gelang der Ball schnell vom eigenen Strafraum in die gegnerische Hälfte. Von Linksaußen sprintete einer der Flügelspieler Richtung Sechzehner, zwei Verteidiger reihten sich vor ihm auf, doch er spielte den Ball geschickt zwischen beiden hindurch. Von der anderen Seite erlief sich der Stürmer den Pass und lupfte ihn mit dem ersten Ballkontakt aus elf Metern über den herausstürmenden Torwart in die Maschen. Burkina Faso führte mit 1:0.

Iassine riss es vom Sofa. Würde seine Elfenbeinküste etwa ausscheiden? Aufrecht stand er vor dem Fernseher, bis der Schiedsrichter zur Halbzeit pfiff. Langsam ließ er sich wieder auf die Kissen fallen. Allzu gut konnte sich Iassine vorstellen, wie Bakaray seine Spieler zusammenfaltete, sie anschrie, ihnen Können abverlangte, aber kein Wissen vermittelte. Ein Wechsel leitete den zweiten Durchgang ein. Für Owusu kam Montplaisir

Matayo. Der suchte sich seinen Platz an der rechten Seitenlinie, während der bisherige Rechtsaußen zum Spielmacher umfunktioniert wurde.

Ungläubig stieß sich Iassine seine Fernbedienung immer wieder gegen die Stirn. Das Spiel der Ivorer wurde nicht besser, im Gegenteil – die zunehmende Angst vor dem Ausscheiden ließ sie unvorsichtig werden. Burkina Faso spielte immer mehr Konter aus, oftmals mehr schlecht als recht, doch kamen sie dem 2:0 deutlich näher.

„Du Idiot", rief Iassine laut aus, als Bakaray seinen Jugendfreund Rudolph „Ruud" Koné auswechselte. „Hauptsache einen großen Stürmer vorne drin, der auch keine Bälle bekommt!"

Tatsächlich brachte der inzwischen dritte Stürmer keine weitere Torgefahr. Stattdessen entwickelte sich die ivorische Hintermannschaft in einen vogelwilden Haufen. Angriff über Angriff rollte über die Elfenbeinküste hinweg, Burkina Faso musste gar nicht viel riskieren. Zwei, drei Spieler reichten aus, um die ivorische Verteidigung zu beschäftigen. Der Rest kümmerte sich um die Defensive, doch Tore fielen keine.

„Was machst du denn?", fragte Iassine den Bildschirm, als Matayo wieder einen hohen Ball geradewegs in die Arme des Torwarts flankte. Zeitschindend warf sich der Torwart auf den Boden, vergrub den Ball unter sich. Als er sich langsam wieder aufrichtete, schielte der Schiedsrichter kurz auf seine Uhr und pfiff das Spiel ab.

Iassines Smartphone vibrierte, eine App meldete sich. Die Elfenbeinküste war aus dem Afrika-Cup ausgeschieden. Langsam lehnte er sich zurück. Erst jetzt bemerkte er, wie sehr ihn das Spiel mitgenommen hatte. Wieder vibrierte das Smartphone.

Was war da denn los? :o

Ein Grinsen huschte über Iassines Antlitz. Er hatte keine Ahnung. Aber bevor er antworten konnte, zog der Afrika-Cup wieder das Interesse auf sich. Bakaray verschwand schnellen Schrittes in der Kabine, die Spieler in den grell orangenen Trikots standen hilflos vor den mitgereisten Fans. Sie konnten ebenfalls nicht fassen, was gerade geschehen war. Die Zuschauer pfiffen nicht, der Schock ließ sie verstummen.

Iassine entdeckte Ruud, regungslos starrte er in den hellblauen Himmel. Ein Schnitt auf die jubelnden Spieler, den jubelnden Anhang Burkina Fasos. Doch bald wurden wieder die Elefanten gezeigt, die stumm in die Kabine schlichen. Eilig zückte Iassine sein Smartphone, wischte das Gespräch mit Pierre zur Seite, schrieb Ruud.

> **Tut mir Leid, man. In einem Jahr ist WM, da läuft's besser.**

Eine gefühlte Ewigkeit wartete Iassine auf die Antwort, kaum 20 Minuten.

> **Hoffentlich dann mit dir. Bakaray tritt zurück. Halt dich bloß fit.**

„Was?", flüsterte Iassine, während er die Worte immer und immer wieder las. Ein Scherz? Rasch überschlug er die vergangene Zeit. Zwanzig Minuten, davon zehn Minuten duschen … und dann? Ansprache, Rede, Worte des Trainers, der seinen Rücktritt verkündete.

„Verflucht", murmelte Iassine, bevor er eilig einige Worte in sein Smartphone drückte. Er musste die Pressekonferenz sehen, die obligatorisch nach dem Spiel abgehalten wurde. Beide Trainer mussten dort sein, beide Trainer würden reden, verkünden.

Doch während Iassine immer verzweifelter nach einer Plattform suchte, die die Pressekonferenz live übertrug, schob sich das Banner einer App von oben in das Suchfeld – eine heimische, eine ivorische App.

„Nationaltrainer Vincent Bakaray verkündet Rücktritt"

Tränen schossen Iassine in die Augen. Bakaray trat tatsächlich zurück. Plötzlich war sie da, die Chance. Die Chance, endlich für die Nationalmannschaft auflaufen zu können, endlich das grell orangene Trikot tragen zu können, endlich ein Elefant sein zu können.

Als Iassine mit fünf Jahren das Fußballspielen begonnen hatte, war das sein Ziel gewesen. Als er gesehen hatte, wie die ghanaische Nationalmannschaft bei der Weltmeisterschaft 2010 in Südafrika stellvertretend für den gesamten Kontinent um das Halbfinale betrogen worden war, war das innere Feuer entflammt. Es hatte ihn getrieben. Er musste besser sein, er musste größer sein, er musste dieses Halbfinale, das Finale und schließlich den Titel erreichen. Doch jetzt spielte er in Katar. Welcher Weltmeister spielte in Katar?

Sofort sprang Iassine vom Sofa aufs Laufband. Er verließ wieder sein Haus, ignorierte die Anfeindungen der fremden Menschen, im Auto hörte er sie kaum. Er suchte das Pariser Vereinsgelände auf, für vierzehn Tage galt sein Vertrag noch. Im Fitnessraum war er ganz allein, alle anderen Spieler waren noch im Urlaub, auf Veranstaltungen. Doch Iassine trainierte knapp zwei Wochen auf höchstem Niveau, bis er ein Taxi in Richtung des Flughafens rief.

„Ach du heilige … Wenn das nicht Iassine Shaka ist!", rief der Taxifahrer. „Das kannst du dir abschminken, Putain de Paris."

„Verfluchter …!", schrie Iassine dem davonrasenden Taxi hinterher, doch stand verlassen an seinem Tor. Wütend trat er seinen Koffer um, bevor er sein Smartphone zückte, einen Anruf tätigte. Eine Viertelstunde später keuchte ein dicklicher, alter Mann um sein Auto, öffnete den Kofferraum, in den Iassine seine Sachen werfen konnte.

„Ich kann dir gar nicht genug danken, Reinier", lächelte er, als er sich neben den Fahrer des Pariser Mannschaftsbusses setzte. Dieser antwortete seinerseits mit einem fetten Grinsen.

„Immer gerne, Junge. Du bist ein Guter."

„Du bist nicht sauer wegen meines Wechsels, oder?"

„Unsinn, Unsinn", winkte Reinier ab, während er losfuhr. „Ici c'est Paris, schon vergessen? Wir sind royal, wir sind würdevoll. Das ändert sich nicht, nur weil mal ein Spieler wechselt."

„Erzähl das mal den ganzen Fans", seufzte Iassine.

„Lass ihnen ihre Emotionen, Junge, sonst stirbt der Fußball."

Iassines Zähne mahlten aufeinander. Reinier hatte Recht. Doch die Emotionen verfolgten Iassine einmal mehr auch am Flughafen. Anfeindungen mischten sich mit Fragen von Fotografen, die irgendwie Wind davon bekommen hatten, wann er nach Katar fliegen würde.

„Putain de Paris", waren die letzten Worte, die er hörte, bevor er in das Flugzeug stieg. Sieben Stunden konnte er sich entspannen, die Ruhe genießen, bevor sich wieder alle auf ihn stürzen würden. Einige Serien versprachen ihm Ablenkung.

26. Juni 2025 (20 Jahre alt)

„Masaa'An-nur", flüsterte Iassine, „Masaa'An-nur …"

„Das klingt doch schon sehr gut, Herr Shaka. Da werden sich die Menschen freuen", überraschte ihn die Stewardess. „Trotzdem muss ich Sie bitten, sich jetzt anzuschnallen. Wir beginnen den Landeanflug."

Iassine schielte auf seinen Bildschirm, bevor er antwortete: „Shukraan." Sie lächelte und widmete sich den anderen Fluggästen. Seit fünf Minuten erst beschäftigte sich Iassine mit der fremden Sprache. Über den Sandwüsten Arabiens war sie ihm eingefallen. Doch die wenigen Brocken, die ersten Wörter mussten reichen, dachte Iassine, schließlich fängt man ja auch das Fußballspielen nicht mit einem Fallrückzieher an.

Aus dem Flugzeug aussteigend erwartete Iassine gewohnheitsgemäß Anfeindungen irgendwelcher Franzosen, irgendwelcher Fußballfans aus der ganzen Welt, doch überraschte ihn etwas vollkommen Anderes.

Ein wahres Gewitter ergoss sich über ihn. Journalisten und Fotografen blitzten nur so vor sich hin, während hinter ihnen hunderte Fans aus Al-Rayyan aufschrien und sangen. Sie trugen die roten, die schwarzen Trikots ihres Vereins, sie schwangen die Fahnen mit dem Vereinswappen, dem grünen Lorbeerkranz, dem rot-schwarzem Fußball darauf, der Fackel. Sie rissen ihre Schals in die Höhe, darauf hoffend, dass Iassine ihnen seine Aufmerksamkeit schenkte.

„Hier entlang, Herr Shaka." Plötzlich fühlte er eine Hand auf dem Rücken, die ihn sachte aber bestimmt gen Ausgang führte. „Wir haben alles für Sie vorbereitet."

Mit einem Blick bemerkte Iassine, dass sein Begleiter ungefähr so groß war wie er selbst – knappe zwei Meter. Auch die Schultern waren in etwa so breit wie die des Profifußballers, doch elegant versteckt hinter einem teuren Anzug. Das kleine Earpiece im Ohr des Arabers verriet ihn als Sicherheitsmann, der anscheinend vom Verein bereitgestellt worden war.

„Wohin geht's denn?", schrie Iassine durch den Trubel um sie herum.

„Direkt in Ihr Haus, wenn Sie das wünschen", kam die laute Antwort.

„Einen Moment noch", rief Iassine, bevor er abrupt stehen blieb. Beim Versuch, sich zu drehen, stieß er einem Fotografen fast dessen Kamera aus der Hand. Überall waren Menschen. Er hatte kaum einen Meter Platz, um sich zu bewegen.

„Any words", forderten die Journalisten, während sie ihm Mikrofone und Smartphones direkt ans Kinn hielten. Fast verbeugten sie sich unter der Last der nachdrängenden Massen.

„Masaa'An-nur", antwortete Iassine in eines der bunten Mikros. Hinter den grinsenden Journalisten schrien die Fans vor Begeisterung auf. „Und Shukraan … für alles hier. Ihr seid großartig."

Plötzlich brannte ein rotes Licht im Meer der Menschenmassen auf. Am Ende des Terminals hatte jemand Pyrotechnik und Leuchtfeuer gezündet, sodass die gesamte Halle in einem tiefen roten Nebel versank.

„Jetzt schnell raus hier!", rief der Sicherheitsmann in Iassines Ohr.

„Ist das nicht verboten?", fragte Iassine, während er beiläufig den zahlreichen Fans nachwinkte.

„Natürlich ist es das. Deswegen müssen wir ja raus." Bevor Iassine verstand, was der Sicherheitsmann meinte, heulte ein schriller Ton auf. Gerade als die Security die Tür nach draußen aufstieß, ergoss sich ein großer Schwall Wasser über die Menschen hinter ihnen.

Trotz der drängenden, teilweise klatschnassen Journalisten und Fans schaffte es Iassine, die Autotür eines großen SUVs zu öffnen, sich hineinzusetzen und die Tür vorsichtig wieder zuzuziehen. Das Geschrei und Getümmel verkümmerten zu einem dumpfen Brummeln.

„Bonjour, Monsieur. Mein Name ist Ouattara Hamad, wohin darf ich Sie fahren – direkt zur Insel?"

Fast hätte Iassine die Worte nicht gehört, weil er unablässig versuchte, hinter den abgedunkelten Fenstern etwas zu erkennen. Entsprechend kurz war seine Gegenfrage: „Insel?"

„Oui, Monsieur, dort steht doch Ihr Haus", antwortete der Fahrer stets höflich, obwohl sein Gast nicht ganz bei der Sache war. Aber bei diesen Worten sah Iassine auf.

„Achjaaaa", raunte er. „Ja, bitte dorthin."

Bedächtig rollte das Auto los, fuhr womöglich über den ein oder anderen Fuß. Hände quietschten an den hochgelassenen Fensterscheiben, bis sie schließlich davon ablassen mussten. Letzte Blitze zuckten aus den Kameras, ohne etwas zu erkennen. Rotes Feuer brannte im Nebel.

Eine knappe Stunde fuhren sie, bis sie endlich ihr Ziel erreichten. Schlagartig weiteten sich Iassines Augen, als sie auf eine Insel abbogen, er durch die Windschutzscheibe den hellen Sand, die Palmen, die sieben Villen sah, die die gesamte Insel für sich einnahmen. Eine einzige lange, gerade Straße zog sich quer über das Land, an dessen Seiten sich die verschiedenen Grundstücke auftaten.

„Ihr seid ja wahnsinnig", schluckte Iassine.

Vorne lachte Ouattara auf, bevor er entgegnete: „Wir haben einfach sehr viel Sand."

„Sehr viel Sand, ja, so kann man's auch sagen."

„Haben Sie die Insel schon aus der Vogelperspektive gesehen?"

„Sollte ich?" Inzwischen saß Iassine kaum noch auf seinem Platz. Er war nach vorne gerückt, hatte sich abgeschnallt, hielt sich am Beifahrersitz fest, damit er besser durch die Frontscheibe schauen konnte, die nicht abgedunkelt war.

„Oh, ja, sie hat die Form eines siebenzackigen Sterns."

„Jetzt haben Sie mir aber die Überraschung versaut", lachte Iassine, woraufhin sich Ouattara verschmitzt entschuldigte. Sie fuhren die Straße entlang, bis sie vor einem Kreisel hielten. Der Kreisel schien nur diese eine Ein- und Ausfahrt zu haben, denn quer gegenüber sahen der Fahrer und Iassine lediglich einen hohen, metallenen Zaun, fast schon eine Mauer, die in regelmäßigen Abständen von kleinen, steinernen Türmchen unterbrochen wurde.

„Würden Sie bitte das Tor öffnen?"

„Welches Tor?", wunderte sich Iassine. „Und womit öffnen?"

„Haben Sie denn keinen Schlüssel bekommen?"

„Doch, jede Menge sogar, aber die sind im Koffer."

Sofort stieg Ouattara aus dem Auto aus, lief um das Auto herum, öffnete Iassine im Vorbeilaufen die Tür und schließlich den Kofferraum. Rasch folgte Iassine dem Fahrer, der mit einer

Hand auf den vor ihm liegenden Koffer verwies. Iassine kramte den Schlüsselbund aus der Vordertasche, bemerkte den einen Schlüssel mit der Plastikummantelung. Zwei Knöpfe waren darin eingearbeitet.

„Hm", überlegte Iassine, bevor er den oberen Knopf drückte. Summend schob sich die Mauer hinter dem Kreisel zur Seite, offenbarte eine sandige Fortführung der Straße, eingerahmt von vielen, vielen Palmen und einer großen Wiese. In weiter Ferne brach das hohe Dach einer Villa den Horizont.

Schlagartig legte sich die gesamte Hitze des Wüstenstaats auf Iassines Schultern, ein Schweißfilm bedeckte seine Stirn. Im klimatisierten Flughafen, im Auto hatte er sie vergessen, doch jetzt spürte er die brennende Sonne.

„Soll ich Sie noch zum Haus fahren oder würden Sie lieber in Ruhe Ihre neue Heimat genießen."

„Nein, nein, gegen eine weitere Fahrt habe ich nichts einzuwenden", grinste Iassine. Mit dem Ärmel seines Hemdes wischte er sich den Schweiß von der Stirn, bevor er beide hochkrempelte. Gemeinsam fuhren sie den ebenen Weg entlang, das Tor schloss hinter ihnen.

Auf dem ersten Blick ähnelte die Villa einem kleinen Märchenschloss. Zwei Türme mit spitz zulaufenden Dächern ragten zu beiden Seiten in die Höhe. Sie und der Eingangsbereich, übersät von Fenstern, waren aus gelbem Kalkstein gebaut. Eine langgezogene Treppe führte Iassine vom SUV in sein neues Domizil. Die fast schon enttäuschend kleine, weiße Haustür komplettierte das Bild eines zu breit und zu flach geratenen Schloss Schwansteins, das auf einer Insel umgeben von Wüste und Meer errichtet wurde.

Paradox erschien Iassine die moderne Innenausstattung. Farben blieben ihm meist verwehrt. Küche, Wohnzimmer, Flure waren in schwarz-weiß getaucht worden. Purpur und Gold leuchteten manche Spielereien, die an seinen Ruf des Königs erinnerten.

Doch als Iassine den letzten Türrahmen im Erdgeschoss durchschritt, stockte sein Atem. Vor ihm breiteten sich Panoramafenster, unendlich lange Panoramafenster gen Südwesten aus. Ein großer Pool wartete nur darauf, mit Wasser gefüllt zu werden. Eine Bar sollte jegliche Gelüste stillen. Rohe Holzbretter säten den Boden, weckten Erinnerungen an einfache Zeiten im ärmlichen Abobo.

Aber einfache Zeiten waren vergangen. An der Wand drückte Iassine neben dem Licht einen zweiten Schalter. Plötzlich öffnete sich das steile Dach, die Sonne brach über den leeren Pool hinein. Sonnenliegen rundherum entdeckten ihren Sinn. Ein dritter Schalter zog die Panoramafenster von der Mitte nach außen, offenbarte den direkten Zugang zu einem eigenen Strandbereich.

Die heiße Sonne drückte auf Iassine und erinnerte ihn einmal mehr an seine afrikanische Heimat. Seine Koffer warf er achtlos neben eine der Liegen, sich selbst daneben auf das Holz, als plötzlich sein Smartphone klingelte. Ohne auf das Display zu schauen, nahm er ab: „Ja?"

„Iassine", rief Georges Mendes, sein Berater. „Bist du schon in Katar?"

„Direkt neben dem leeren Pool. Wo bekomme ich so viel Wasser her?"

„Du bist schon im Haus? Und der Pool ist leer? Darum sollte sich jemand kümmern, aber ich rufe gleich die Kollegen an. Morgen kannst du deine Bahnen schwimmen."

„Funktioniert hier denn sonst alles?" Iassine betrachtete kritisch die große, aber leere Bar.

„Ich gehe davon aus, aber vielleicht ist bei dem ein oder anderem Gerät der Stecker nicht drin. Eingekauft wurde schon, zumindest der Kühlschrank sollte voll sein. Kleidung, Anzüge und sowas dürften im Schlafzimmer hängen. Hast du die schon gesehen?"

„War noch nicht oben, nein."

„Nur der neueste Kram. Ich hoffe, alles zu deinem Geschmack. Wird vom Sponsoring bezahlt."

„Klingt vernünftig. Hast du deswegen angerufen?"

„Nein, nein, eigentlich dachte ich, dass wegen dieser Sachen zumindest ein Zettel hinterlassen wurde", lachte Mendes. „Aber passt schon. Ich wollte nochmal den Fahrplan für die nächsten Tage durchgehen ..."

„Am 28. landest du hier, am 29. Vorstellung im Stadion und lecker Essen gehen mit dem Präsidenten."

„Nicht nur Präsident, Iassine, sondern auch Prinz. Vergiss das nicht."

„Ja, ja", winkte der junge Ivorer ab. „Jedenfalls dann am 01. Juli Trainingsauftakt mit den Jungs. Ist das eigentlich auch im Stadion?"

„Natürlich", erwiderte Mendes.

„Warum machen die Vorstellung und Trainingsauftakt nicht an einem einzigen Tag? Ist doch unnötig, das Stadion zweimal aufzuschließen."

„Da beginnen halt schon die Ticket-Sales. Dein Name wird jetzt verkauft, so oft es geht. Zwei volle Stadien innerhalb von 72 Stunden sind dafür ein guter Start – und eines Königs würdig."

„Davon träumt sogar der Prinz", grinste Iassine. Am nächsten Morgen begrüßte er einen jungen Mann, der den Pool füllte und ihm erklärte, wie er ihn zukünftig selbst füllen und leeren könne. Außerdem entdeckte er tatsächlich allerorts kleine Zettel mit hilfreichen Tipps, wo er einkaufen könne, wen er anrufen könne. Vom persönlichen Fitnesstrainer bis zum Alkoholhändler wurde ihm alles geboten, um sich schnellstmöglich einzuleben.

Doch die Stunden bis zur offiziellen Vorstellung nutze er für individuelles Training. Aus dem Fitnessraum in der ersten Etage schleppte er einige Gewichte an den Strand. Im tiefen Sand dachte er, besser trainieren zu können. Wenn er sich abkühlen wollte, warf er sich in den Pool, bevor er auch dort einige Bahnen schwamm. Überall lagen Wasserflaschen herum, meist angebrochen, weil Iassine zwischen den einzelnen Stationen nur einige kurze Schlucke nahm.

Am Abend legte er sich erschöpft auf die Holzbretter. Wenn er sich aufsetzte, schien ihm die Sonne gerade ins Gesicht, also blieb er liegen. Seine Hände suchten das Smartphone, das irgendwo neben ihm liegen musste. Als er es zu packen bekam, öffnete er die neusten Meldungen zum ivorischen Fußballverband.

Der FIF blockte seit Tagen alle Fragen zum möglichen neuen Nationaltrainer. So begnügten sich Presse, Fans und Iassine mit allerhand Gerüchten – von regionalen Namen bis hin zu den absoluten Top-Trainern, die keinen ersichtlichen Grund hätten, tatsächlich die ivorische Nationalmannschaft zu übernehmen. Im Zuge dessen stolperte Iassine über einen ganz besonderen Namen.

Thibault Valbuena bald Nationaltrainer der Elfenbeinküste?

Während eine endgültige Entscheidung für den Trainerjob der Elfenbeinküste erst Anfang Juli erwartet wird, köchelt die Gerüchteküche munter vor sich hin. Neuester Name in der Verlosung ist mehreren übereinstimmenden Medienberichten zufolge der ehemalige Pariser Chefcoach und Champions-Liga-Sieger Thibault Valbuena.

Der 60-jährige Franzose war erst vor wenigen Wochen bei Paris Sporting Club entlassen worden, will aber schon bald wieder auf einem Trainerstuhl Platz nehmen. So verriet er kürzlich in einem Interview, er „brauche keine Pause".

Pikant an den Gerüchten rund um Valbuena sind die ebenfalls kursierenden Meldungen rund um seinen ehemaligen Schützling Iassine Shaka. Der 20-jährige Mittelfeldspieler steht angeblich kurz vor seinem Debut in der ivorischen Nationalmannschaft und hatte Valbuena unlängst als wichtigen Mentor in seiner Karriere bezeichnet.

„Was ist denn das für ein Müll?", dachte Iassine laut. Keine Fakten, keine neuen Informationen, keine Stimmen. Ein Zitat von vor Wochen, lose Verbindungen zwischen zwei Namen, die beide noch nichts mit der Nationalmannschaft der Elfenbeinküste zu tun hatten. Da hatte ein Journalist sehr viel Fantasie aufgebracht, um diesen Artikel zu produzieren.

Unsanft warf Iassine sein Smartphone zur Seite, sodass es auf die Bretter fiel – genug Internet für diesen Tag. Duschen, fernsehen, schlafen, am nächsten Morgen kam Georges Mendes.

28. Juni 2025 (20 Jahre alt)

Ein unbekanntes Klingeln hallte durch die Villa. Gleichzeitig vibrierte Iassines Smartphone, zeigte Bilder der Überwachungskamera vor dem Eingangstor. Ein schwarzes Auto stand dort. Aus dem heruntergelassenen Fenster des Fahrers lugte der Kopf Georges Mendes', der gespannt darauf wartete, dass sich die stählerne Mauer zur Seite schob.

Mit dem Zeigefinger drückte Iassine auf das Display, beobachtete wie sich Mendes' Kopf schildkrötenartig zurückzog, bevor das Auto losrollte. Sofort sprang Iassine auf, lief hinüber zur Eingangshalle, öffnete freudig die Haustür, auf die der schwarze Sportwagen zuraste.

Erst sehr spät lenkte Mendes ein, sodass das Auto quer auf dem Wendehammer zu stehen kam. Aufgeregt sprang er vom Fahrersitz, lief zum Kofferraum und klemmte einen Karton unter seinen Arm.

„Du hast eine Bar, oder?", rief er Iassine entgegen, während er die ersten Stufen nahm.

„Schon", erwiderte Iassine, „aber ich bin kein großer Trinker."

Mendes lachte herzlich auf, setzte die Kartons ab, umarmte seinen Klienten. „Du bist ja auch noch jung. Aber das wird sich ändern." Zwinkernd nahm er die Kartons wieder auf und lief in die kühle Halle.

Nach einer kurzen Führung landeten Mendes und Iassine am Pool. Noch immer lagen dort Hanteln und Gewichte herum. Das Wasser war klar und versprühte den typischen Chlor-Geruch. An der Bar standen einige Flaschen mit Sprudel.

„Ne, so geht das nicht", schüttelte Mendes seinen Kopf, ehe er verschiedenste Getränke aus dem Karton zog. Sekundenlang musterte er die bunten Flaschen, ehe er sie gezielt im Schrank platzierte.

„Was soll ich jetzt damit? Morgen beginnt die Vorbereitung."

„Darauf einen Drink", grinste Mendes.

„Ich verzichte, aber danke." Iassine wirbelte mit dem Zeigefinger über seinem Kopf. „Danke für alles."

Währenddessen schenkte sich Mendes einen Schluck ein.

„Woher hast du das Auto?"

„Das Auto?", wiederholte Mendes. „Das ist nicht irgendein Auto. Es ist deins – ein Geschenk. Ich sollte es für dich herfahren."

Iassine musste kurz lachen.. „Die Kataris wissen aber schon, dass ich ein ganz normaler Mensch bin, oder? Ich bin nicht wirklich ein König. Das ist nur ein Gimmick."

„Schon, aber du hast nun mal nicht den Wert eines ganz normalen Menschen. Außerdem", Mendes trank den Schluck, „brauchst du halt ein Auto. Wäre doch unhöflich, dich erst zu so einem x-beliebigen Händler zu schicken."

„Kann sein … Wo gehen wir essen?"

Rasch sah Mendes auf seine Uhr. „Ich weiß nicht, was empfiehlt das Netz?"

Ohne zu zögern durchsuchte Iassine die vielen Angebote im Internet, bis ihm etwas gefiel. In einem luxuriösen Restaurant ließen sich Berater und Klient eine Auswahl arabischer Feinheiten reichen. Erst spät am Abend verabschiedeten sie sich voneinander, um gleichermaßen fit für die offizielle Vorstellung zu sein.

In einem teuren Anzug setzte sich Iassine am folgenden Morgen in das neu erworbene Auto. In seine Tasche hatte er nur wenig eingepackt, sie war mehr modisches Accessoire als notwendiges Utensil. Trikots und Getränke sollten ihm vom Verein zur Verfügung gestellt werden, um Sorgen kümmerten sich Angestellte Al-Rayyans.

„Wie geht's dir?", grüßte ihn einmal mehr Georges Mendes. „Das ist Harid."

„Harid Mansur, Pressesprecher des Vereins", stellte sich ein knapp vierzigjähriger Araber vor. Sie befanden sich in der Tiefgarage des Ahmed bin Ali Stadions, das man meist schlicht Al-Rayyan Stadium nannte. Zur Weltmeisterschaft 2022 in Katar war das Stadion auf etwa 40.000 Plätze ausgebaut worden. Eine bunte Fassade schmückte die hochmoderne Spielstätte.

„Mir geht's gut, danke. Schön Sie kennenzulernen, und schön endlich hier zu sein."

„Wir sind wirklich froh, dass Sie sich für uns entschieden haben."

„Genug des Smalltalks", mischte sich Georges ein. „Wohin müssen wir?"

Lächelnd antwortete Mansur: „Ich führe Sie erstmal zur Kabine. Da warten auch Malek Yousef und Rodrigo Gargano. Die beiden kennen Sie?"

„Zumindest den Namen nach", gab Iassine zurück, als sie sich auf den Weg zur Umkleide machten. Malek Yousef war der Torwart und Kapitän der Mannschaft. Rodrigo Gargano war ein ehemaliger Nationalspieler Uruguays, dessen gefährliche Freistöße auch im höheren Alter noch berüchtigt waren.

Als der kleine Tross die Heimkabine erreichte, stand dort bereits Yousef vor der Tür. Mit sehr gutem Englisch begrüßte er Iassine im Namen des gesamten Teams. Er schien sich sehr über den neuen Teamkollegen zu freuen.

„Du kannst mich Malli nennen, hat sich irgendwie so etabliert. Komm, wir gehen rein und sagen Rodrigo Hallo."

Mit einer Hand wurde Iassine in die Kabine geschoben, wo sich Gargano gerade die Stutzen hochzog. Ebenfalls auf Englisch, aber etwas gebrochen, begrüßte der Uruguayer den Ivorer.

„Sorry, busy", entschuldigte sich Gargano schließlich, verwies auf die Stutzen und Schuhe zu seinen Füßen. Erst jetzt bemerkte Iassine, dass Malli noch im Anzug neben ihm stand.

„Ziehst du dich nicht um?"

„Später", lächelte der Torwart zurück. „Wir gehen erstmal förmlich nach draußen, machen einige Fotos, überreichen Blumensträuße, umarmen uns und so ein Quatsch. Dann kommen wir wieder herein, ziehen uns um und machen einen kleinen Wettbewerb."

„Einen Wettbewerb?"

„Unser Freund Rodrigo will dir zeigen, dass er bessere Freistöße schießen kann als du. Also legen wir jeweils fünf Bälle hin, und wer mir die meisten Tore einschenkt, gewinnt."

„Alles klar", lächelte Iassine in Richtung Rodrigo. „Und wann gehen wir raus?"

„Das dürfte dann jetzt sein", drang sich Pressesprecher Mansur zwischen sie. „Einlass ist schon seit einer Stunde, die Schüssel ist voll, die Leute warten."

So liefen Malli, Mansur, Mendes und Iassine durch die Katakomben in Richtung des Spielfeldes, bis ihnen auf halbem Wege ein mittelalter Mann im Anzug entgegenkam.

„Rubén Toribiu Arizaga", stellte er sich vor. Pechschwarze Haare, brauner Teint, braune Augen und eine rote Krawatte begleiteten den Südamerikaner. Umso überraschender, dass sein neuer Trainer ihn mit perfektem Französisch begrüßte. „Eine

Freude, Sie hier zu haben. Ich werde gleich vorweg gehen, dann wird Malli ins Stadion gerufen und schließlich kommen Sie hinein. Sie geben ihm die Hand, einige Fotos werden gemacht, Sie geben mir die Hand, einige Fotos werden gemacht, wir stellen uns nebeneinander, nochmal einige Fotos, und dann werden uns noch Blumen überreicht. Wenn das kein Traum ist."

„Ich kann's kaum fassen", grinste Iassine.

„Unser Freund Harid wird hier bei Ihnen bleiben, aber ansonsten müsste hier irgendwo auch Carmen herumlaufen. Sie erkennen sie an den langen, blonden Haaren. Sie organisiert hier alles, kümmert sich um saubere Abläufe. Sie steht auch im Kontakt mit Hashim ..." Kurze Stille. „... Das ist unser Stadionsprecher."

„Alles klar. Vielen Dank."

Kaum hatten sie ausgeredet, erklang auch schon die mitreißende Stimme Hashims, gefolgt vom lauten Jubel vieler Tausend Fans. Iassine verstand keinen der schnell gesprochenen arabischen Sätze, doch bald folgten sie dem gewohnten, internationalem Muster: Einige Worte der Einleitung, die Positionsbeschreibung und schließlich der Vorname. Den dazugehörigen Nachnamen schrien die Fans ins Rund.

„Bis gleich", verabschiedete sich Trainer Arizaga, als er seinen Namen hörte. Er lief hinaus auf den Rasen, jubelnde Fans begleiteten ihn. Kurz darauf verschwand auch Malli von Iassines Seite, winkte den zahlreichen Zuschauern zu.

Plötzlich stellte sich Carmen neben Iassine, drückte ihm eine Hand in den Rücken: „Ich sage Ihnen, wann Sie loskönnen."

Der junge Ivorer nickte, lauschte den arabischen Klängen. Der Stadionsprecher Hashim redete sich in einen Rausch, Superlative reihten sich aneinander, ohne das Iassine auch nur ein Wort verstand. Doch plötzlich, nur für drei Halbsätze, wechselte Hashim ins Englische: „... the former king of Africa, king of Paris and still king of Football – Please welcome, Ladies and Gentlemen, Iassine ..."

„Warte", murmelte wieder Carmen, bevor Iassine loslaufen konnte.

Die Fans riefen im Chor: „Shaka!"

„Iassine …"

„Shaka!"

„Ias-sine …"

„Sha-ka!"

Die Zuschauer waren richtig aufgeheizt, aufgeregt in freudiger Erwartung, endlich ihren neuen König sehen zu können. Doch noch immer ließ Carmen sie warten, bis der Applaus fast abebbte.

„Go!", schubste die 1,60 Meter große Frau den zwei Meter langen Mittelfeldspieler nach vorne. Eilig richtete Iassine seinen Anzug, zog die Krawatte glatt und betrat den Rasen. Ohrenbetäubender Lärm überkam ihn, auf den Rängen wurden Pyrostangen gezündet, von allen Tribünen wurden Papierrollen und bunte Bänder hinuntergeworfen, um den König des Fußballs gebührend willkommen zu heißen.

Eifrig winkte Iassine den knapp 40.000 Zuschauern zu, drehte sich mehrfach im Kreis, applaudierte ihnen. Das wilde Durcheinander des Publikums wurde bald von „Shaka"-Sprechchören abgelöst. Fast alle verbeugten sich, viele Fans fielen auf die Knie, folgten dem Kult um den 20-jährigen und huldigten ihrem König.

Auf Höhe des Mittelkreises reichte Iassine jedem Einzelnen dankend die Hand. Erst Hashim, der ihn so mitreißend vorgestellt hatte, dann Malli und schließlich Arizaga.

Der Trainer drehte Iassine unauffällig um, sodass sie in die Kameras lächeln konnten, mit denen einige Journalisten gerade aufs Feld liefen. Knapp hinter ihnen hastete auch Carmen hinterher, ihre Lippen bewegten sich unablässig.

Sekundenlang schüttelten Iassine und Arizaga einander die Hände, ehe Carmen einige Frauen zu ihnen winkte. Schnellen Schrittes trugen die ausgewählt schönen Damen große, bunte

Blumensträuße aufs Feld. Bevor sie die Pflanzen überreichten, meldete sich allerdings erneut Hashim zu Wort.

Iassine setzte ein breites Grinsen auf, weil er die Ansage des Stadionsprechers ohnehin nicht verstand, doch am Ende hörte er eindeutig den Namen Mansour bin Hamad Al Sada, Scheich und Prinz Katars, Clubchef Al-Rayyans. Würdevoll schritt der Thronfolger über den penibel gemähten Rasen, ein perfekt sitzender Anzug umhüllte ihn. Höflich, respektvoll applaudierten die Zuschauer auf den Rängen dem Prinzen, der geradewegs auf den König des Fußballs zulief. Trainer, Stadionsprecher und Carmen ignorierend streckte er schließlich seine Hand aus. Iassine senkte seinen Kopf, als er den Händedruck erwiderte, bevor er dem Prinzen tief in die Augen sah.

Die braunen Pupillen rührten sich kein Stück, fixierten die Lider des Neuankömmlings, des Prestigeobjekts. Doch plötzlich hob er die Hand Iassines, sodass sie in einer Jubel-Pose den stürmischen Applaus des Publikums entgegennehmen konnten.

Rasch lehnte sich Al Sada hinüber zu Iassine: „Ich hoffe, Sie gleich beim Essen sprechen zu können." Sofort nickte der Ivorer, ehe der Scheich sich umsah und die weitere Gefolgschaft begrüßte.

Kurz darauf begaben sich Malli und Iassine in die Kabine. Al Sada verabschiedete sich in die VIP-Logen. Im kleinen Trainingsspielchen mit Rodrigo Gargano gewann Iassine. Von letztlich sieben Freistößen verwandelte er drei. Sie akzeptierten kein Unentschieden, sodass Gargano mit seinen zwei Toren zurückblieb.

Zurück in den Katakomben wurde Iassine von Harid Mansur aufgehalten, neben ihm Georges Mendes. Mansur klärte die Neuverpflichtung über das Essen mit Al Sada auf, wo und wann sie sich treffen sollten – ein nobles Restaurant, dessen Eigentümer der Prinz selbst war.

„Sag bloß nichts Falsches", grinste Mendes.

„Was soll ich schon sagen? Wir werden nur über Fußball reden." Iassine sollte Recht behalten. Im Restaurant, pünktlich um 19 Uhr, begrüßte er einmal mehr den Thronprinzen Katars. Al Sada erzählte viel von sich. Ein Auslandsstudium in England hatte ihn dem Sport nähergebracht. Als Fan von Newcastle hatte er schon oft darüber nachgedacht, den Club zu übernehmen, doch die Besitzer erweckten nie den Eindruck, verkaufen zu wollen. Entsprechend hatte sich der Prinz in der heimischen Liga umgeschaut und war auf Al-Rayyan aufmerksam geworden.

„Wir haben die höchsten Ziele. Wir wollen dauerhaft an der asiatischen Champions-Liga teilnehmen. Wir wollen Meister werden und Pokalsieger. Wir wollen bekannt sein, als der beste Club Asiens." Sein Blick änderte sich – weniger enthusiastisch, sondern mit harter Mine. „Dafür werden auch für Sie 90 Prozent nicht reichen. Sie müssen immer alles geben."

„Lassen Sie mich das entscheiden", antwortete Iassine mit einem Lächeln auf den Lippen, doch der Prinz war nicht zum Scherzen aufgelegt.

„Wenn Sie denken, Sie könnten hier meine Millionen verbrennen, dann haben Sie ein großes Problem. Und dabei rede ich nicht von bezahltem Urlaub!"

„Verzeihen Sie. Den Eindruck wollte ich keinesfalls erwecken. Ich selbst habe größte Ambitionen, immerhin hat sich für mich die Tür zur Nationalmannschaft wieder geöffnet. Allerdings bin ich mir meiner Fähigkeiten bewusst."

„Dann werden Sie sich besser der Fähigkeiten Ihrer Gegenspieler bewusst! Wir wollen Titel!" Al Sada wurde lauter, harsch.

Für einen Moment verstummte Iassine, ehe er entgegnete: „Das freut mich, aber seien Sie sich der Fähigkeiten meiner Mitspieler bewusst. Ein Einzelner kann nämlich keine Titel gewinnen. Wenn Sie denken, dass man mit dem Kauf eines 20-jährigen automatisch die Japaner, Chinesen und weiß Gott wen noch dauerhaft schlagen kann, dann haben Sie keine Ahnung."

Nun war es der Prinz, der verstummte. Er rümpfte die Nase. Statt zu antworten, zückte er kleines Scheckbuch, unterschrieb, riss einen Zettel heraus und legte ihn vor sich auf den Tisch.

„Wir sehen uns." Der leise Ton unterdrückte die Wut hinter den Worten, dem angekratzten Ego, der gefühlten Respektlosigkeit. Iassine blieb allein am Tisch zurück. Ein älterer Kellner brachte ihm die Vorspeise.

01. Juli 2025 (20 Jahre alt)

Bakary Touré neuer Trainer der Elfenbeinküste

Die Nationalmannschaft der Elfenbeinküste hat einen neuen Trainer präsentiert. Mit sofortiger Wirkung wird der 38-jährige Bakary Touré die Geschicke der Ivorer leiten. Sein Vertrag ist vorerst bis zum 30. Juni 2026 datiert. Damit übernimmt Touré den Posten des zurückgetretenen Vincent Bakaray, der erst vor zwei Wochen enttäuschend in der Gruppenphase des Afrika-Cups ausgeschieden war.

„Bakary Touré hat trotz seines Jungen Alters Erfahrungen auf höchstem Niveau gesammelt", erklärte der Präsident der Fédération Ivoirienne de Football (FIF) Jean Diallo. „Als ehemaliger Trainer des AS Mimosas, mit dem er auch kontinental erfolgreich war, hat er den afrikanischen Fußball in all seinen Facetten kennengelernt. Außerdem kennen wir ihn noch aus seiner Zeit als Co-Trainer der Nationalmannschaft, während der er immer wieder durch seine taktischen Analysen hervorstach."

Iassine scrollte einige Sekunden hoch und runter, ehe er den Tab schloss. Touré kannte er zwar nicht persönlich, aber während der letzten zwei Jahren hatte er beim ivorischen Serienmeister aus Mimosas hervorragende Arbeit geleistet. Nicht nur hatte er die stets erwarteten Meisterschaften und Pokalsiege eingefahren, sondern war auch jeweils ins Halbfinale der afrikanischen Champions-Liga vorgedrungen, was als großer Erfolg galt.

Als Co-Trainer der Nationalmannschaft hatte Iassine ihn allerdings nicht auf dem Zettel. Immerhin erklärte sein Fehlen die enttäuschende taktische Variabilität der letzten beiden Jahre.

Plötzlich klingelte Iassines Smartphone. Erschrocken zuckte er zusammen. George Mendes rief an.

„Was ist los, Georges? Ich habe nicht viel Zeit, muss gleich los zum Training."

„Ich wollte nur sichergehen, dass du auch hingehst. Was sagst du zu Touré?"

„Hat gute Arbeit geleistet, kann gut mit jungen Spielern umgehen, kennt junge Spieler."

„Kennt er dich?"

„Ich hoffe doch."

„Aber gehört hast du noch nichts, oder?"

„Wie denn, wenn er heute erst als Trainer vorgestellt wurde. Der hat doch erstmal ganz andere Sorgen."

Mendes schwieg.

„Sehen wir uns gleich?", fragte Iassine.

„Ja, klar, ich wollte sowieso nochmal mit dir sprechen", antwortete der Berater.

„Oh, oh, klingt nach Ärger." Lächelnd verabschiedete sich Iassine, schnappte sich seine Tasche, stieg ins Auto, fuhr zum Stadion. Eine halbe Stunde später koordinierte ihn ein Ordner an zahlreichen Fans vorbei in die Tiefgarage. Dort wartete bereits Georges Mendes, gewohnt gepflegt in einem teuren Anzug.

„Bleib sitzen", rief er, als Iassine die Fahrertür öffnete. Eilig lief Mendes um die Motorhaube herum, setzte sich auf den Beifahrersitz. „Mach die Tür zu, das muss keiner hören."

„Keiner hören? Wovon redest du? Ist was passiert?"

Laut atmete Mendes aus, bevor er fragte: „Was hast du Al Sada gesagt?"

„Ich weiß nicht … was habe ich ihm gesagt? Nur, dass ich ihm nicht im Alleingang Titel garantieren kann."

„Nein, Iassine. Du hast die Liga seines Heimatlandes beleidigt.

„Beleidigt? So wür–"

„Sei Still! Du hast Scherze über die Liga gemacht, das kann man als Beleidigung auffassen. Du hast seine Transferpolitik kritisiert, seine Kaderzusammenstellung. Du hast ihm gesagt, er hätte keine Ahnung." Mendes sah tief in die Augen seines Klienten. „Iassine, das geht nicht!"

„Woher willst du das denn alles so genau wissen? Du warst doch gar nicht dabei."

„Es ist egal, ob ich dabei war, weil es so an mich herangetragen wird. Wenn es so an mich herangetragen wird, dann wird es vom Prinzen so empfunden. Und wenn es vom Prinzen so empfunden wird, dann ist es so! So funktioniert das in diesem Land. Es ist ein Emirat, ein Königreich."

„Und wenn schon! Ich war nur ehrlich."

„Nein, Iassine, verdammt nochmal!" Mit der Faust schlug Mendes gegen das Fenster, sodass sie beide kurz verstummten. „Was du machst, was du sagst, ist nicht ehrlich, sondern es ist impulsiv! Das zieht sich durch deine ganze Karriere, weil du immer tust und sagst, was du als ehrlich empfindest."

„Aber es ist die Wahrheit!"

„Dann hör auf mit deiner Wahrheit! Halte sie zurück! Die Menschen müssen nicht immer die Wahrheit erfahren."

„Warum nicht?"

„Weil deine Wahrheit nur Probleme bringt! Wegen deiner Interviews nach irgendwelchen Niederlagen hast du zahlreiche Shitstorms über dich ergehen lassen müssen."

„Das waren keine Shitstorms. 50 Prozent waren für mich, 50 Prozent waren gegen mich. Vielleicht war's kontrovers, aber "

„Mein Gott, Iassine, die Shitstorms sind doch das kleinste Problem! Ich will wirklich nicht deinen Vater spielen, aber als dein Berater muss ich dir helfen." Iassines Augenlider zogen sich zu engen Schlitzen zusammen. „Du bist damals zu Paris gegangen, ohne lange zu überlegen. Du hast diese Interviews gegeben und die Fußballszene damit gespalten. Du hast Bakaray beleidigt, als du 16 Jahre alt warst. Du bist nach ein paar Rückschlägen ohne Not nach Katar gegangen, und jetzt beleidigst du auch noch den Prinzen des Landes. Iassine, diese Wahrheit tut dir nicht gut!"

„Pass auf, Georges", entgegnete Iassine mit tiefer Stimme. Wut funkelte in seinen Augen. „Ich bin der jüngste Spieler, der je in der afrikanischen Champions-Liga aufgelaufen ist. Ich war so gut in Paris, dass ich nicht nur zum König, sondern auch zum besten Jugendspieler des Planeten gekürt wurde. Ich bin vielleicht eineinhalb Monate davon entfernt, endlich für mein Land spielen zu können und ganz nebenbei verdiene ich einen Haufen Geld–"

„Aber wo führt es dich hin? Wo bist du jetzt? Du redest von der Champions-Liga, aber wie oft hast du sie gewonnen? Alle sehen dich in der Nationalmannschaft, aber wie oft bist du für sie aufgelaufen? Du redest von großen Teams, aber wo spielst du?"

„Das habe ich nicht nötig." Iassine stieg aus dem Auto, aber lehnte sich kurzerhand wieder hinein. „Wenn du noch einmal von meinem Vater sprichst, bist du gefeuert."

Er ließ den Autoschlüssel in Mendes' Schoß fallen, lief schnellen Schrittes weg von seinem Berater, suchte die Kabine. Doch noch bevor er die Tiefgarage verlassen hatte, hörte er aus dem Auto den lauten Ruf: „Das würde ich niemals tun! Weil ich nicht so impulsiv bin!"

Eilig verschwand Iassine in den Gassen der Katakomben. Vor der Kabine standen einige seiner neuen Mitspieler. Er atmete einmal tief ein- und aus, und stellte sich den Kollegen vor. In der Kabine traf er Malli und Gargano wieder, aber merkte bald, dass er sich nur mit sehr wenigen Mitspielern flüssig unterhalten konnte. Zwei Katarer hatten irgendwann mal einige Brocken Französisch gelernt, der Kolumbianer Xavier Tenorio hatte in Lausanne in der Schweiz gespielt, wo sie französisch sprachen. Doch lediglich Linksverteidiger Yohan Mbengue sprach wirklich fließend Französisch. Der 26-jährige kam aus dem Senegal und hatte viele Jahre in der zweiten Liga Frankreichs gespielt. Kein Wunder also, dass die beiden in der Kabine nebeneinandersaßen.

„Ja, hier bleibt die Kabinensprache arabisch.", lachte Mbengue auf, als Iassine ihn auf das vermeintliche Problem hinwies. „Aber Arizaga ist ja ein Sprachgenie. Der kann sich individuell um jeden kümmern. Nur so einfache Sachen, wie ‚Angriff', ‚Zurück' oder so, musst du wirklich kennen."

Just in diesem Moment kam ein Mann mit leicht ergrautem Haar in die Kabine. Sein lautes „Buenos Dias" in die Runde enttarnte ihn als Spanier, Co-Trainer.

„Hola, Iassine. Ich bin Luis Salguero. Mein Französisch ist ziemlich schlecht, deswegen versuch ich's mal auf Englisch. Hier ist eine Liste von Wörtern, also Fußballbegriffen, die du kennen solltest. Die erste … Linie? … ist Französisch, dann die arabischen Wörter mit unseren Buchstaben, damit du sie lesen kannst. Dahinter ist dann noch …" Der Co-Trainer fand nicht das richtige Wort. „Naja, da steht, wie du die Wörter richtig aussprichst. Und hier ganz hinten ist das Wort noch in arabischer Schrift, vielleicht brauchst du das ja."

„Vielen Dank", nahm Iassine den Zettel entgegen. Neben ihm erzählte der Katarer Chehab Aman einen Witz. Einige Andere in der Kabine lachten auf, während sich Iassine irritiert umsah.

„Jetzt verstehst du uns … endlich", übersetzte Aman. Iassine lächelte, aber versank in der Vokabelliste. Es waren tatsächlich nur die wichtigsten Fußballbegriffe.

„Warum steht da ‚Abseits'?", fragte Iassine den Senegalesen neben sich. „Damit wir mit dem Schiedsrichter diskutieren können?"

„Nein", lachte Mbengue. „Das hat sich unter Arizaga als Begriff für die Verteidigungslinie bei gegnerischen Standards etabliert. Also wenn die Gegner einen Freistoß haben, dann hebt meistens Bassey seinen Arm, ruft ‚Abseits' und jeder weiß, dass sie nicht weiter zurückgehen als dorthin, wo Bassey eben steht.

„Achso … gut, danke."

Schließlich legte Iassine die Wörter weg, zog sich um. Von einem Tisch aus der Mitte der Kabine schnappte er sich eine Wasserflasche und Tape, mit dem er die Knöchel und Handgelenke stabilisierte. Dann marschierte Arizaga in die Umkleide.

Mit einer knapp fünfminütigen Rede begrüßte er neue Spieler, bereitete das Team auf den Trainingsauftakt vor und sprach über die Ziele für die Saison. Nicht weniger als Meisterschaft und Pokalsieg forderte er.

„Achso, fast hätte ich's vergessen. Wegen Herrn Shaka werden wir alle nacheinander aufs Feld gerufen. Er gilt jetzt so ein bisschen als neueste Attraktion, von seinem Spitznamen habt ihr ja sicherlich schon gehört. Ich habe aber schon mit ihm gesprochen. Er ist ein bodenständiger junger Mann, der große Lust hat, die Ziele mit der Mannschaft zu erreichen. Also lasst bitte irgendwelche Neidbekundungen oder dergleichen. Der ganze Trubel wird sich bald legen, dann haben sich auch die Zuschauer an ihn gewöhnt. Trotzdem wird er heute als Letztes aufs Feld gerufen, damit sich die Fans länger freuen können."

Einige Spieler sahen hinüber zu Iassine, aber wirklich überrascht schien niemand. Bald darauf liefen sie durch die Katakomben hinüber zum Spielertunnel. Aufgeregt hastete Carmen von einer Seite zur anderen, griff nach verschiedensten Einlaufkindern und wies sie den jeweiligen Spielern zu.

Mit großen Augen sah einer der Kleinen hinauf ins Gesicht von Iassine. „Sabah'An-nur", murmelte er in der Hoffnung, dem kleinen Jungen einen guten Morgen zu wünschen. Allerdings verzog das Kind keine Miene, starrte unentwegt den Hünen an, den man überall als König des Fußballs pries.

Wenige Minuten später rief Hashim Trainer und Spieler auf den Rasen. Wieder gab sich Carmen bei Iassine besonders viel Mühe, ihn im richtigen Moment loszuschicken. Dann betraten er und der Junge unter tosendem Applaus das Feld. Pyros und Leuchtkörper wurden gezündet, während sich viele Menschen ehrwürdig verneigten. Insgesamt 86.000 Zuschauer, zweimal ausverkauft in drei Tagen, ohne das überhaupt ein Spiel stattfand. Iassine erinnerte sich an Mendes' Worte: „Eines Königs würdig."

Beim Training ließen sie es ruhig angehen. Iassines Talent blitzte immer wieder auf, die Zuschauer wurden zufriedengestellt. Die Spieler genossen den Trubel, weil sie schon am nächsten Morgen den harten Vorbereitungs-Alltag erwarteten. Doch noch am selben Abend überraschte Iassine ein Anruf.

„Hallo, Monsieur Shaka. Ist das Stadion schon niedergebrannt?"

„Das Stadion? Welch … Wer ist da?"

„Meine Manieren, meine Manieren. Bakary Touré am Apparat. Ich habe Bilder von Ihrer Vorstellung gesehen – und vom Trainingsauftakt."

„Monsieur Touré, bon soir.", beeilte sich Iassine, nachdem er die Worte des Trainers der ivorischen Nationalmannschaft gehört hatte. „Nicht ganz niedergebrannt, zumindest war das mein letzter Eindruck."

Touré lachte auf. „Wissen Sie, Sie sind der erste Spieler, den ich anrufe, nachdem ich das Amt bekommen habe."

„Tatsächlich?" Iassine schluckte.

„Ja, Sie sind wirklich schwer zu behandeln. Nicht unbedingt charakterlich, den Eindruck möchte ich vermeiden, sondern viel mehr sportlich."

„Gerade sportlich, dachte ich bislang, weniger kompliziert zu sein", entgegnete Iassine.

„Bis vor einem guten Monat dachte ich dasselbe. Und im tiefen Inneren denke ich das immer noch. Haben Sie den Afrika-Cup verfolgt?"

„Natürlich."

„Ein Blinder konnte damals sehen, dass der Mannschaft das gewisse Etwas fehlt, dass Sie der Mannschaft fehlen, Herr Shaka. Sie waren das Missing Link."

Iassine schwieg, während Bakary Touré kurz pausierte.

„Ob im Sturm", fuhr er schließlich fort, „auf den Außen, in der Verteidigung oder im Tor: Überall sind talentierte, gar hochklassige Jungs im Kader. Deswegen habe ich den Job auch ohne großes Überlegen angenommen. Das einzige, was die Mannschaft brauchte, wonach sie lechzte, war ein Lenker im Mittelfeld. Jemanden mit Ballsicherheit, Übersicht, Gedankenschnelligkeit, jemanden wie Sie. Folgen Sie mir?"

„Bislang schon." Ein Grinsen stahl sich auf Iassines Lippen.

„Nun ist es aber ein Monat später und plötzlich sind Sie in Katar. Warum sind Sie in Katar? Ein Transfer in die Wüste macht Sie kompliziert."

Das Lächeln verschwand. „Ich bin nicht wegen des Geldes hier."

„Nicht nur", korrigierte Touré.

Iassine atmete aus. „Ich habe nichts gegen Leistungsdruck, Monsieur Touré. Das Spiel gefällt mir, wenn man unter Druck steht. Allerdings soll man auch wertschätzen, was ich tue. Das war in Paris zuletzt nicht mehr der Fall."

„Also haben Sie den Leistungsdruck gegen Wertschätzung eingetauscht."

„Auch hier wird Fußball gespielt. Auch hier ist eine Liga mit vielen Teams, die allesamt Meister werden wollen. Auch hier qualifiziert man sich für eine Champions-Liga, die gewonnen werden will."

„In Katar", warf Touré ein.

„Monsieur Touré – bei allem Respekt – wollen Sie mich provozieren? Oder nur ein wenig sticheln?"

„Ich möchte Sie testen. Warum, glauben Sie, sind Sie vor drei Jahren nicht für die WM nominiert worden?"

„Monsieur Bakaray–"

„Falsch", unterbrach Touré. „Nicht Vincent Bakaray hat Sie abgelehnt. Wir hatten damals lange diskutiert, zwei Fotos auf dem Tisch liegen gehabt. Eines trug Ihr Gesicht, das andere das Zakoras. Bakaray und ich hatten verschiedene Blicke auf die damalige Gruppe. Er sah die Gruppenphase mit Gegnern wie den Niederlanden und Frankreich als Endstation. Ich sah sie als Herausforderung. Deswegen habe ich lang und breit für Zakora plädiert, der schon zahlreiche Pokalrunden gespielt hatte. Wenn es nach Bakaray gegangen wäre, hätte er der nächsten Generation eine Chance gegeben, damit sie sich für die kommenden Jahre finden konnte. Aber er ließ sich von mir überreden, und kurz darauf gaben Sie ihm Recht."

„Ich gab ihm Recht?"

„Mit Ihrer Kurzschlussreaktion …"

„Also wollen Sie mich auch nicht nominieren?"

„Nicht doch, nicht doch. Wissen Sie, ich hätte Sie vielleicht ein halbes Jahr schmoren lassen. Aber Bakaray kann ziemlich konsequent und auf lange Sicht uneinsichtig sein."

„Also wollen Sie mich nominieren?"

„Ich will Sie bei den Testspielen im August sehen. Ich muss wissen, ob Sie in Katar derselbe sind, der Sie in Paris waren … Also ja, ich werde Sie nominieren."

Iassine lachte vor Freude lange auf, unterbrochen nur von einer Frage: „Warum haben Sie mir das von Zakora erzählt?"

Jetzt lachte Touré auf. „Ich bin kein Heiliger, Monsieur Shaka. Ich bin kein besserer Mensch als Vincent, nur weil ich Sie nominiere. Das wollte und musste ich von Anfang an klarstellen."

„Verstanden", nickte Iassine. Spieler und Trainer verabschiedeten sich voneinander.

Also gehst du nach Katar … und auf einmal wirst du für die Nationalmannschaft nominiert? Was mache ich noch in Mailand? :D

Iassine schmunzelte, als er die Antwort von Ruud las. Ihm hatte er als Erstes von der Nominierung erzählt.

> :D Kannst ja auch herkommen. Gute Verteidiger können wir immer gebrauchen. Wobei du wahrscheinlich erstmal auf der Bank platz nehmen müsstest. :P

> Das hättest du wohl gerne. Aber ich bin noch damit beschäftigt, die CL zu gewinnen ;)

> Ouuuh, wie überaus edel von Ihnen, haha

Einige Sekunden nur lehnte sich Iassine zurück, genoss die Aussicht aufs Meer, dessen Wellen im Schein der untergehenden Sonne über dem Strand brachen. An jenem Abend trainierte er nicht, doch sein vibrierendes Smartphone ließ ihm keine Ruhe. Einen kurzen Blick aufs Display wagte Iassine, aber statt einer neuerlichen Antwort Ruuds, las er den Namen seines Vaters. Ihm hatte er als Zweites geschrieben.

> Wir werden immer stolz auf dich sein, Ziné. Jetzt kannst du auch alle anderen Ivorer mit Stolz erfüllen.

2. Juli 2025 (20 Jahre alt)

„Lauf, Junge, worauf wartest du?" Das gebrochene Englisch des Co-Trainers Salguero flog über den Platz, traf Iassine im Rücken und gab ihm einen neuen Schub. Schon am ersten Tag ließ das spanische Trainerteam keine Zweifel am ernsthaften

Anspruch Al-Rayyans. Sie wollten Erfolg haben – und dementsprechend ließen sie trainieren.

„Ausruhen können Sie sich im Flugzeug." Nach den Sprints wurde Iassine von Arizaga zur Seite genommen. „Gehen Sie mit gutem Beispiel voran. In zwei Tagen fliegen wir in die USA, also können Sie sich vollkommen verausgaben."

Iassine nickte, spritze sich Wasser in Gesicht und Mund. Die Spieler zogen Gewichte über den Platz, liefen Slalom und über Stangen – simples, aber effektives Ausdauertraining. Abgerundet wurde die Einheit durch Treppenläufe am Stadion.

Nach einigen Minuten sackte einer der Spieler kraftlos neben dem Geländer zusammen und übergab sich. Es war Wilson Pacheco aus Kolumbien. Arizaga fragte ihn etwas auf Spanisch, aber Wilson winkte ab.

„Wir hören auf", rief der Trainer daraufhin, blickte mürrisch hinüber zum Stürmer. Überall verteilt auf den hohen Treppen ließen sich die Spieler fallen. Iassine kletterte vorsichtig die letzten Stufen hinunter, sah Wilson und drehte sich in die andere Richtung. Auf heißen Steinen übergoss er sich mit Wasser.

Kurz darauf spendete ihm Yohan Mbengue Schatten. „Der ist halt schon 35", erklärte er auf Französisch, als er gerade nicht nach Luft schnappte. „Aber den Trainer juckt das nicht."

„Besser so. Wir müssen fit bleiben." Iassine stand auf, reichte Mbengue die letzten Schlucke Wasser. Mit gutem Beispiel vorangehen, erinnerte er sich, das würde ihm auch in der Nationalmannschaft helfen.

„Wann ist morgen nochmal Training?"

„Neun Uhr."

„Kommst du noch mit in den Kraftraum?"

Eilig schüttelte Mbengue den Kopf. „Nicht nach der Nummer hier."

„Alles klar." So fand sich Iassine allein im Kraftraum wieder, zumindest für die ersten Minuten. Denn ausgerechnet Pacheco leistete ihm Gesellschaft.

„Wie geht's dir?", rief Iassine vom Laufband hinunter – gemächliches Auslaufen.

„Bin Idiot", schlechtes Englisch des Kolumbianers. „Esse zu viel."

Iassine grinste. „Verstehe ich."

„Aber", rief er, „sonst professionell."

Tatsächlich bemerkte Iassine kurz darauf Muskeln am ganzen Körper des Stürmers. Er hatte sein Shirt ausgezogen, aber sein Alter sah man ihm nicht an. „Seit wann bist du hier?"

„Dos anos, zwei Jahre ... Jetzt letztes."

„Dein letztes Jahr?"

„Si."

Gemeinsam setzten sie sich an die Langhanteln. „Wo hast du gespielt?"

„Argentinien, für immer Racing Club." Pacheco sah nach oben, als wolle er Gott danken.

„Sorry, welcher Club?", musste Iassine jedoch nachhaken.

„Racing Club ... soy Legende." Er grinste.

„Legende?", grinste Iassine zurück. „Was meinst du?"

„Kein Spieler mehr Tore gemacht für Racing Club, der kein Argentinier."

„Also hältst du einen Rekord im Club?"

„Si, Rekord. Nur zwei Spieler mehr Tore als ich in Avellandea. Beide Argentinien."

„Wie lange hast du da gespielt?"

„13 Jahre. Mit 20 von Heimat nach Argentinien."

„Wahnsinn." Iassine wandte sich den Hanteln zu. Langsam hob und senkte sich das Eisen.

„Du mit 20 von Paris nach Katar." Pacheco lächelte noch immer.

„Und mit 14 Jahren aus der Elfenbeinküste nach Belgien."

„Verrückt ... Fußball."

„Ja ..." Für einige Sekunden versank Iassine in seinen Gedanken, bis sich ihm eine Frage aufdrängte.

„Warum bist du hierher gewechselt?"

„Geld", antwortete der Kolumbianer unverhohlen schulterzuckend. „So viel in drei Jahren … aber Fans von Racing, sie haben verstanden."

„Haben sie?" Iassine setzte die Hantel ab.

„Ja. Habe immer für Racing gespielt. Wollte ein bisschen mehr Geld. Sie hätten das auch getan."

„Das denke ich auch."

„So ein Wetter gibt's hier auch nicht alle Tage …" Iassine drehte sich um, schob die Kapuze zurecht. Hinter ihm stand Torhüter Malli und wartete darauf, aus dem Flugzeug steigen zu können.

Vor vielen, vielen Stunden waren sie ins Trainingslager aufgebrochen, nach Los Angeles gereist. Hier wurden sie von Regengüssen erwartet, die sogar noch stärker werden sollten.

„Vor drei Wochen gab's hier einen Waldbrand, weil's so dürr war. Das ist einfach Pech." Iassine sah nach vorne, lief langsam die Treppen hinunter Richtung Landebahn.

„Die Anwohner sehen's wohl eher als Wohltat", murmelte wiederum Malli. Der Regen störte die Spieler nicht sonderlich, besonders die Trainer ließen sich davon nicht beeinflussen. Das Fitness-Training wurde konsequent durchgezogen, unterbrochen lediglich von einem Miniturnier. Sie spielten gegen Leverkusen, Manchester und Los Angeles, aber nur gegen LACF gewannen sie. Zwei Tore von Iassine trugen zu einem mühsamen 3:2 bei.

„Zumindest wissen wir jetzt ungefähr, wo wir stehen." Iassine suchte sich auf dem Smartphone die richtige Musik für den Rückflug heraus.

„Und wo stehen wir?", fragte Mbengue.

„Nicht in der europäischen Spitzenklasse."

„Das hätte ich dir auch vorher sagen können." Mürrisch wandte sich der Senegalese ab. Iassine antwortete seinerseits mit einem Schulterzucken. Ihm fiel es schwer, sich in der

Mannschaft zurechtzufinden. Nur wenige Mitspieler kannten das Niveau, auf dem er gespielt hatte. Diese wenigen Spieler waren gedanklich nicht voll bei der Sache, sie gaben nicht alles. Und auch wenn sie sich meist nur unterbewusst zurückhielten, reichte es kaum für mehr als 80 oder 90 Prozent.

So entstand ein bunter Mix aus ambitionierten Arabern, die schlichtweg nicht das nötige Talent für das höchste Niveau besaßen und ehemaligen Stars, die dieses Niveau nicht mehr erreichen konnten. Iassine stach zwar aus der Masse hervor, musste sich aber den Limits der Mannschaft beugen.

Das bemerkte er einmal mehr bei einem Testspiel gegen die Bayern, Rekordmeister aus Deutschland. Im Großteil schickte der Gegner eine B-Elf aufs Feld, die durch viele Wechsel nochmal kräftig durchgemischt wurde. Dennoch mussten sich die Katarer unter der Führung Iassines dem Ballbesitz-Fußball der Münchner unterwerfen. Sie kamen kaum an den Ball, wurden oft an den eigenen Sechzehner gedrängt. Einzig der dichte Defensivverbund und eine zeitweise unkreative deutsche Offensive verhinderten eine allzu deutliche Niederlage. Am Ende stand ein 2:4, Iassine hatte wieder getroffen und ein Tor vorbereitet. Bei den Gegentoren entschieden individuelle Fehler der Mitspieler.

„Gegen Barcelona ziehen Sie nochmal durch, okay?" Trainer Arizaga stand nach einer Trainingsübung neben Iassine. Barcelona, erinnerte sich Iassine, gegen sie war er einmal im Viertelfinale der Champions-Liga ausgeschieden. Oder war es das Halbfinale gewesen? Im Rückspiel war er wegen einer Gelbsperre nicht zum Einsatz gekommen, hatte zusehen müssen, wie sein Team im Elfmeterschießen rausgeflogen war. Es war definitiv das Viertelfinale. Eigentlich wollte er sich gegen sie schonen.

„Alles klar."

„Da können Sie sich auch nochmal der Nationalmannschaft zeigen", zwinkerte Arizaga. Er hatte recht. Immerhin waren diese Tests vorerst die letzten Spiele gegen hochklassige europäische Teams.

So ging, trabte und sprintete Iassine auch im Duell mit dem FC Barcelona über das Feld. Gegen eine vertraglich zugesicherte Stammelf hatten die Katarer allerdings nicht den Hauch einer Chance. In der 65. Minute wurde Iassine unter dem Applaus und vielen Verbeugungen der Zuschauer ausgewechselt. Sie lagen 0:3 zurück und verloren letzten Endes mit 0:5.

„Der Sinn erschließt sich mir nicht, wenn wir gegen diese Teams spielen. Wir verlieren ja nur." Neben einem gewissen Michel Eriksen stand Iassine einige Tage später auf dem Trainingsplatz, flüsterte die Worte, damit sie sonst niemand hörte. Eriksen war Co-Trainer und Videoanalyst des Vereins. Gemeinsam mit Arizaga und Salguero hatte er einst für La Coruna gespielt, alle Drei im zentralen Mittelfeld.

„Ich meine", fuhr Iassine fort, „aus Sicht von Barca, Bayern und so verstehe ich das. Die bekommen Geld, super Trainingsbedingungen und Selbstvertrauen, weil sie uns meistens besiegen. Aber wir? Wir verlieren doch nur Selbstvertrauen, wir–"

„Hey, Iassine, jetzt bleib kurz ruhig, bevor du dich in Rage redest." Der Däne lächelte, war der einzige im Trainerteam, der die Spieler duzte. „Also erstens kann ich diese großen Gegner bei der Videoanalyse benutzen, das ist schon mal das Wichtigste."

Lächelnd und doch ein wenig genervt schüttelte Iassine den Kopf.

„Nein, nein", fuhr Eriksen allerdings fort. „Das ist wirklich wichtig. Von denen bekommen wir Taktik in … in Perfektion, wenn auch nur während der ersten 45 Minuten. Wie oft bekomme ich schon diese Perfektion, wenn der Gegner Al Sadd heißt. Die spielen auch gut, die haben auch Ahnung von Taktik, aber sie können's eben nicht so schön umsetzen wie Barcelona."

„Und damit kann man dann arbeiten."

„Richtig, Iassine. Aber ihr, die ganze Mannschaft, lernt auch davon."

„Aber irgendwann müssen wir auch gewinnen."

„Am Freitag spielen wir doch gegen einen Drittligisten."

Iassine lachte. „Genau in dem Spiel werde ich aber geschont, sagt Arizaga."

„Gut, das wusste ich natürlich nicht. Aber mach dir nichts draus. Die Jungs gewinnen das Spiel und dann wird sich das auch positiv auf dich auswirken."

Kaum hatte Eriksen die Worte ausgesprochen, pfiff Arizaga die Spieler zur nächsten Übung zusammen. Ein Vorteil der Saisonvorbereitung in Katar war, dass sie deutlich weniger reisten. Die meisten Gegner flogen direkt zu ihnen, um dort zu trainieren und zu spielen. So konnten sich die Katarer frühzeitig aufs Taktiktraining konzentrieren.

„… nehmen den Ball an, ziehen in die Mitte und legen wieder raus. Von da kommt dann die Flanke, die Sie, oder einer der Stürmer, verwerten."

Iassine nickte, stellte sich in der eigenen Hälfte an den Mittelkreis. Arizaga pfiff, Iassine lief zur Seitenlinie, um dem imaginären Gegenspieler zu entwischen. Mbengue spielte den erwarteten Pass, doch ein kleines Stück zu weit. Gedankenschnell streckte Iassine sein Bein aus, um den Ball irgendwie anzunehmen. Doch gerade als er auftrat, hörte er plötzlich einen Knall, laut wie ein Peitschenhieb.

16. Juni 2025 (20 Jahre alt)

41 Grad Celsius, die Sonne direkt über dem Trainingsplatz. Es war 12 Uhr. Schweiß tropfte von Iassines Nase auf sein Trikot. Er hatte sich hingesetzt, sein rechtes Bein von sich gestreckt, so gut es eben ging.

„Was ist los?", rief Arizaga.

„Holt einen Arzt", antwortete Iassine. Langsam zog er sich das Trainingstrikot aus, ließ sich auf den Rücken fallen. Sein Fuß schmerzte, seine Ferse schmerzte, als würde ihm jemand durchgängig aufs Bein treten.

Nach einigen Anweisungen nach links und rechts kam Arizaga bei seinem Schützling an. Salguero lief ihm nach. „Was ist? Haben Sie Schmerzen?"

„Habt ihr das nicht gehört?"

„Was gehört?"

„Dieser Knall …", Iassine bedeckte seine Augen, „wie eine Peitsche." Arizaga und Salguero warfen einander einen Blick zu.

„Lass mich sehen", meldete sich der Co-Trainer zu Wort. „Drehen Sie sich."

Langsam folgte Iassine der Anweisung bis er auf dem Bauch lag. Salguero kniete sich neben den Spieler.

„Wo haben Sie Schmerzen? An der Ferse?", fragte Arizaga.

„Ja"

Vorsichtig nahm Salguero das rechte Bein in die Hand, hob es sachte an. „Tut das weh?"

„Sie machen doch gar nichts", murmelte Iassine.

„Können Sie Ihren Fuß durchstrecken?"

Schnaufen, ächzen, aber: „Nein."

„Kein Problem, kein Problem, in Ordnung. Einfach das Bein ruhighalten." Salguero stand auf, flüsterte Arizaga einige Worte ins Ohr.

„Alles klar", nickte der Chefcoach, woraufhin Salguero vom Platz trabte.

„Das ist ernst, oder?", fragte Iassine hinauf zu seinem Trainer, während er dessen Assistenten dabei zusah, wie er vom Platz lief.

„Noch wissen wir gar nichts."

„Na Klasse …"

Einige Sekunden verstrichen. Iassines Ferse fühlte sich noch immer einem andauernden Beschlag ausgesetzt. Plötzlich liefen Ärzte auf den Platz, trugen Eiskoffer mit sich. Vorsichtig drehten sie Iassine wieder auf seinen Rücken, legten Eis unter dessen Ferse. Einer der Ärzte entknotete die Schleife am Stollenschuh, zog die Schnürsenkel fast komplett heraus, sodass er den Schuh so schonend wie möglich vom Fuß ziehen konnte. Vor Schmerz biss sich Iassine auf die Unterlippe, als sie ihm die Stutzen von den Füßen zogen.

„Sorry", murmelte einer der Ärzte, der auf einmal über Iassines Gesicht auftauchte. „Salguero hat einen Rettungswagen gerufen. Wir kühlen jetzt erstmal das Bein und sorgen für Ruhe."

Der Spieler nickte.

„Mit Diagnosen halten wir uns zurück, dafür müssen wir erstmal einige Röntgenbilder sehen."

„Klingt vernünftig."

Inzwischen hatte die gesamte Mannschaft das Training eingestellt, musterte den verletzten König aus sicherer Entfernung. Schließlich kam Salguero wieder aufs Feld gerannt, schrie: „Okay, alle runter hier, das Training ist für heute beendet! Kommt schon, verschwindet! Hier landet gleich ein Hubschrauber, wir brauchen Platz!"

„Ein Hubschrauber?" Iassine hob die Augenbrauen.

„Geht schneller als beim Krankenwagen."

Bald schon hörten sie das flatternde Rotieren des Hubschraubers in der Luft. Das rot-weiße Fahrzeug landete direkt am Mittelkreis. Sanitäter liefen mit einer Trage hinaus, geradewegs auf Iassine zu. Vorsichtig drehten sie den Spieler auf die Seite, schoben die Trage unter ihn.

„Achtung, eins … zwei … drei", hoben sie den Verletzten an. Iassine sah hinauf zum Himmel, erinnerte sich an seine Verletzungen. Über mehr als einige Zerrungen hatte er sich nie beschweren müssen. Zwei, drei Spiele Pause waren normal. Aber dies fühlte sich anders an. Mit einem Ruck wurde die Trage in den Hubschrauber geschoben. Sie setzten Iassine Kopfhörer auf.

Er hörte eine vom Rauschen unterlegte Stimme: „Wie fühlen Sie sich?"

„Gut, nur … das Bein."

„Was ist passiert?"

„Ich habe nur den Ball annehmen wollen."

„Also haben Sie sich gestreckt?"

„Ja, aber … das ist keine Muskelfaser oder so."

„Nicht? Wie kommen Sie darauf?"

„Es ist ein vollkommen anderer Schmerz. Fast schon dumpf, so permanent. Und ich habe einen Knall gehört. Vielleicht habe ich mir den nur vorgestellt, aber ich dachte, mein ganzes Bein reißt ab."

„Einen Knall haben Sie gehört? Kann es sein, dass Sie sich nicht nur gestreckt haben? Haben Sie sich vielleicht drehen wollen?"

„Also gedreht habe ich mich nicht. Aber ich war schon fast an der Außenlinie und wollte wieder in die Mitte ziehen."

„Eine plötzliche Richtungsänderung … und einen Knall haben Sie gehört."

„Ja."

„Können Sie sich ein wenig aufrichten? Nur den Oberkörper."

Iassine stützte sich auf seine Ellenbogen. Der Sanitäter hob das Bein des Ivorers leicht an, löste das Eispäckchen von der Ferse. Eine Beule direkt über der Hacke zeigte sich.

„Sehen Sie das? Das ist ein ziemlich sicheres Zeichen für eine Verletzung an der Achillessehne."

„Die Achillessehne?" Iassine hatte zwar keine große Ahnung vom menschlichen Körper, aber von zahlreichen Berichten und Gesprächen kannte er die Verletzungen an den verschiedensten Sehnen und Strängen. Muskelfaser, Adduktoren, Syndesmoseband, Kreuzband und natürlich die Achillessehne – ein Riss war schlimmer als der andere.

„Ja, die Achillessehne kann reißen, wenn man sich schnell und unglücklich dreht. Dieser Knall, den man dabei hört, ist charakteristisch dafür. Aber für einen professionellen Fußballer, für einen Topathleten wie Sie, ist das eher untypisch."

Während er antwortete, wickelte der Sanitäter das Bein wieder in Eis ein, ließ Iassine sich wieder hinlegen. „Es kann auch nur ein Anriss oder so sein. Da müssen wir die Röntgenbilder abwarten. Hatten sie zuletzt schon Schmerzen an der Ferse? Irgendwelche Beschwerden, die auf eine Entzündung oder ähnliches hingewiesen haben könnten?"

„Nein, nein, absolut nicht. Es war alles okay."

„Hmm … also ich bin hier nicht der behandelnde Arzt, aber eine Pause von mindestens zwei Monaten werden Sie bestimmt einplanen müssen."

„Auch wenn's nur ein Anriss ist?"

„Auch dann, ja. Ihr Verein wird da auf keinen Fall irgendein Risiko eingehen wollen."

Eine knappe Minute später begann der Landeanflug aufs Dach des lokalen Krankenhauses. Sie setzten auf. Iassine wurde ausgeladen und ins Gebäude gefahren. Fahrstuhl, Empfangsstelle, rollendes Bett.

„Gleich wird jemand kommen und sich um Sie kümmern." Der Sanitäter verabschiedete sich. Iassine blieb mit einigen anderen Kranken, ein paar alten Menschen zurück.

„So", tauchte plötzlich ein anderer Mann vor Iassine auf, „dann wollen wir mal schauen, was mit Ihrem Bein los ist."

Schnurstracks schob der Mann das Bett in den Fahrstuhl. Die Türen schlossen sich, die Türen öffneten sich. Ruckartig setzten sie sich wieder in Bewegung, durch allerhand Winkel mit ordentlich Tempo, stießen Türen auf, grüßten Kollegen, bis sie vor einer Röhre zu stehen kamen.

„Bonjour, Monsieur Shaka", wurde Iassine von einem Mann im Kittel empfangen.

„Bonjour", wunderte sich Iassine, während er auf eine Liege vor der Röhre gehievt wurde.

„Ich habe einige Jahre in Frankreich studiert. Ich glaube, ich habe Sie sogar mal spielen sehen. Deswegen können wir uns gerne auf Französisch unterhalten."

Iassine musterte den Arzt, der ziemlich jung erschien und gerade einige Papiere durchblätterte, die ihm von dem Helfer gereicht worden waren. Dann sah er hinab auf die Ferse des Spielers, seine Miene verzog sich.

„Naja, schauen wir mal, was da los ist. Haben sie metallene Gegenstände am Körper? Magnetisches? Irgendwas?"

„Nein … denke ich."

„Alles klar, dann sehen wir uns gleich. Bleiben sie einfach ruhig liegen."

Es summte. Iassine wurde etwa bis zum Knie in die Röhre gezogen. Ein lautes Klopfen drang aus dem Kasten, einige Schläge, bis es wieder ruhig wurde. Dann wieder Klopfen, Ruhe, Klopfen, immer wieder. Schließlich wurde Iassine aus dem Kasten gesummt. Der Helfer half Iassine zurück in das Bett, der Arzt ließ sich nochmal blicken.

„Ich leite die Bilder weiter an den behandelnden Arzt, dann wissen Sie mehr. Einen schönen Tag noch!"

„Danke."

Iassine lag in einem Einzelzimmer auf dem Bett, langweilte sich. Der Schweiß an seinem Körper war getrocknet, verbreitete seinen Duft. Ihm war eines dieser Krankenhaushemden übergezogen worden, aber waschen konnte er sich nicht, stehen konnte er nicht. Seine Ferse schmerzte.

Plötzlich riss jemand die Tür auf. Ein kleiner Katarer im Anzug kam ins Zimmer gelaufen. Er hielt eine Tasche in der Hand. Mit schlechtem Englisch erklärte er, dass er Iassines Smartphone, Papiere, Kleidung und dergleichen dabeihatte, die in der Kabine rumgelegen hatten. Iassine bedankte sich, eilig verschwand der Mann.

Sieht gut aus, oder?

Was ist denn mit dir los?

Ich warte noch auf die Diagnose …

Iassine sendete die Nachricht an Ruud. Just in jenem Moment kam ein weiterer Arzt in das Zimmer gelaufen. Zwischen Zeigefinger und Daumen hielt er die Röntgenaufnahmen. Still hing er zwei Aufnahmen auf, drehte sich um und stellte sich an das Ende des Betts.

„Tja …"

König verletzt!
Iassine Shaka fällt monatelang aus

Schock in Katar! Der Königstransfer Al-Rayyans, Iassine Shaka, hat sich die Achillessehne gerissen und wird monatelang ausfallen. Das bestätigte der Verein am Mittwochabend. Die Verletzung erfordere eine Operation, die schon morgen durchgeführt werden soll. Die Ausfallzeit wird auf fünf bis acht Monate geschätzt.

Am Mittag war der 20-jährige Ivorer beim Training unglücklich aufgetreten. Die Verletzung konnte aber schnell diagnostiziert werden und die Reha soll noch am Tag der Operation beginnen, wie Shaka über die sozialen Netzwerke mitteilte.

18. Juli 2025 (20 Jahre alt)

Schwarz, Stimmen, ein leichter Nebel, doch plötzlich ganz klar. Blinzelnd sah sich Iassine im Zimmer um, er war allein. Ächzend drückte er sich vom Bett ab, schob sich zum Kopfende, griff nach seinem Smartphone.

„Was war denn das für eine Narkose?", murmelte Iassine vor sich hin, als er Uhrzeit und Datum las. Er konnte sich an nichts erinnern, was zwei Stunden vor der Operation passiert war, hatte 15 Stunden geschlafen. Die Sonne schien flach über dem Horizont.

Rechts neben sich sah der Ivorer zwei Krücken, die an der Wand lehnten. Er sah einen langen, breiten Stiefel auf dem Boden, den Patienten bei Fußverletzungen tragen konnten, ohne den Fuß zu sehr zu belasten. Die Blase drückte.

Für einen Moment sah Iassine auf das Nachttischchen zu seiner Linken, auf dem ein langes, graues Kabel lag. Ein Knopf, der die Krankenschwester rief. Aber Iassine schüttelte nur seinen Kopf, raffte sich auf, hob sein rechtes Bein vom Bett. Vorsichtig schwang er herum, reckte sich, nahm die Krücken in die Hände.

Langsam verlagerte er sein Gewicht aufs linke Bein. Mit Krücken war er noch nie gelaufen, weswegen er nur behäbig vorankam. Fuß aufsetzen, Krücken stellen, Fuß aufsetzen, Krücken stellen, Fuß aufsetzen. Iassine lehnte am Türrahmen zur Toilette, tastete mit dem Stock in der Hand nach dem Lichtschalter und fand ihn.

Fuß aufsetzen, Krücken stellen, Fuß aufsetzen. Mürrisch grummelte der Ivorer, als er vor der Toilette stand. Das Ziel war klein, besonders aus der Sicht eines zwei Meter großen Hünen. Die Balance zu halten, fiel ihm schwer, aber hinsetzen erschien ihm noch komplizierter. So lehnte er die Krücke der linken Hand an die Wand, zog das Patientenhemd zur Seite, ließ laufen.

„Hallo?"

Iassine schrak auf.

„Herr Shaka?"

„Merde", dachte Iassine, bevor er sich der Schwester meldete. Einige Tropfen waren danebengegangen.

„Mein Gott, Herr Shaka, was tun Sie denn hier alleine?" Die Frau war wegen ihres starken Akzents kaum zu verstehen, ihr Englisch eher schlecht als recht, aber das hinderte sie nicht daran, sich genau hinter Iassine zu stellen. „Sie hätten uns rufen sollen."

„Ja, ähm … das ist jetzt auch zu spät." Unbeeindruckt versuchte Iassine, sein Geschäft zu beenden, ließ sein Hemd wieder hinuntergleiten, griff nach der Krücke.

„Hände waschen", meldete sich die Schwester. Iassine drehte sich um, tappte hinüber zum Waschbecken, stellte das Wasser an. Die Schwester gab ihm Halt. „Sie haben eine gute Balance."

„Danke", nickte Iassine, griff nach dem Handtuch. „Das kommt vom Fußball."

„Wie Ihre Verletzung." Für eine Sekunde grinste die Schwester, doch dann riss sie ihre Augen auf, hielt sich eine Hand vor den Mund. „I'm sorry, I'm sorry."

Aber auch Iassine grinste, und musterte die junge Frau zum ersten Mal. Schwarze Haare, braune Augen, brauner Teint, arabisch. Sie war kaum geschminkt, oder zumindest sehr dezent, was Iassine logisch erschien – In 16-Stunden-Schichten würden ihr knallrote Lippen nur wenig bringen.

„Wollen Sie sich wieder hinlegen?"

„Gerne." Gemeinsam liefen sie hinüber zum Bett. Langsam versank Iassine im Kissen, sah hinauf zu der Frau.

„Ihr Vater ist da, soll er herkommen?"

„Mein Vater? Ja, warum nicht?", zuckte Iassine mit seinen Schultern.

Sekunden später betrat Didier das Zimmer, begleitet von der Schwester, die sich lächelnd zurückzog.

„Schöne Frau", grinste Didier.

„Scheint so", entgegnete Iassine.

„Wie geht es dir?"

„Ich bin müde."

„Und deinem Bein?"

„Weiß ich nicht, es schmerzt. Ich weiß nicht mal, ob die Operation erfolgreich war."

„Doch, das war sie."

„Hast du mit einem Arzt gesprochen?"

„Nein, es stand überall in den Nachrichten."

Laut atmete Iassine aus.

„Wie lange fällst du aus?", fragte Didier, besah das bandagierte Bein.

„Das hängt von der Reha ab. Im besten Fall dauert's drei Monate, aber das wäre schon echt heftig. Dann wäre ein Einsatz wohl auch ein ziemliches Risiko."

„Keine Risiken, Iassine. Du musst gesund bleiben."

„Aber ich muss spielen, wenn ich zur WM will. Sonst heißt es wieder, dass die Spieler das Turnier spielen sollen, die das Team bereits kennen."

„Sowas macht Touré nicht. Der kennt doch deine Qualitäten."

„Aber er hat mich auch vor vier Jahren aussortiert, Papa. Das habe ich dir doch geschrieben." Didier zog an seinem Ohr. „ Aber das ist nicht schlimm. Im Dezember spiele ich wieder, versprochen."

Und mit diesem Ziel vor Augen begann Iassine die Reha. Drei Tage nach der Operation wurde er aus dem Krankenhaus entlassen. Mit dem Spezialschuh und Krücken unter den Armen konnte er sein Bein leicht belasten. Übungen zielten meist auf die Muskulatur des Oberkörpers, des linken, gesunden Beines ab. Das rechte Bein wurde zunächst ruhiggelegt.

Der ganze Verein unterstützte Iassine. Seine Mitspieler traf er regelmäßig beim Training, bevor er sich in die Trainingsräume zurückzog. Andere Spieler mit Wehwehchen und Problemen gesellten sich zu ihm, Kraftübungen nach dem Training absolvierten sie in seiner Nähe.

Als Iassine sein rechtes Bein kurz vor Saisonbeginn vorsichtig streckte und beugte, legte sich Mohamed Anber neben ihn. Der andere Sechser des Vereins, der 29-jährige Katarer, hatte sich einen Muskelbündelriss im linken Bein zugezogen.

„Was ist los, Moe?", fragte Iassine seinen Nebenmann. „Sollen jetzt alle Spieler in der Zentrale ausfallen?"

„Du hast doch angefangen", lachte Mohamed, bevor er doch seufzte. „Nasser und Ali machen das schon … uns bleibt die Tribüne."

„Der Saisonstart kommt uns gelegen. Danach greifst du wieder an, und dann komme auch ich im Winter zum Einsatz. Alles halb so wild."

„Wenn du meinst."

Iassine und Moe, wie er ihn nannte, gewöhnten sich schnell aneinander. Gemeinsam trafen sie sich zur Reha, gemeinsam beendeten sie die Reha. Iassine pushte den Katarer zu besseren Ergebnissen, motivierte dadurch sich selbst.

Den Saisonstart verpassten sie, aber Al-Rayyan gewann. Noch auf der Tribüne sitzend wurde Iassine interviewt. Ein Reporter gratulierte ihm zum Sieg.

„Das war ein sehr guter Start", begann der verletzte Ivorer, „aber wir haben unseren Gegner auch ein wenig auf dem falschen Fuß erwischt. Als Aufsteiger muss man sich immer erstmal an das Tempo gewöhnen, sie hatten einige Abgänge im Sommer. Also ich würde das Spiel heute nicht zu hoch hängen. Unsere Mannschaft muss weiter hart arbeiten. Auch heute war noch nicht alles perfekt. Danke."

Der Trubel um Iassine riss trotz der Verletzung nie richtig ab. Auf dem Weg zum Training sammelten sich die meisten Fotografen um ihn, während der Spiele war eine Kamera auf ihn gerichtet. Deswegen verbrachte Iassine so viel Zeit wie möglich bei der Mannschaft, in der Kabine, in den Katakomben, damit ihn die Medien in Ruhe ließen.

Am vierten Spieltag der jungen Saison lauschte Iassine der Taktikbesprechung. In den Tagen und Stunden zuvor hatte er sich mit keinerlei Strategien befassen müssen, doch nun überraschte ihn sein Trainer. Gegen einen anderen Titelaspiranten spielten sie fast schon provokant offensiv in einem unkreativen System.

„4-4-2?", rief Iassine entsprechend laut in die Runde. „Warum denn 4-4-2? Die spielen bei eigenem Ballbesitz quasi ein 2-5-3. Die schaffen sich Überzahl im Zentrum und schlagen über die Außen zu. Was bleibt uns dann? Zwei hochstehende Außenverteidiger, die permanent nach hinten arbeiten müssen. Ach, und zwei Stürmer, die sich an deren einzig verbliebenen Verteidigern aufreiben. Das ist doch …" Iassine biss sich auf die Unterlippe. „Wir kennen deren Taktik. Lassen Sie uns das doch nutzen, anstatt blindlings in ihre Stärken zu laufen."

„Wir bleiben bei unserer Taktik, Iassine. Daran haben wir wochenlang gefeilt." Trainer Arizaga blieb gelassen.

„Aber bei einer Dreierkette haben wir doch beste Chancen, vorne und hinten! Hinten können sich die drei selbstständig zuordnen, fast wie Liberos. Davor zwei Sechser, damit wir im Zentrum nicht unterlegen sind … und die Außen arbeiten ja auch noch nach hinten. Dann können die sich an unserer Abwehr die Zähne ausbeißen, während unsere drei Stürmer bei Kontern überzahl haben. Die Aufstellung schreibt sich praktisch von allein!"

„Iassine, wir haben unsere Taktik schon lange gefunden!"

„Aber die ist unsinnig!"

Kurze Stille in der Kabine. Arizaga seufzte, schüttelte den Kopf. „Okay, Shaka, danke für Ihre Hilfe, aber es wäre besser, wenn Sie jetzt Ihren Platz auf der Tribüne finden."

Iassine stand auf, ging durch die Kabine, aber drehte sich vor der Tür nochmal um, richtete sich an die Außenverteidiger. „Bleibt bloß hinten, sonst werden wir überrannt. Keine Experimente nach vorne, unsere Off–"

„Monsieur Shaka, würden Sie jetzt bitte verschwinden?"

Stumm nickte Iassine und ließ die Mannschaft hinter sich. Auf der Tribüne sah er, wie sich die Verteidigung selbst aushebelte. Hochstehende Außen verloren immer wieder ihre Gegenspieler aus den Augen, während das Mittelfeld viel zu vielen Gegnern ständig den Ball überlassen musste. 0:1 und 0:2 waren einander fast identisch: Ballverlust, schneller Pass auf die Außen, direkte Flanke zurück auf den Elfmeterpunkt, Kopfball, Tor – wie vorausgesagt.

Bestraft wurde nicht der Trainer, sondern Iassine für sein vorlautes Mundwerk. 5000 Dollar in die Mannschaftskasse. In der Folge lauschte er still den Anweisungen Arizagas und Salgueros. Ohnehin agierten sie oft fehlerfrei in ihren Ausführungen. Das verlorene Spiel schien eher ein Ausrutscher gewesen zu sein, bei dem sie die eigene Stärke überschätzt hatten.

In der Folge setzte sich die Mannschaft auf dem zweiten Platz fest. Der Rückstand auf den Tabellenführer schwankte zwischen drei und sechs Punkten. Moe verabschiedete sich theatralisch von seinem verletzten Teamkollegen, als er von den Ärzten fitgeschrieben wurde, aber andere Spieler nahmen seinen Platz ein.

Die Zeit verging wie im Fluge, der November war erreicht. Iassine betrat zum ersten Mal wieder den Rasen, wurde von lachenden Mitspielern in Empfang genommen. Kameras blitzten, verfolgten ihn, als er nur einige Schritte ging, einen kurzen Trab versuchte.

06. Dezember 2025 (20 Jahre alt)

„Wann wird Iassine Shaka wieder ins Training einsteigen?"

Arizaga sah auf seine Armbanduhr. „Haben Sie ..." Er sah dem Journalisten in die Augen. „Haben Sie nicht schon gestern genau die gleiche Frage gestellt?"

Irritiert schüttelte der Mann seinen Kopf.

„Na, dann auch für Sie: Iassine Shaka kann bereits leichte Übungen mit dem Ball absolvieren. Zur Rückrundenvorbereitung sollte er wieder voll belastbar sein. Zumindest geben sich unsere Ärzte alle Mühe."

Auf dem Smartphone verfolgte Iassine die Pressekonferenz seines Trainers. Kurz zuvor hatte die Mannschaft den zweiten Tabellenplatz verloren, war auf Platz Drei zurückgefallen. Zu dem Auswärtsspiel war Iassine nicht mitgereist, wartete stattdessen auf seinen Arzt.

„So, da bin ich", stieß dieser die Tür auf. Rasch ließ Iassine das Smartphone in die Hosentasche gleiten. „Haben Sie irgendwelche Schmerzen? Ist alles in Ordnung?"

„Keine Schmerzen, nein. Aber es zieht ein wenig in der Ferse, wenn ich sprinte."

„Wenn Sie Ihr Höchsttempo erreichen?" Durch kreisrunde Brillengläser besah der Doktor das lädierte Bein.

„Nein, wenn ich den Sprint abbreche und langsamer werde."

„Bleiben Sie dann abrupt stehen oder laufen Sie aus."

„Beides kommt vor."

„Zieht es noch in der Bewegung? Oder spüren Sie den Schmerz erst mit Verzögerung?"

„Mit Verzögerung ... Aber das liegt doch am Adrenalin, nicht?"

„Ziehen Sie mal ihre Schuhe und Socken aus, bitte." Iassine folgte der Anweisung, sah die Halbglatze seines Arztes, der sich gerade hinhockte und die rechte Ferse betastete, vorsichtig nach vorne und hinten beugte.

„Und?"

„Scheint alles in Ordnung zu sein. Passen Sie auf: Sie werden jetzt zwei, drei Tage pausieren und nur ein paar Stabilisationsübungen machen. Dann gebe ich Ihnen noch eine Spritze. Das sollte der Sehne etwas helfen."

„Wobei helfen?"

„Sich an die Belastung zu gewöhnen. Wissen Sie, jeder Körper, jeder Muskel und jede Sehne reagiert unterschiedlich auf die Belastung nach einer Verletzung. Manche reißt sofort wieder, die andere heilt ohne Probleme. Ihre könnte sich womöglich entzünden, aber das kriegen wir hin."

„Ich will da wirklich kein Risiko eingehen, die WM ruft." Sorge breitete sich in Iassines Augen aus.

„Wie gesagt, Sie nehmen zwei, drei Tage frei, dann wird alles gut. Ich hole jetzt die Spritze, in Ordnung?"

Iassine nickte. Sofort warf sich der Arzt auf einen Stuhl mit Rollen, drehte sich, griff nach einer Schublade, holte eine kleine Spritze heraus. Mit den Füßen stieß er sich nach links ab, zog an einer zweiten Schublade und hielt plötzlich ein Fläschchen in den Händen. Klare Flüssigkeit schwappte darin hin und her.

Die Spritze sog die Flüssigkeit auf, der Arzt injizierte sie knapp über dem Knöchel. Innerhalb von Sekunden spürte Iassine erst, wie das Blut abkühlte, bevor seine Ferse warm wurde.

Am nächsten Morgen hatte Iassine keine Schmerzen mehr. Stabilisationsübungen, Training am Oberkörper, er hielt sich strikt an die Anweisungen des Vereinsarztes. Immer wieder besah er die rote Narbe an seinem Bein, hoffte, dass sich die darunterliegende Sehne nicht entzündete. Lange Ausfallzeiten konnte er sich nicht leisten, wenn er zur WM wollte.

Schon bald stand Iassine wieder auf dem Platz. Neben Athletiktrainern und Physiotherapeuten spielte er einige Pässe, allerdings spielte er sie im Stehen. Laufen durfte er nur am

Spielfeldrand ohne Ball am Fuß. Zumindest für die letzten Trainingstage des Dezembers.

Im neuen Jahr verfielen alle in helle Aufregung, als Iassine zum Training kam. Sein Gesundheitszustand war ein Politikum geworden. Medienvertreter standen sich die Beine in den Bauch, um ein Foto oder einige Worte zu erhaschen. Sogar Prinz Al Sada ließ sich Blicken, tauschte sich mit Arizaga aus, während Iassine endlich seine ersten Trainingsspiele absolvierte. Im Fünf-gegen-Fünf jagte er dem Ball hinterher, sein Bein schien nicht zu reagieren.

Lachend freute er sich mit seinen Mitspielern, wenn ihm oder seinen Teamkollegen etwas gelang. Nach so langer Pause spürte er, wie sehr er den Sport, den Wettkampf vermisst hatte und warf sich hemmungslos in Torschüsse, Zweikämpfe und Dribblings.

Nur an der Fitness mangelte es dem zwei Meter großen Ivorer noch immer. Auch in den zwei Wochen ohne Pflichtspiel konnte er das Defizit nicht ausgleichen. Trotzdem ließ ihn Arizaga zum Auftakt der Rückrunde von Beginn an spielen.

„Die Leute wollen Sie sehen, Iassine. Und wir müssen ein Zeichen an die Konkurrenz setzen", erklärte sich der Trainer. „Der erste Platz ist noch in Reichweite, wir wollen angreifen."

„Schon gut, schon gut. Viel fehlt sowieso nicht mehr, bis ich die 90 Minuten gehen kann."

„Gut zu hören."

13. Januar 2026 (20 Jahre alt)

„Hier spielt nur eine Mannschaft, hier spielt nur ein Team, ich bin fast geneigt zu sagen, hier spielt nur ein Mann. Iassine Shaka ist bislang der überragende Mann auf dem Platz. Seit einer knappen halben Stun-

de drückt er ganz Katar seinen Stempel auf. Eine Vorlage hat er schon,
und es scheint nur eine Frage der Zeit, bis auch das erste Tor fällt.

Fast tragisch, dass wir fünf Monate auf ihn warten mussten, aber
jetzt ist er da. Jetzt gehört er uns! Seine schnelle Erholung von dem
Achillessehnenriss grenzt ebenso an ein Wunder, wie seine fußballeri-
schen Fähigkeiten. Es gibt diese Spieler, die schon beim ersten Auftritt
zeigen, dass sie zu Legenden ihres Vereins werden können. Das war
Ronaldo in Madrid, das war Ribéry in München, das ist Iassine Shaka
für Al-Rayyan. Der König von Paris wird zum König Arabiens."

Eine verunglückte Flanke rollte ins Aus. Iassine wischte sich
den Schweiß von der Stirn, sah auf zur Videoleinwand. Erst
27 Minuten waren gespielt, doch Iassine fühlte sich, als stünde
er in der 118. Minute einer Verlängerung. Es mangelte ihm an
Luft, es mangelte ihm an Fitness, aber er war es gewohnt, an
die Grenze zu gehen. Schon sein ganzes Leben ging er an die
Grenze, als kleiner Junge in Abidjan, in Belgien, in Paris. Jetzt
musste er auch an die Grenze gehen, wenn er zur WM wollte.

So ließ sich Iassine öfter fallen, spielte passiver. Er begann,
das Spiel zu lenken, statt daran teilzunehmen. Wie ein Puppen-
spieler schickte er seine Mitspieler in alle Ecken des Spielfeldes,
damit er einige Minuten ordentlich durchatmen konnte. Zum
Ende der ersten Halbzeit hatte er schließlich Glück, als ihm
der Ball nach einer Ecke genau vor die Füße sprang und er nur
noch abstauben musste – sein erstes Tor.

„Super Spiel, Männer, genau so will ich das sehen." Arizaga
applaudierte seinen Spielern in der Pause. „Iassine, was macht
die Luft? Sie sahen müde aus da draußen."

„Könnte besser sein." Er trank.

„Gut. Wenn's so weitergeht, nehme ich Sie in der 70. vom
Feld. Dann können Sie sich von den Zuschauern feiern lassen."

„Meinetwegen können wir auch 60 draus machen."

„Dann geben Sie mir aber noch einen Scorer." Iassine nickte, fand sich nur wenige Minuten später auf dem Platz wie-

der. Für fünf Minuten, für zehn Minuten marschierte er. Nach einer Viertelstunde sah er erst zur Videoleinwand, dann zum Trainer. Doch Arizaga zuckte nur mit den Schultern. Kein Scorer, kein Wechsel.

„Merde", hauchte der Ivorer, atmete tief ein und aus, bevor er weiter über den Platz trabte. Einmal mehr lenkte er das Spiel von hinten, kam in der Offensive kaum über den Mittelkreis hinaus. Aber in der 66. Minute wurde ihm dann doch ein Ball in den Fuß gespielt, als er Platz hatte. Er legte sich den Ball vor, und drosch aus knapp 30 Metern einfach mal aufs Tor.

Die Kugel flog zu hoch und zu mittig Richtung Tor, bevor sie abrupt nach rechts unten abtauchte. Zu spät reagierte der Torwart auf den überraschend starken Richtungswechsel, sprang halbherzig dem Ball hinterher, der genau in den rechten Winkel schoss.

Iassine grinste lediglich, sah zur Seitenlinie, an der Arizaga bereits den Spielerwechsel vorbereitete. Lautstark riefen die Katarer seinen Namen, dreimal, als er den Platz verließ. Beim Trainer, bei den Kollegen abschlagen, nach der nächstbesten Flasche greifen, Flüssigkeit aufnehmen, atmen, trinken, atmen.

Sekunden verstrichen, ehe sich Iassine nochmal nach vorne beugte. Als er die schreienden Fans hinter der Trainerbank sah, zog er sein Trikot aus und reichte es einem kleinen Jungen. Wie verrückt sprang dieser auf und ab, zeigte es seinem Vater. Iassine grinste, auch weil die Fans noch immer ihre Hände nach ihm ausstreckten. Kurzerhand glitten die Schuhe von seinen Füßen. Iassine reichte sie zwei anderen Jungs. Auch die Stutzen verschenkte er, Schienbeinschoner, sogar das Tape verschenkte er. Erst bei der Hose musste er lachend verneinen.

„Es zwickt ein bisschen."

„Was soll ich machen, Shaka?" Der Arzt sah einmal mehr durch seine kreisrunden Brillengläser in die Augen seines Patienten.

„Sollten Sie das nicht wissen?", wunderte sich Iassine.

Langsam ließ sich der Brasilianer auf seinen Bürostuhl fallen. Iassine hatte ihn ein bisschen besser kennengelernt. Vor einigen Jahren war er vom Prinzen persönlich verpflichtet worden, weil er sich in seinem Heimatland einen hervorragenden Ruf erarbeitet hatte. Ein Sportarzt, der sich nur selten in die Reha einmischte, aber bei den täglichen Wehwehchen stets zur Stelle war.

„Ich bin mir sicher", erklärte er seinen Zwiespalt, „dass Sie diese Schmerzen einfach rauslaufen können. Vielleicht wird es an manchem Wochenende ein wenig schlimmer, aber Sie werden spielen. Sie werden an Ihrer Ausdauer arbeiten können und pünktlich zur WM in Wettkampfform sein. Trotzdem ist es nicht ausgeschlossen, dass Ihre Verletzung wieder ausbricht."

Iassine runzelte die Stirn. „Wie hoch ist die Wahrscheinlichkeit?"

„Weniger als ein Prozent."

„Hmm. Aber warum sollte ich das Risiko eingehen?"

„Weil die Schmerzen immer wieder auftreten werden. Sie haben sich Ihre Achillessehne gerissen. Wenn Sie danach keine Schmerzen haben, grenzt das an ein Wunder. Aber es ist eben auch die Achillessehne. Die reißt nicht so schnell, schon gar nicht zwei Mal. Da müsste schon einiges schiefgehen. Und wenn sie nochmal reißt, liegt es nicht an einer schlecht behandelten Verletzung, sondern an der Spielsituation. Dann wäre sie auch in gesundem Zustand gerissen."

„Also macht's keinen Unterschied, ob ich spiele oder nicht?"

„Sie würden Zeit für die Nationalmannschaft verlieren, wenn Sie nicht spielen." Langsam griff der Arzt nach der Schublade.

„Ja, dann sorgen Sie zumindest dafür, dass es nicht mehr wehtut."

„In Ordnung."

So lief Iassine wöchentlich vor und nach den Spielen zu seinem brasilianischen Arzt. Wie vorausgesagt, hatte er an manchen Tagen mehr Schmerzen als an anderen, aber das gehörte eben zum Geschäft. Auch seine Mitspieler liefen ständig zu Ärzten. In Paris hatte er von Mitspielern gehört, die sich nur für ein Spiel 14 Spritzen in den Rücken setzen ließen. Da konnte er auch eine Spritze in der Woche ertragen.

Seine Leistungen litten jedenfalls nicht unter der Behandlung. Schmerzbefreit konnte er viele Scorer für sein Konto sammeln und auch weit entfernt von den europäischen Topligen Eindruck auf den Nationaltrainer der Elfenbeinküste machen.

Vor dem ersten Achtelfinalspiel der asiatischen Champions-Liga saß Iassine mit seinen Teamkameraden bei der Videoanalyse. An jenem Tag war er auch beim Arzt gewesen. Zwei Spritzen mussten es dieses Mal sein, weil sich das Bein nicht an die Doppelbelastung aus Champions-Liga und dem normalen Ligabetrieb gewöhnen wollte.

Auf der Leinwand verfolgte Iassine die Bewegungen seiner Gegenspieler. Sie pressten die ganze Zeit, fanden kein Ende. Bei jeder Szene überraschten sie einen Verteidiger, einen Mittelfeldspieler, eroberten so den Ball.

„Hören die auch mal auf?", fragte Mbengue.

„Nein, eben nicht. Deswegen sind sie ja auch so überraschend ins Achtelfinale eingezogen. Damit kommen die Gegner nicht klar." Arizaga schaltete zur nächsten Szene. Er analysierte gar nicht mehr, dass sie pressten, sondern nur noch, wie sie pressten.

Interessant war, dass sie bei eigenem Ballbesitz ein vollkommen ruhiges, vollkommen kontrolliertes Spiel aufzogen. Der Ballbesitzfußball hatte kein Stück mit dem wilden Pressing gemein, schien dadurch nur unberechenbarer zu werden. Der südkoreanische Trainer musste lange an der Taktik gefeilt haben, aber wurde auch entsprechend belohnt. Der Club aus Seoul hatte noch kein einziges Spiel verloren.

Plötzlich fiel Iassine etwas auf. Eine knappe Stunde hatten sie schon zusammengesessen, aber in dieser einen Szene stimmte etwas nicht. Drei Male wiederholte Arizaga die Studie, bis Iassine merkte, was ihn daran gestört hatte.

„Wir müssen den Ball länger hinten halten."

„Bitte?"

„Die pressen nicht ewig. Ganz am Ende der Szene hören sie auf zu laufen. Bis dahin müssen wir den Ball halten, damit wir in Ruhe aufbauen können." Arizaga spulte zurück, sah sich das Ende an, spulte nochmal zurück.

„Da haben sie den Ball doch schon", rief Rodrigo Gargano.

„Nein, man", antworte Iassine. Der Gegner spielt nur zufällig einen Fehlpass, als die mit ihrem Pressing aufhören."

„Und wenn sie nicht aufhören?", warf Arizaga ein.

„Notfalls kann man den Ball immer wegschlagen. Aber deren Verteidigung ist aufs Pressing und eigenes ruhiges Aufbauspiel ausgelegt. Wenn wir ihnen das Pressing nehmen, funktionieren die Abläufe vielleicht nicht mehr so gut."

Der Trainer grübelte, überlegte für einige Sekunden, bevor er antwortete: „Das könnte vielleicht klappen."

„Wie lange müssen wir den Ball denn dann halten?", fragte Innenverteidiger Alexander Bassey.

„Schauen wir mal", spulte Arizaga zurück an den Anfang der Szene.

Die ganze Mannschaft seufzte, als sie die Zeit von der Uhr ablasen. Ganze 40 Sekunden sprinteten die Südkoreaner wie wild dem Ball hinterher.

„Kein Wunder, dass da keiner durchkommt."

„Doch, wir packen das", ermunterte Iassine.

„Aber wie sieht denn dann unsere neue Taktik aus? Schnelle Pässe in die Tiefe können wir uns dann ja erstmal sparen. So ein Risiko, nur um wieder 40 Sekunden den Ball zu halten."

„Also wenn's funktioniert, können wir einfach wie in der Liga spielen, wie gegen einen, der mauert", überlegte Co-Trainer Eriksen laut.

„Den Ball noch länger halten?"

„Ja, genau. Vereinzelt werden die noch pressen, dadurch ergeben sich größere Lücken. Die Lücken nutzen wir dann aus, ohne zu großes Risiko eingehen zu müssen."

Arizaga nickte, verabschiedete sich kurz darauf von der Mannschaft. Videoanalysten sollten ihm neues Material besorgen, damit er sich von der Taktik überzeugen konnten. Tatsächlich gab es nur wenige Szenen, in denen der Gegner den Ball für 40 Sekunden halten konnte, und immer waren es die letzten Augenblicke ihres Ballbesitzes. Aber rasch merkten alle Beteiligten, dass Iassine mit seiner Annahme recht behielt: Sie stoppten mit dem Pressing.

Noch einmal traf sich die Mannschaft zur Videoanalyse, arbeitete an Taktiktafeln und auf dem Trainingsfeld an schnellen Ballstafetten in der Hintermannschaft, um dem Pressing zu entkommen. Fast 50 Stunden ließ man das Team wie in einem Kurztrainingslager kaum in Ruhe. Doch am Ende fühlten sie sich vorbereitet für das Achtelfinale.

Iassine war ein zentraler Faktor in der Taktik. Als die Südkoreaner die Innenverteidigung anpressten, wurde er angespielt und musste in kürzester Zeit eine sinnvolle Lösung finden. Oft legte er den Ball auf die Außen, von wo aus er zurück zur Innenverteidigung und schließlich wieder zu Iassine gespielt wurde. Manchmal spielte er den Doppelpass mit den Innenverteidigung, zweifachen Doppelpass, teilweise sogar dreifache Doppelpässe, nur um den Gegner zu ermüden.

Doch nach 40 Sekunden ließen die Ostasiaten endlich nach, liefen weniger, atmeten lauter. Auch die Defensive der Katarer atmete durch, doch die Offensive begann erst jetzt, zu laufen. Schnelle Richtungswechsel, Anspielmöglichkeiten, das Kreuzen zweier Spieler eröffneten große Lücken in der gegnerischen Hintermannschaft.

Al-Rayyan musste klug agieren, denn wenn sie den Ball verloren, mussten sie fast immer mindestens 40 Sekunden warten, bis sie den nächsten Angriff inszenieren konnten. Entsprechend hoben die erfahrenen Spieler, auch Iassine, ständig ihre Arme, um ihre Kollegen ruhig zu halten.

Doch die Taktik ging auf. Ein Gegner, der sonst immer um die 65 Prozent Ballbesitz hatte, wurde auf etwa 50 Prozent heruntergeschraubt. Sie liefen mehr Kilometer als sonst, erzwangen weniger Zweikämpfe und verloren mehr von diesen. Nach und nach übernahm Al-Rayyan die Kontrolle, bis sie in der 40. Minute schließlich in Führung gingen. Fans auf den Tribünen schrien fröhlich auf.

Die zweite Halbzeit verlief ähnlich, verstärkte sogar die Tendenz, denn nach 70 Minuten liefen die Südkoreaner auf dem Zahnfleisch. Iassine legte das zweite Tor vor, das 3:0 verfolgte er von der Trainerbank aus. Ein Eisbeutel umhüllte seine Ferse, Schmerzen durchzogen sie.

15. Februar 2026 (20 Jahre alt)

„Die wievielte Spritze ist das?"

„Die Neunte."

„Was tun Sie nur? Meine Ferse ist Matsch, mein ganzes Bein ist tot. Ich spür's gar nicht mehr. Was ist, wenn die Verletzung wieder aufbricht? Es ist einfach nur noch warm."

„Nein, nein, es ist alles in Ordnung mit Ihrem Bein."

„Wie kann das in Ordnung sein? Ich brauche ‚ne Pause."

Der Arzt sah über seine Brillengläser hinweg in Iassines Augen. „Sie wissen, was Arizaga gesagt hat. Das Rückspiel müssen Sie noch spielen, danach bekommen Sie ein paar Wochen frei."

„Ja, ja, schon gut. Machen Sie einfach."

Iassine beobachtete die weiße Decke über sich, während ihm der Arzt die neunte Spritze setzte. Die Schmerzen vergingen ebenso wie das Gefühl in seinem Fuß. Auf Krücken verließ er die Praxis, zwei Tage später spielte er wieder. Wie gewöhnlich verging die Taubheit am Morgen des Spieltages. Voll belastbar, mit bestem Ballgefühl konnte er auflaufen, doch am Ende saß er wieder mit Eisbeutel am Knöchel auf der Ersatzbank.

Nach dem erfolgreichen Rückspiel ließ sich Iassine fast drei Wochen einfach nur im Pool treiben. Natürlich gehörten einige Stabilisationsübungen, ein wenig Hanteltraining auch dazu, aber die Regeneration stand im Vordergrund. Umso mehr ärgerte es ihn, als er nach dem ersten Ligaspiel wieder zum Arzt musste.

„Bekommen Sie das noch hin oder muss ich mich jetzt immer fitspritzen lassen?", blaffte er.

Der Arzt murmelte nur einige Worte auf Portugiesisch.

„Was?"

„Sie sind doch fit, Herr Shaka. Der Spitzensport belastet Sie, diese Belastung nehme ich Ihnen. Aber ansonsten sind Sie gesund. Alles ist—"

„In Ordnung, ich weiß. Fangen Sie jetzt bloß nicht an zu schwafeln."

Mit drei Injektionen in der Ferse spielte Iassine auch das Viertelfinalhinspiel der asiatischen Champions-Liga. Bei der knappen 2:1-Niederlage konnten sie zumindest ein Auswärtstor aus Japan mitnehmen – ein kleiner Achtungserfolg für die Katarer.

Im Vordergrund stand dennoch Iassine Shaka. Auf langen Krücken stieg er in das Flugzeug und Stunden später wieder hinaus. Inzwischen war es mitten im März. Aufgrund des WM-Jahres wurden keine Länderspielpausen mehr eingelegt. Wenn er sich Nationaltrainer Bakary Touré zeigen wollte, musste er das für Al-Rayyan tun und hoffen, dass es für eine Nominierung reichte. Allerdings schwanden seine Hoffnungen, als er am Sonntag nach dem Ligaspiel aus dem Bett aufstand.

„Es war eine dumme Idee! Topspiel hin oder her!"

„Lassen Sie Ihre Wut nicht an mir aus, Herr Shaka", versuchte der Arzt zu beruhigen.

„An wem denn sonst? Ich kann nicht mehr auftreten! Gar nicht! Null! Nada! Verstehen Sie das? Nada?"

„Wenn ich Ihnen eine Spritze gebe, verschieben wir das Problem nur."

„Was soll -" Augenblicklich durchfuhr Adrenalin den ganzen Körper des Ivorers. Iassine sprang auf sein linkes Bein und packte den Arzt am Kragen. Der kleine Mann versuchte sich aus dem Griff des tobenden Hünen zu befreien. Die kreisrunde Brille rutschte fast von der Nase, als sich Iassine nach hinten abstieß, auf der Liege zu sitzen kam. Plötzlich war er wieder ganz ruhig. „Wir verschieben das Problem? Ich dachte, Sie lösen es."

Sofort bemerkte der Arzt die schwindende Wut. Ernüchterung und Verzweiflung drangen aus Iassine heraus. „Sie wollen zur WM, Herr Shaka, und das schaffen wir. Ich werde Arizaga sagen, dass Sie diese Woche freinehmen müssen."

„Was ist mit der Champions-Liga? Wir brauchen nur ein Tor."

„Glauben Sie wirklich, dass Sie weiterkommen?"

Iassine hob seine Augenbrauen. „Sie etwa nicht?"

Der Arzt setzte sich auf den Bürostuhl, die Lehne zwischen den Beinen, als könne er sich dahinter verstecken, falls er falsch antwortete. „Die Japaner sind sehr stark."

Ein Lächeln stahl sich auf die Lippen Iassines, nur für einen Augenblick: „Wie sind Sie nur an eine solche Stelle gekommen? Wie haben Sie nur so viel erreicht? Gehen Sie kein Risiko ein? Versuchen Sie sich nicht an schwierigen Situationen? Nur weil der Andere stark ist, ducken Sie sich und verschwinden. Was dann? Tricksen?"

„Ich bin Arzt, Herr Shaka. Tricksen gehört zu meinem Beruf. Jemand ist krank, ich mache ihn gesund – alltägliche Wunder. Jeder Arzt macht das."

„Dann machen Sie mal", seufzte Iassine.

„Sie wollen spielen?"

„Auftreten, spielen, gewinnen."

Am Montag stand Iassine beschwerdefrei auf dem Trainingsplatz, jonglierte den Ball, als er einen Betreuer über den Platz direkt zu Arizaga sprinten sah. Irritation zierte das Gesicht des Spaniers, als er aufgeregt gesprochene Worte hörte. Der Betreuer überreichte einige zusammengetackerte Din-A4-Seiten, die eilig durchgeblättert wurden.

Ohne von den Papieren aufzusehen, rief Arizaga einen Namen über das Feld: „Iassine Shaka!?"

Sofort trabte Iassine hinüber zu seinem Trainer. „Was ist?"

„Sie sind gesperrt."

„Wieso?"

„Wegen Dopings, Sie räudiger Idiot."

„Was? Ich … Do–? Was?"

„Verlassen Sie den Platz." Arizaga streckte ihm die Papiere entgegen, sah ihn nicht mal an. Iassine las die Papiere, die Befunde, die Ergebnisse, die Folgen: Zwei Jahre Sperre wegen Dopings.

„Das ist Schwachsinn, ich habe nicht gedopt! Ich habe nur … der Arzt! Der Arzt! Ich habe ihm gesagt, dass sich mein Bein nicht gut anfühlt, aber er hat immer wieder beteuert, dass alles in Ordnung sei."

„Verschwinden Sie, Shaka."

„Das können Sie nicht tun, verdammt nochmal!", schrie Iassine. Erst jetzt sahen sich die Mitspieler um, bemerkten die Diskussion, die Auseinandersetzung. Iassine stieß dem Trainer gegen die Schulter. „Sehen Sie mich an, Arizaga! Ich lüge nicht."

„Und ich diskutiere nicht. Verlassen Sie meinen Platz!"

Einen Augenblick überlegte Iassine, bevor er der Anweisung schließlich folgte. In der Kabine duschte er, zog sich um. In der Tiefgarage stieg er ins Auto, fuhr los. An der Arztpraxis klingelte er, schrie. Eine verbliebende Assistentin versuchte Iassine zu erklären, dass der Arzt vor wenigen Minuten die Praxis verlassen hatte.

„Woher wusste er…?", begann Iassine, ehe er sein Smartphone aus der Tasche kramte. Sein Name genügte der Suchzeile, um dutzende, vielleicht hunderte Ergebnisse zum Thema Iassine Shaka und Doping zu finden. Alle wussten Bescheid.

„Nein", murmelte der Ivorer, wählte eilig die Nummer seines Vaters – keine Antwort. Die Nummer seiner Mutter – keine Antwort. „Was macht ihr denn?" Ruud und Pierre schliefen noch, Stephane Traorés Nummer wählte er, aber rief nicht an. Waren sie noch Freunde? Plötzlich vibrierte das Smartphone in seinen Händen, eine unbekannte Nummer.

„Hallo?"

„Monsieur Shaka, Tricolore hier. Einige Worte zu den Vorwürfen, die wir verwenden dürfen?"

„Ich habe nicht gedopt!", schrie Iassine ins Smartphone und pfefferte es auf den Boden. Krachend zersprang es in tausende Einzelteile. Eine verunsicherte Assistentin sah, wie Iassine fluchend aus der Praxis stürmte.

In seinem Haus tauchte Iassine unter, fand sein Telefon, rief beim Verein an. „Ich muss den Präsidenten sprechen."

„Den Präsidenten?"

„Ja, doch, verbinden Sie mich!"

„Das kann ich nicht."

„Warum nicht?"

„Wir kennen die Nummer der Königsfamilie nicht."

Iassine verstummte. Irgendwie musste er die ganze Sache wieder geraderücken, bevor sie eskalierte. Sein Ruf stand auf dem Spiel, die WM, seine ganze Karriere. Rasch tippte er einige Worte auf sein Tablet, teilte sie mit einem leicht umgewandelten Hashtag.

@Shaka22
Ich habe nicht gedopt! #NoKingOfDoping

„Hallo, Georges? Hier ist Iassine. Man, bitte geh ran. Ich brauche dich! Ich habe nicht gedopt! Das ist alles falsch! Bitte ruf mich zurück … Auf dem Festnetz … oder schreib mir meinetwegen irgendwie. Bloß kein Smartphone." Seit dem Vorfall im Parkhaus hatten sie nicht mehr miteinander geredet.

Iassine versank in Stille, versank auf seiner Liege am Pool. Gedanken schwirrten umher, während er regungslos auf Antworten wartete. Dann saß er doch wieder auf, las sich wieder die Papiere durch. Zwei Jahre Sperre wegen eines Mittels, dessen Namen er auch im dritten Versuch nicht richtig aussprach.

Wieso, fragte er sich, wieso musste ihm der Arzt illegale Substanzen injizieren? Es gab doch legale Mittel, legale Arzneien, die Schmerzen lindern konnten. Warum hatten sie nicht ausgereicht? Oder waren die Mittel gar nicht das Problem? Besorgt sah Iassine an seinem Bein hinunter, die Narbe war noch immer deutlich sichtbar. Ein dumpfes Gefühl lag hinter ihr. Der Arzt hatte gesagt, dass sie das Problem nur verschieben konnten. Welche Verletzung verschleppten sie Tag für Tag, seit Monaten schon?

Ein Klingeln riss ihn aus seinen Gedanken. Mendes schrieb in einer privaten Nachricht, dass Iassine sich einen Anwalt suchen solle. Eine Nummer war angehängt. Rasch wählte er.

„Und jetzt?"

„Jetzt suchen Sie sich einen richtigen Arzt und warten auf die Entscheidung des Gerichts." Iassine rückte die Krücken zurecht, auf denen er seit vier Tagen lief. Rasend schnell hatte der Anwalt alle möglichen Beweise, Indizien und sogar alles Hörensagen gesammelt. Dabei hatte er Iassine immer direkt involviert und auf dem Laufenden gehalten. Sie hatten herausgefunden, dass der Arzt viele Patienten behandelt hatte, die des Dopings überführt worden waren. Aus allen Ländern, von allen Sportarten waren sie zu ihm gekommen. Von offizieller Seite durfte er keine Vereine oder Sportler mehr betreuen, aber als privater

Arzt durfte er noch immer praktizieren. Deswegen war er auch nicht Arzt von Al-Rayyan, sondern vom Prinzen.

Wie Iassine merkte, wurde auch keiner seiner Mitspieler von dem Mann mit der kreisrunden Brille und der Halbglatze behandelt. Er war einzig und alleine für Iassine gekauft worden, damit dieser so schnell und lange wie möglich Geld einspielen konnte.

Jetzt aber hatte der Arzt eine Grenze überschritten, die ihn auch vor einem normalen Gericht vor Probleme stellte. Er hatte Iassine gedopt, ohne dass er davon wusste – Betrug. Das Problem blieb das Sportgericht, denn wie sollte man beweisen, dass ein Patient nicht vom Doping wusste?

Blindlings hatte Iassine zu Beginn der Behandlung alle möglichen Papiere unterschrieben, die ihn über Gefahren der Medikamente hingewiesen hatten. Nur vom Doping war auf diesen Papieren keine Silbe zu sehen. Das betonte der Anwalt auch in der Verhandlung vor Gericht. Viel wichtiger war aber: „Während sich Iassine Shaka hier vor dem Sportgericht rechtfertigen muss, ist von seinem Arzt keine Spur zu finden. Auch Iassine hätte fliehen können, aber im Gegensatz zu seinem Arzt, ist er sich keiner Schuld bewusst. Er muss nicht fliehen, weil er unschuldig ist."

Bei den Worten wäre Iassine fast aufgestanden, um seinem Anwalt zu applaudieren. Diese Worte zum Ende des Plädoyers sollten ausreichen, damit die vorschnelle Sperre über zwei Jahre zurückgenommen würde.

30. März 2026 (20 Jahre alt)

„Nein, nein, nein, das kann nicht sein." Iassine sah die offizielle Mitteilung auf der Website des internationalen Fußballverbandes. Sie hatten ihm zugestimmt, sie waren der Argumentation gefolgt, und doch blieb er gesperrt. Höhnisch klang der Satz, den auch ein Vater seinem Sohn hätte sagen können: „Unwissenheit schützt vor Strafe nicht."

Noch mehrere Male las Iassine Wort für Wort die Erklärung des Verbandes. Bis zum Ende des Jahres verkürzten sie die Strafe. Keine zwei Jahre mehr, aber auch keine Weltmeisterschaft. Der Traum war endgültig geplatzt. Die Folgen daraus waren aber nicht rein fußballerischer Natur.

Er musste keine Nachrichtenartikel suchen, keine Websites öffnen, keine Foren durchstöbern. Ihm dämmerte, was geschrieben wurde, er ahnte die Häme. Niemand würde sich dafür interessieren, dass er nichts von dem Doping gewusst hatte – Er hatte gedopt. Und selbst wenn sie ihm Gehör schenkten, würde er als Idiot dargestellt, der ahnungslos alles unterschrieb und tat, was ihm vorgelegt wurde. Jede Spritze wurde genommen, jede Pille geschluckt.

Iassine verbarg sein Gesicht in den Händen. Geldgeil und gedopt, hörte er Stimmen von Fußballfans auf der ganzen Welt. Und dumm. An jenem Tag meldete sich nur eine Person bei Iassine. Sein Anwalt entschuldigte sich. Ansonsten stand er allein, blieb er allein.

An der Bar schenkte sich Iassine ein Glas Wasser ein, legte sich wieder ins Bett. Es war gerade mal 11 Uhr am Morgen, aber aufstehen brauchte er nicht mehr. Erst am nächsten Tag raffte er sich auf. Auf humpelndem Bein suchte der Ivorer einen neuen Arzt auf.

Vom Vereinsgelände wurde er weggeschickt. Mit der Sperre war auch eine Suspendierung in Kraft getreten – verbannt vom Prinzen persönlich. Immerhin gab man ihm eine andere Adresse mit auf dem Weg. MRT und Ergebnisse erhielt er noch am selben Tag.

„Sie brauchen erstmal ein paar Monate Pause. Keine Spiele mehr."

„Keine Spiele mehr?", wiederholte Iassine. „Soll das witzig sein? Kennen Sie mich nicht? Ich bin gesperrt! Von was für Spielen reden Sie?"

„Nicht nur von Spielen, auch vom Training. Ihre Achillessehne ist völlig hinüber."

Iassine schüttelte den Kopf. „Erstens: Training geht auch nicht, ich wurde suspendiert. Zweitens: Das ist doch nur eine Entzündung. Warum soll ich da monatelang ausfallen? Eine Spritze sollte doch reichen."

„Eine Spritze? Deswegen sind Sie doch gesperrt."

„Doch nicht wegen", wie er betonte, „einer Spritze! Jeder bekommt Spritzen. Ist doch fast alles erlaubt."

„Dagegen hilft aber keine Spritze." Der Mann im Kittel holte Luft. „Lassen Sie mich das mal verdeutlichen. Wenn die Achillessehne eines Mannes normalerweise ein Schiffstau ist, dann ist Ihre nur noch ein Faden."

„Das heißt?"

„Ihr ‚Arzt' hätte Sie spielen lassen, bis die ‚Entzündung' wieder gerissen wäre."

„Oh …"

„Richtig, oh."

„Und was bedeutet das?"

„Zwei Monate Pause."

„Was ist mit Reha?"

„Kennen Sie Stabilisationsübungen?"

„Ja", nickte Iassine, verschwand. In seinem Schloss griff er aus Gewohnheit nach einer Hantel, bevor er sie einfach wieder fallen ließ. Wofür sollte er trainieren? Acht Monate – Acht Monate! – durfte er nicht einmal in die Nähe seiner Mannschaft. Wenn er sieben Monate flachlag, konnte er immer noch einen Monat hart arbeiten und sich für ein Comeback in Form bringen.

Welches Comeback? Seine Zukunft war vollkommen ungewiss. Würde man ihn wieder einsetzen? Würde überhaupt jemand einen Dopingsünder spielen lassen? Das waren keine 100-Meter-

Läufe, bei denen man sich über individuelle Leistung zurück in die Weltspitze kämpfen konnte. Stattdessen musste sich Iassine in eine Mannschaft, in eine Gruppe von über 30 Menschen integrieren, die ihm womöglich nie wieder vertrauen konnten. Eine Gruppe von Menschen, die er ohnehin kaum kannte, von denen er niemanden einen Freund nennen würde. Freunde hätten sich bei ihm gemeldet. Aber niemand meldete sich.

Man hatte sich als Teil der Mannschaft akzeptiert, man hatte sich zufällig bei der Reha getroffen. Man hatte sich gegenseitig gepusht, um individuelle Ziele zu erreichen. Doch individuelle Ziele waren verpufft. Die Mannschaft war ihm egal gewesen, solange er sich für die Nationalmannschaft empfehlen konnte. Der Verein, der Präsident, die Fans waren ihm vollkommen egal gewesen, solange sie ihm eine Plattform gaben.

„Scheiß drauf", beendete Iassine den Schwall an Gedanken, warf sich in den Pool. Die Tage wurden länger. Mit seinen Eltern sprach er, telefonierte er. Aber nur mit seiner Mutter konnte er vernünftig reden. Didier warf ihm früher oder später, ob bewusst oder unbewusst, immer wieder dieselben Dinge vor.

Er hätte nicht zu dem Arzt gehen dürfen, er hätte sich nicht verletzen dürfen, er hätte nie nach Katar wechseln dürfen. Iassine wusste das. Und so reagierte er mit Wut. Wer will schon immer wieder von seinen Fehlern hören? Bald schrieben sie nur noch kurze Texte hin und her. Mutter Nubia ließ sich von den Streitereien einschüchtern, wollte nicht zwischen irgendwelche Fronten geraten, blieb stumm im Hintergrund. Und Iassine blieb allein.

Er erinnerte sich an seine erste Verletzung, an die Ausfallzeit. Damals hatte er ständig mit seinen Teamkollegen geredet. Er hatte mit Trainern und Assistenten geredet. Jetzt aber war er isoliert. In die Stadt konnte er nicht gehen, weil man ihn sofort erkannte, ächtete. Ohnehin war er mit seinem großen Verdienst, mit all dem Geld, als König weit entfernt von dem gemeinen Volk.

Was hatte Mendes gesagt? Entweder man geht als König oder man wird gegangen. Wie Napoléon wurde er ins Exil auf seine kleine Insel geschickt. Weit entfernt davon, irgendetwas zu erreichen.

Sein Glas an der Bar war schmutzig, Fingerabdrücke zierten es. Rasch öffnete er eine der Schranktüren. Vier Gläser blitzten in der ersten Reihe. Mit der linken Hand holte er eines heraus, mit der rechten Hand schloss er die Tür. Doch kurz bevor sie zufiel, als er sich schon abwenden wollte, blitzte etwas in seinen Augenwinkeln.

Neugierig öffnete er die Tür erneut. Hinter den drei übriggebliebenen Gläsern, dort hatte es geblitzt, dort standen sie. Flaschen. Georges Mendes hatte sie mitgebracht, als er gerade erst eingezogen war. Monatelang hatte er sie ignoriert, er hatte sie gar nicht erst bemerkt. Doch jetzt blitzten sie.

Literweise Alkohol, den er fast immer gemieden hatte. Schon mit 15 Jahren hatte er für Profimannschaften in Europa gespielt. Partys hatte er sich nicht leisten können, nicht wenn er seine Ziele erreichen wollte. Nur bei Meisterschaften und Pokalsiegen hatten sie ihm Sekt und Champagner gereicht. Aber weil sich nie jemand gefreut hatte, hatte er kaum mehr als ein Glas getrunken.

Nun stand das Glas vor ihm. Er füllte es mit Rum.

03. April 2026 (20 Jahre alt)

@Shaka22
Es brennt, mein Gott, es brennt.

05. April 2026 (20 Jahre alt)

@Shaka22
Ich habe viel Zeit, um nachzudenken. Es war mein Fehler.
Ich hätte besser aufpassen müssen.

09. April 2026 (20 Jahre alt)

@Shaka22
Keine zwei Wochen gesperrt. Mir ist langweilig, richtig
langweilig. Al-Rayyan fehlt in der Champions-Liga. Schade,
dass sie rausgeflogen sind. Ich hätte gerne geholfen.

11. April 2026 (20 Jahre alt)

@Shaka22
Wie oft wollt ihr mich noch beleidigen? Ihr redet alle
denselben Müll. Ja, ich bin geldgeil. Ja, ich habe gedopt.
Was wollt ihr noch? Glückwunsch an Al-Rayyan. Ich trinke
auf euch.

15. April 2026 (20 Jahre alt)

@Shaka22
Ihr seht mich nicht mehr, weil ich euch nicht sehen will.
Von allen Seiten wird man beleidigt. Was soll ich damit?
Kann ich mir sparen.

19. April 2026 (20 Jahre alt)

@Shaka22
Es ist wieder Wochenende, oder? So viele Nachrichten
über irgendwelche Spiele. Rayyan, Paris UND Beveren
haben verloren - Was für ein Tag! Habt ihr sonst nichts zu
tun, als mich mit sowas zu nerven?

21. April 2026 (20 Jahre alt)

@Shaka22
Glückwunsch Pierre, Stephane und Co. Klasse Hinspiel.
Lasst euch das Finale nicht mehr nehmen.

25. April 2026 (20 Jahre alt)

@Shaka22

Hört auf, mir die Schuld zu geben, wenn Rayyan nicht Meister wird. Ich wurde zu unrecht gesperrt, ihr wisst das. Wenn die Mannschaft damit nicht klarkommt, ist das nicht mein Problem.

26. April 2026 (20 Jahre alt)

@Shaka22

Natürlich ist der Verband schuld! Wisst ihr, wie viele Spritzen man in seiner Karriere bekommt? Woher soll ich denn wissen, dass dieses eine Mittel illegal ist? Ich wurde von vorne bis hinten verarscht.

@Shaka22

Was weiß ich warum? Vielleicht war ich denen zu gut. Vielleicht wurde ich dem Prinzen zu groß. Ich war ein König unter Prinzen. Natürlich wurde ich gestürzt.

@Shaka22

Es war sein Arzt. Deswegen. Es war einzig und allein sein Arzt.

29. April 2026 (20 Jahre alt)

„Willkommen zurück bei Heaven Sport News, Ihrem Sportsender Nummer eins. Und wir starten den Morgen mit Videoaufnahmen von der letzten Nacht, die im Internet gerade viral gehen. Dabei handelt es sich um ein Video vom ivorischen Mittelfeldspieler Iassine Shaka."

„Ganz genau. Der Golden Boy von 2024 wurde vor knapp einem Monat wegen Dopings für acht Monate von allen Fußballspielen gesperrt. Und so wie's aussieht, tut ihm die Sperre nicht so wirklich gut."

„Oder sie tut ihm ein bisschen zu gut, Nick. Denn auf dem Video ist Shaka stark alkoholisiert beim Feiern zu sehen, zumindest war er feiern, bevor er aus dem Club rausgeflogen ist. Die Ausschnitte zeigen ihn bei der Rangelei, die zu seinem Rausschmiss geführt hat."

„Und verzeihen Sie bitte, dass wir den Ton nicht abspielen. Aber im Grunde genommen hört man nur starke Bässe unterlegt mit Beleidigungen aller Art, die wir hier bei Heaven lieber nicht hören wollen. Was sagst du dazu?"

„Was soll ich dazu sagen? Iassine ist immer noch ein Riese. Mit dem legt man sich besser nicht an. Sein Vollbart lässt ihn sogar noch gefährlicher aussehen. Auch wenn er vielleicht einen kleinen Bauchansatz hat."

„Ein kleiner Bauchansatz? Schwer zu sagen bei dem Hemd, das er trägt. Aber wir freuen uns wirklich sehr, Iassine Shaka endlich mal wieder zu sehen. Bis auf einige fragwürdige Worte über die sozialen Medien, hatte er sich weitestgehend zurückgezogen."

„Also ich freue mich auch, dass er noch lebt, aber in diesem Zustand hätte ich ihn lieber nicht gesehen. Die Sperre scheint ihn wirklich mitzunehmen. Hoffentlich bleibt dieser Alkoholexzess, die Prügelei, all das eine Ausnahme, damit er 2027 wieder angreifen kann."

„Zu wü–"

Iassine schaltete den Fernseher ab, zog die Kapuze über den hämmernden Schädel. Mitsamt Jacke und Schuhen war er letzte

Nacht auf dem Sofa eingeschlafen, den Fernseher hatte er laufen lassen. Die Stimmen hatten ihn geweckt.

„Milch und Honig", dachte Iassine, als er sich limitierten Honigwhiskey in einen Becher voll Milch mischte. Über die Bar gelehnt sah er hinaus auf den Strand. Es stürmte, Regen peitschte gegen das Panoramafenster. Die drei Tage des Winters kamen früh in jenem Jahr in Katar.

Aber Iassine nutzte den Regen für sich, setzte sich an das stürmende Meer, das noch immer so schön warm war. Für einen Moment bloß vergaß er die Dopingsperre. Er vergaß die vielen Stimmen, all den Hass, die Probleme. Doch erinnerte er sich bald wieder, warum er sich mit einem Glas voll Alkohol in den Regen gesetzt hatte, warum er in der vergangenen Nacht einen Club aufgesucht hatte.

Niemals hatte er daran gedacht, feiern zu gehen. Ihm war nicht nach Feiern zumute gewesen. Einfach nur vergessen, das war sein Ziel. Mit Cocktails in der Hand balancierte er von Bein zu Bein, bis ihn dieser Idiot, dieser Fußball-Fan angepöbelt hatte.

„Kaum bist du weg, schon kommen sie ins Finale." Höhnisches Lachen. Es waren genau die Worte, die Iassine nicht hatte hören wollen. Es waren die Worte, vor denen er geflüchtet war, die ohnehin tausendfach in seinem Kopf wiederhallten. Paris im Finale der Champions-Liga, während Iassine in der Wüste weilte und trank. Jeden Tag trank er. Wenn er nicht trank, schmerzte sein Kopf – verkehrte Welt. Er roch ihn. Er roch ihn an sich selbst. Der Alkohol war ein steter Begleiter. Deswegen hatte sich Iassine angewöhnt, Pfefferminzdrops zu lutschen. Nach jedem Drink ein Drops. Nach jedem Drops ein Drink.

Die Menschen sprachen trotzdem über seinen Geruch. Sie drehten sich um, wenn er an ihnen vorbeilief. „Hey, das ist Iassine Shaka!" Erst sind sie laut.

„Ih, wie der riecht", hinter vorgehaltener Hand. Aber fünf Finger, ein paar Knochen und Haut sind ein schlechter Schalldämpfer.

„Und fett ist er auch geworden." Dann fangen sie an zu lachen.

Es war kein Wunder, dass Iassine nur selten nach draußen ging. Aber manchmal fiel ihm nicht nur das Dach auf den Kopf, nein. Der ganze Palast mit all den Türmen brach zusammen, ließ Steine auf ihn regnen, als wären es die schwarzgrauen Wolken, die in jenem Moment über ihn hinwegzogen.

Entweder in die Öffentlichkeit oder ans Meer. Manchmal fragte er sich, wie weit er hinausschwimmen konnte, bevor es ihn zu weit rausziehen würde. Manchmal fragte er sich, ob er überhaupt zurückkommen wollen würde. Deswegen blieb er am Strand sitzen, ging nicht ins Meer, nie. Er hatte Angst, dass er am Wendepunkt die falsche Entscheidung treffen würde. Beiläufig trank er die inzwischen verwässerte Milch mit Honig. Erst das leere Glas, die Suche nach dem Drops trieb ihn zurück in das trockene Schloss.

Zwei Wochen später lag er wieder auf dem Sofa, auf dem er so oft aufwachte. Seine Füße wollten nachts nicht hoch in die riesigen, staubigen Winkel der oberen Geschosse. Es war derselbe Sportsender, sogar dieselben Moderatoren, die ihn so oft mit ihren Nachrichten plagten. Doch an diesem Tag trieben sie Iassine ein Lächeln auf die Wangen.

Sein Arzt, der Mann mit der Halbglatze, mit der kreisrunden Brille, wurde gezeigt. Ein lächerliches Bild eines lächerlichen Mannes stand in der oberen rechten Ecke. Sie hatten ihn gesperrt. Nicht nur der internationale Fußballverband. Alle möglichen Sportverbände sperrten ihn und sprachen Sperren für Sportler aus, die sich von ihm behandeln ließen. Das Gericht urteilte, dass er ein Netzwerk gesponnen hatte, dass sich über die ganze Welt erstreckte – Doping für alle. Doch dieses Netzwerk verbrannte vor den Augen des lachenden Iassine Shaka.

Mit vollem Glas prostete er dem Bildschirm zu. Der Pfefferminzgeschmack war noch nicht richtig verklungen, schon überschwemmte ihn frischer Rum.

Dank einer angenehm konstanten Menge Alkohol im Blut verlor Iassine über viele Tage jegliches Zeitgefühl. Nachrichten von Meisterschaften und Pokalsiegen erinnerten ihn daran, dass international die Saisons endeten. Und doch überraschte es ihn, als plötzlich das Champions-Liga-Finale im Fernsehen übertragen wurde.

„Auf ein Neues", murmelte Iassine, schlurfte hinüber zur Bar. Zwei Gläser, zwei Flaschen, zwei Mannschaften, ein Spiel. In das eine Glas füllte er Rum, in das andere schüttete er Whiskey – an den Honig hatte er sich gewöhnt.

Wenn Paris aufs oder ins Tor schoss, trank er vom Rum. Bei Turin wählte er Honig. Bald brannte es Iassine von der Kehle bis tief in den Magen. Paris dominierte die Partie, Pierre spielte überragend. Mit ihm könnte Deutschland weit kommen, wenn es zur WM ging. 2:0 zur Halbzeit.

Pfefferminzdrops und frische Luft in der Pause. Mit heißem Sand zwischen den Zehen schlummerte Iassine vor sich hin, bis ihm irgendwann wieder einfiel, dass er das Finale gucken wollte. Verschlafen torkelte er zurück zum Sofa. Turin hatte den Anschlusstreffer erzielt, drückte, presste. Honig beruhigte den brennenden Rachen.

Aber ein Tor wollte nicht fallen. Lattenschuss von den Italienern in der 86. Minute. Auf der Tribüne raunten sie. Iassines Augen rollten, während er hinter dem Sofa kniete, sich versteckte. Vorsichtig wagte er sich aus der Deckung, um das Spiel weiter zu verfolgen. Nur die Augen lugten über das Sofa, die Zähne verbissen sich in der weichen Wand.

„Ihr wollt mich doch verarschen", lallte Iassine. Jean Brahimi lief jubelnd aufs leere Tor zu. 93. Minute, der italienische Torwart hechelte verzweifelt dem Stürmer hinterher, der nach der Ecke nur am Mittelkreis gewartet hatte. Brahimi ließ sich nicht stoppen, traf zum 3:1, Ende.

Iassine fiel rückwärts auf den harten Holzboden. Seine Augen tränten, fielen zu. Plötzlich wurde ihm schlecht. Eilig drehte er sich auf den Bauch, robbte, streckte sich zu dem Pool. Doch als sein Kopf über dem Wasser baumelte, verging die Übelkeit. Er schlief ein.

Keine Luft, keine Luft. Iassine schrak auf, sah verschwommenes, helles Blau, fühlte das Wasser, spürte es in der Luftröhre. Mit beiden Händen stemmte er sich vom Beckenrand ab, zog den Kopf aus dem Pool, hustete laut und spuckte aus.

„Verfluchtes Wasser", ärgerte er sich, während es von seiner Nasenspitze tropfte. Im Hintergrund hörte er Nachrichtensprecher, die gerade zum Sport wechselten. Pierre hob den großen Henkelpott in den Nachthimmel, Iassine öffnete ein Bier gegen die Kopfschmerzen.

> @Shaka22
> Pierre beim Sieg gesehen. Fühle mich wie Boromir, der seinen Bruder vom Himmel aus sieht und denkt: „Ich bin besser als er. Warum bin ich tot?"

Lächelnd erwartete Iassine den Shitstorm. Seine Frage wurde umfassender beantwortet, als er es sich je hätte erträumen können.

Weil er geldgeil war. Weil er fett war. Weil er ein Verräter war. Weil er ein Dopingsünder war. Weil er erbärmlich war. Weil er ein Trinker war. Weil er ein Idiot war. Weil er ein schlechter Mensch war.

„Weil ich das größte Talent der ganzen verdammten Welt war!", schrie Iassine gedanklich als Antwort auf all den Hass. Aber sofort bemerkte er den Fehler in seiner Wortwahl. Er war das größte Talent. Er ist es nicht. Er war das größte Talent – irgendwann einmal gewesen.

Wenn er einen solchen Gedanken fasste, packte ihn meist der Ehrgeiz. Er wollte trainieren, in Form kommen, fit werden und es allen Menschen zeigen. Zeigen, was er konnte, zu was er fähig war. Doch Tag, Monat und Jahr erinnerten ihn an die

Strafe, die ihm auferlegt worden war. Es war Anfang Juni, noch sieben Monate zu gehen. Vor drei Wochen hatte er seinen 21. Geburtstag vergessen. Endlich trank er darauf.

03. Juni 2026 (21 Jahre alt)

„Haben Sie manchmal Angst, dass der Erfolg wie eine Husche an Ihnen vorbeifliegt?"

„Eine Husche?"

„Ja, wie eine Husche vorbeifliegt."

„Was ist denn eine Husche?"

„Eine Regenwolke, die eben schnell vorüberfliegt."

„Wo haben Sie denn den Ausdruck her? Das habe ich ja noch nie gehört."

„Also in meinem Umfeld ist der ziemlich gebräuchlich."

„Interessant ... Naja, Angst habe ich jedenfalls keine. Natürlich muss man sich auch mal selbst daran erinnern, was man gerade geleistet hat. Es fällt einem extrem schwer, diese Leistungen überhaupt zu realisieren. Aber wenn ich den Erfolg dann einordne, kann ich ihn auch ganz gut konservieren und in Erinnerung halten."

„Können Sie auf diesen Erfolgen aufbauen? Oder geht es jetzt wieder bergab?"

„Es kann immer bergab gehen, das ist logisch, gerade dann, wenn man die Spitze des Berges erreicht hat. Aber wir haben eine ausgewogene Mannschaft, einen guten Trainer und ein hervorragendes Team dahinter. Wir tun gut daran, an uns selbst zu glauben und uns die höchstmöglichen Ziele zu setzen."

„Nach Ihrem Triumph hat Ihr ehemaliger Freund und Teamkollege Iassine Shaka einige böse Worte über die sozialen Medien verlauten lassen. Im Grunde genommen, greift er Sie darin an. Wie haben Sie das aufgenommen? Was sagen Sie dazu?"

„Also zuerst einmal ist er zwar mein ehemaliger Teamkollege, aber nicht mein ,ehemaliger' Freund. So wie ich das sehe, sind wir immer noch gute Freunde und sind füreinander da. Warum er sich zu dieser Provokation hat hinreißen lassen, hat er mir zwar noch nicht erzählt, aber ich denke, er wird schon seine Gründe gehabt haben. Wahrscheinlich hat er es als Scherz gemeint. Jedenfalls nehme ich ihm das nicht übel. Es ist ein offenes Geheimnis, dass Iassine gerade in einer schwierigen Phase steckt. Da wollen wir ihm alle helfen."

„Sie glauben also nicht, dass er in irgendeiner Form wütend auf Sie war, oder so etwas?"

„Wütend? Nein, warum auch? Was schreibt er denn schon? Er sagt, er ist besser als ich. Spielerisch würde ich ihm Recht geben, da steckt er mich in die Tasche. Er fühlt sich tot, was ich bei der langen Sperre auch nachvollziehen kann. Und vielleicht hatte er in der Nacht noch einen Tolkien-Marathon bestritten, falls Sie verstehen, was ich meine."

Gelächter vom Moderator, Iassine blieb stumm sitzen, horchte dem Interview. Sie waren alle Profis. Nicht nur auf dem Platz, sondern im Alltag. Wenn ihnen eine Frage gestellt wurde, wussten sie, was sie darauf antworten mussten. Ihnen fiel nichts ein, sie erinnerten sich bloß. Ihnen war alles beigebracht worden, vom ersten Tag an.

Auch Pierre war einer von ihnen. Wahrscheinlich hatte er Iassines Worte nicht einmal selbst gelesen, da fing ihn schon ein Pressesprecher, ein Sebastian Valverde aus Paris ab. Sie sprachen kurz miteinander, einigten sich auf die Worte und dann wurde er schnellstmöglich zum Interview geschickt, damit ihn das Thema nicht noch während der WM beschäftigte.

Die Weltmeisterschaft mutierte zu einem großen Trinkfest. Nach einigen großen Turnieren ohne Spektakel vertrauten auch kleinere Nationen ihren Fähigkeiten. Sie forderten die großen Fußballnationen heraus, Spiele auf Augenhöhe. Zumindest erhofften sie sich das.

Fußballstätten von Mexiko-Stadt bis Vancouver, mit Tijuana, Vegas und New York als Durchgangsstationen, ließen die Fanherzen höherschlagen. In ungewohnten Dreiergruppen konnte fast nichts schiefgehen. Ein Außenseiter wurde hoch geschlagen, mit dem anderen Team duellierte man sich.

Zum Auftakt verlor die Elfenbeinküste gegen Deutschland. Mit Pierre hätte Iassine gerne nochmal auf dem Platz gestanden, auch als Gegner. Im zweiten Spiel schlugen sie Usbekistan. Iassine hatte sich vorgenommen, seine Flasche bei jedem Tor zu leeren. Die Ivorer straften ihn mit einem Sechserpack, das Bier ging ihm aus.

Zum Sechzehntelfinale trank Iassine wieder Honig. Attraktive Begegnungen – Frankreich gegen Spanien, Italien gegen Argentinien – wechselten sich mit exotischen Partien wie Japan gegen die Elfenbeinküste ab. Aber auch der zweite asiatische Gegner konnte den jungen, spielstarken Afrikanern nichts entgegensetzen.

Trainer Bakary Touré löste das Problem des eher unkreativen Mittelfelds mit frühem Pressing und schnellem Umschaltspiel über die Außen. Wenn sich die Japaner nicht hinten reinstellen konnten, wenn sie sich nicht ordnen konnten, mussten die Elefanten keine kreativen Lösungen finden. Außen und Stürmer standen im freien Raum, warteten nur auf die offensichtlichen Zuspiele, und verwerteten sie schließlich. 2:0 – Achtelfinale.

Ruud kannte sich mit Italien aus, ein gutes Drittel der ivorischen Nationalmannschaft verdiente sein Geld in Italien. Ein angenehmer, unangenehmer Gegner für die Runde der letzten 16 Teams. Jeder wusste um die traditionell starke Defensive, um den Kampfeseifer, wenn das eigene Tor wie der Limes der alten Römer verteidigt werden musste. Gleichzeitig agierten sie offensiv oft voller Spielfreude, unbekümmert, denn das Leben war schön.

Die Elfenbeinküste spielte nicht schlechter als Italien. Italien agierte einfach cleverer. Fast schon fies – wie bei zwei Brüdern, die Schach spielten. Der ältere Bruder erzählt dem jüngeren nicht, dass man vor dem letzten Zug „Schach" sagen muss. Allein deswegen verliert der jüngere Bruder.

Über einen Konter kassierten die Ivorer das Gegentor. Minuten vor dem Abpfiff konterten plötzlich die Elefanten selbst. Schneller Pass durchs Zentrum knapp hinter die Mittellinie, der Stürmer ist praktisch schon vorbei am letzten Verteidiger, doch plötzlich ein taktisches Foul.

Iassine las die Lippen des entsetzten Stürmers: „Ich war durch! Ich war frei durch!"

Aber was sollte der Schiedsrichter tun? Vielleicht hätte ein Außenverteidiger noch eingreifen können, vielleicht wäre sogar der Torwart rechtzeitig draußen gewesen, um den Konter zu vereiteln.

Den Regeln entsprechend zückte der Schiedsrichter die Gelbe Karte wegen taktischen Fouls. Es wurde kein Konter gespielt, es gab keine Überzahl, die Squadra Azzura konnte die Führung sicher über die Zeit bringen.

In den Wiederholungen kritisierte man den armen Sechser der Elfenbeinküste, der vor dem 0:1 ebenfalls ein taktisches Foul hätte ziehen können. Kurz ins Trikot greifen, die Schulter packen, um sich neu zu ordnen. Aber wie sich herausstellte, hatte der Sechser schon an das Viertelfinale gedacht – Bei einer Gelben Karte wäre er für die nächste Runde gesperrt gewesen. Wer will so eine Entscheidung 20 Minuten vor Schluss treffen?

Iassine zuckte mit den Schultern, Bier und Rum, Honig und Milch. Auch bei der Weltmeisterschaft 2026 schaffte es kein afrikanisches Team ins Halbfinale.

28. November 2026 (21 Jahre alt)

„Sehr geehrter Herr Iassine Shaka,

hiermit teilen wir Ihnen mit, dass Ihre Suspendierung vom Vereinsgelände von Al-Rayyan zum 01. Dezember 2026 aufgehoben wird. Auch wenn Sie vorerst nicht mit der Mannschaft trainieren dürfen, steht es Ihnen dennoch frei, sich für die Rückrunde dieser Saison individuell in Form zu bringen. Cheftrainer Rubèn Toribiu Arizaga erwartet Sie zum Trainingsauftakt im Januar 2027 auf dem Platz.

Für die Zukunft wünschen wir weiterhin viel Glück.
Mit freundlichen Grüßen
Die Geschäftsstelle von Al-Rayyan"

„Weiterhin viel Glück", murmelte Iassine. Seit drei Wochen hatte er nicht mehr nach der Post geschaut. Immerhin entdeckte er den Brief rechtzeitig. Die Monate seit der Weltmeisterschaft waren gleichzeitig langsam und schnell an ihm vorbeigezogen. Als hätte er ewig im Wartezimmer eines Hausarztes gewartet und sich am Ende gefragt, wo die Zeit geblieben ist.

„Dann war's das wohl mit dem Alkohol." Iassine setzte sich auf, warf sich in den Pool. Nach zwei Bahnen atmete er so schwer, dass er sich am Beckenrand festklammern muusste, um nicht unterzugehen. Das Hanteltraining lief besser. Ausdauer vergeht schneller als Muskelmasse. Trotzdem hatte er nach einer Viertelstunde genug vom Training, schnappte sich ein Bier.

„Wenn ich erstmal auf dem Vereinsgelände bin, wird es schon werden", redete sich Iassine ein. Aber als er am Dienstag, den ersten Dezember 2026, die Geräte sah, wollte er direkt wieder nach draußen gehen. Auf dem Laufband ging er einige Schritte, in der Sauna schwitzte er.

Kurz nach zwölf Uhr kamen zwei Jugendspieler in das Studio, die Iassine noch nie gesehen hatte. Mit Argwohn betrachteten sie den großen, dicken, bärtigen Ivorer, der doch noch vor zwei Jahren als Golden Boy ausgezeichnet wurde.

„Trainierst du den Bauch noch ab?"

„Selbst mit dem Bauch stecke ich euch in die Tasche." Iassine wollte wieder nach Hause, er hatte Durst. Zu trinken gab es nichts. „Wenn ihr in der ersten Mannschaft spielt, könnt ihr mich duzen."

Zurück in seinem Schloss warf er die Wasserflasche in den Pool, schlurfte zur Bar, mixte sich einen Drink. An seinem Verhalten konnte Iassine kaum etwas ändern. Zwar hielt er Tag für Tag länger auf dem Laufband durch, aber an den Nachmittagen, an den Abenden versank er wieder im Alkohol.

Sein Bauch verschwand nicht, das Fett umrahmte den ganzen Körper. Die muskulösen Konturen darunter verrieten seine professionelle Vergangenheit, letzte Erinnerungen.

„Lass mich doch einfach spielen! Ich bin gut am Ball!"

„Sie kommen den Gegenspielern nicht hinterher, merken Sie das nicht? Sie kommen ja nicht mal unseren eigenen Angriffen hinterher!"

„Wenn ich den Angriff einleite, muss ich auch nicht hinterherkommen! Wozu haben wir drei zentrale Spieler?"

Iassine und Arizaga stritten sich seit eineinhalb Stunden ununterbrochen. Bei jeder Übung, die Ausdauer verlangte, fiel Iassine nach wenigen Minuten zurück. Jetzt wollte er ihn beim Abschlussspiel nicht aufstellen. Der 4. Januar 2027, Trainingsauftakt.

„Welchen Part wollen Sie denn nun spielen? Ich habe doch gerade gesagt, dass Sie defensiv nicht hinterherkommen! Das müssen Sie aber, wenn Sie den Angriff nur einleiten wollen."

„Dann bin ich halt Achter!"

„Ja, na klar, sicher. Warum nicht gleich Außenverteidiger? Sie Laufwunder!" Mit dem Rest des Trainerteams beobachtete Iassine das Abschlussspiel. Hin und Her, gute und schlechte Aktionen. Eine Viertelstunde verging.

„Sie untergraben meine Autorität, Shaka." Der Chefcoach stand ganz nah am Ivorer, sodass er leise reden konnte.

„Sie untergraben wohl eher meine Autorität."

„Von was für einer Autorität reden Sie?", zischte Arizaga. „Marathon-Läufer? Bierkönig? Der größte Bauch des Vereins?"

„Der beste Fußballer des Vereins!"

„Zum Fußball gehört mehr als nur die Füße. Da brauchen Sie Fitness, da brauchen Sie Köpfchen. Ihr Kopf dreht sich nur um Alkohol."

„Ich kann das Spiel besser lesen als jeder andere hier. Ich kann mir den Mangel an Fitness erlauben, das wissen Sie."

„Wissen Sie was? Ziehen Sie sich doch ein verdammtes Leibchen an! Zeigen Sie's mir! ... Iassine Shaka spielt mit. Al-Kuwari! Wechseln Sie das Team."

Das Erste, was Iassine auf dem Platz sah, war einer der Jugendspieler, den er einen Monat zuvor im Fitnessstudio getroffen hatte. Er war ebenfalls im zentralen Mittelfeld zuhause.

„Dann steck uns mal in die Tasche", provozierte er. Iassine sprang an. Die Abstimmungsprobleme mit den Mitspielern waren zwar unübersehbar, dennoch riss Iassine das Spiel sofort an sich. Er verteilte Bälle, lief nach vorne, lief nach hinten, legte rasch ein Tor vor. Sieben Minuten vergingen.

Als er kurz danach wieder in die Offensive lief, spürte er schlagartig, wie ihm die Luft ausging. Seine Mitspieler verloren den Ball, er trabte langsam zurück in Richtung des eigenen Strafraums.

„Hassan!", rief er den Jugendspieler. „Spiel offensiver." Anweisungen wurden umgesetzt. Iassine versuchte, das Spiel so präsent wie möglich von hinten zu leiten.

„Keine Luft mehr, Shaka?", rief Arizaga, der das Verhalten Iassines zu deuten wusste.

„Hier geht keiner mehr 100 Prozent", antwortete der Ivorer laut atmend.

„Die stehen auch schon 20 Minuten länger auf dem Platz und haben vorher ordentlich mittrainiert."

Iassine winkte ab. Kurz danach beendete Arizaga das Training.

„Verlernt hast du's nicht." Co-Trainer Eriksen gesellte sich zu Iassine, der gierig an einer Wasserflasche nuckelte. „Aber deine Fitness ist eine Katastrophe."

„Für eine Halbzeit", Iassine atmete ein und aus, „reicht's."

„Ist das dein Ziel? Eine Halbzeit?"

„Wenn wir bis dahin führen, ist das doch ein Anfang."

„Was ist das denn für eine Einstellung? Reiß dich zusammen und komm auf ein Level, mit dem wir arbeiten können!"

Die Vorbereitung lief schleppend. Zwar spürte Iassine, wie allmählich die Luft zurückkam, doch der Bauch wollte nicht verschwinden. Dafür trank und aß er zu viel. Milch und Honig.

Nach der kurzen Winterpause wurde Iassine für die ersten drei Spiele nicht nominiert. Am vierten Spieltag der Rückrunde stand er im Kader. Beim Stand von 1:1 wurde er eingewechselt, doch trotz seiner kreativen Ideen, trotz seiner Pässe blieb es beim Remis.

„Halbe Stunde", zischte Arizaga, als Iassine ihn am fünften Spieltag grinsend fragte, wann er ihn einwechseln wollte.

Al-Rayyan lag hinten, Iassine bereitete den Ausgleich vor. Das 3:2 leitete er von hinten ein. „Gutes Spiel", fing ihn einer der Jugendspieler nach dem Abpfiff ab.

„Ich hab doch gesagt, ich steck euch in die Tasche."

Eineinhalb Wochen später stand Iassine im Achtelfinale der asiatischen Champions-Liga eine Halbzeit lang auf dem Platz. Für die zweiten 45 Minuten war er eingewechselt worden. Zuhause reichte ihnen ein Tor, das Iassine ihnen kurz vor Schluss mit einem Volley aus 22 Metern schenkte. Der Schweiß floss in Flüssen von Nase und Stirn.

Nachdem sie die nächste Runde erreicht hatten, spielte Iassine wieder von Beginn an. Seine Luft ging ihm zwar meist schon nach 30 bis 40 Minuten aus, aber wenn er bis zur Halbzeitpause kämpfte, konnte er auch noch eine Viertelstunde in der zweiten Hälfte spielen.

Wiedermal zog Al-Rayyan einen japanischen Gegner im Viertelfinale der Champions-Liga. Wiedermal waren sie Außenseiter. Iassine interessierte das nicht, im Grunde genommen interessierte ihn gar nichts mehr. Er konnte jede Woche eine gute Stunde auf dem Platz stehen, er konnte sein Geld einstreichen, er konnte immer noch trinken und essen, wie er wollte.

Entsprechend verliefen auch die ersten fünf Minuten eines jeden Spiels. Entweder blieb Iassine desinteressiert irgendwo in der eigenen Hälfte stehen, spielte Sicherheitspässe oder er schickte die Stürmer in den Lauf, vollkommen egal, ob sie bereit waren oder nicht.

Die Gegner freute es. Sie hielten den Ball, nutzten die offensichtliche Schwäche im Zentrum aus, erspielten sich einen Vorteil. Aber schon nach kurzer Zeit spiegelte sich ihre Überlegenheit in ihren Gesichtern wider, sie verhielten sich, als wären sie besser. Und dann machten sie immer den gleichen Fehler: Sie provozierten Iassine.

Zwei, drei Sprüche steckte Iassine grinsend weg, doch dann packte ihn wieder die Gier, der Wille. Derselbe Wille, der ihn damals von den Sandplätzen Abobos bis in den Prinzenpark gebracht hatte. Dann wendete sich das Spiel, Iassine nahm das Feld ein, wie ein König eine Stadt einnahm.

24. April 2027 (21 Jahre alt)

Nach einem achtbaren 0:0 im Hinspiel stand das Rückspiel der Champions-Liga in Japan an. Im Bus herrschte eine relativ angespannte Stimmung. Iassine saß in der vorletzten Reihe am Fenster, allein, während er über seine Kopfhörer der Musik eines französischen Rappers lauschte. Bäume und Straßenlaternen flogen an ihm vorbei, Häuser, manche flach, manche hoch. Manchmal sah er eine Flagge mit dem Wappen von Urawa, einigen japanischen Zeichen. Katarer waren nicht zu sehen.

Schließlich erreichten sie die Einfahrt des Saitama Stadions, in dem schon 25 Jahre zuvor WM-Spiele ausgetragen worden waren. Zur selben Zeit wurde außerhalb der Stadt ein neues Stadion gebaut.

Die Mannschaft stieg aus dem Bus, begutachtete den Platz, den Rasen. Iassine zog mit großen Augen seine Kopfhörer herunter. Zuvor hatten die Spieler einige Informationen über Land, Stadt und Stadion bekommen. Brasilien hatte hier im Halbfinale der WM die Türkei besiegt, 1:0. Der Torschütze war niemand anderes als der große Ronaldo. Auf der linken Seite hatte Gilberto Silva den Ball nach vorne getrieben, ihn auf Ronaldo abgelegt. Der hatte den Ball kurz hinter der Mittellinie angenommen und war einfach losgelaufen. Mit enger Ballführung ließ er den ersten Gegenspieler stehen, zog über die Ecke des Sechzehners in den Strafraum. Die türkischen Verteidiger zögerten, ließen ihn noch zwei Schritte gehen. Dann zog er ab. Mit der Pieke traf er den Ball, sodass der überrumpelte Torwart die Kugel einfach durch seine Hände ins lange Eck hoppeln ließ. Iassine hatte Videos im Internet gesehen. Große Spieler, die historisches erreichten, als er noch nicht einmal geboren war. „Oh! What you say about that?", erinnerte sich Iassine an den englischen Kommentator aus dem Video, er bewegte seine Lippen lautlos zu den Worten. „Extraordinary! 49 Minutes gone, every World Cup needs a hero! And Ronaldo is one here". Noch zwei Tore sollte Ronaldo in jenem Turnier schießen, gegen Deutschland, gegen den damaligen Torwart des Jahres, Oliver Kahn – zum Gewinn der Weltmeisterschaft.

Knapp 64.000 Zuschauer passten in das Rund, jubelten frenetisch, damals wie heute. Auch während der olympischen Spiele, als unter anderem an diesem Ort das Fußballturnier ausgetragen wurde. Imposant, das halbrunde Dach auf beiden Längsseiten. Hinter den Toren hatten sie kein Dach gebaut. Iassine beobachtete die grünen und blauen Plastikschalen im Stadion. Noch saß hier niemand, es war ruhig. Ein kühler Wind wehte, aber störte nicht weiter. Auf der Gegentribüne stand in großen Lettern „SAITAMA", als wollte das Stadion, dass man sich an es erinnerte. Allein die Historie dieses Spielortes provozierte Iassine, motivierte ihn. Sie erinnerte ihn an Spiele im Old Trafford, im San Siro, in all den großen Stadien.

Die Spieler wurden in die Katakomben hineingerufen. Umziehen, Ansprache und wieder hinaus zum Warmmachen. Inzwischen war das Saitama besser gefüllt. Ein Drittel der Plätze war belegt. Wieder hinein in die Katakomben. Nochmal umziehen, taktische Feinheiten, Tipps, zweite Ansprache vom Trainer. Iassine hörte kaum hin.

Im Spielertunnel kamen sie den Green Diamonds zum ersten Mal richtig nahe. Manche schlugen sich ab, wünschten dem anderen viel Erfolg und ein gutes Spiel. Iassine schaute stur nach vorne, fokussierte sich auf den Weg hinaus, das Spiel. Dann war es soweit. Vom Schiedsrichter geführt, von lautem Jubel begleitet betraten die Mannschaften das Feld.

In Japan unterschied sich die Stimmung ungemein von dem in Europa oder Afrika. Es war schriller, lauter, aber auch nur für recht kurze Augenblicke. Wenn etwas passierte, dann schrien sie auf, ansonsten blieben sie ruhig, reserviert, souverän. Als wären Emotionen verpönt, ließen die Menschen sie in kurzen Schüben heraus, damit sie den Rest des Spiels in Ruhe genießen konnten.

Die Spieler, Schiedsrichter und Einlaufkinder reihten sich auf. Iassine sah, wie aus den grün-blauen Plastikschalen ein grün-weißes Meer aus Trikots, Schals und Flaggen geworden war. Immer wieder blitzte es auf, wenn jemand ein Foto schoss. Gemeinsam mit den Flutlichtern, die unter den halbrunden Dächern befestigt waren, erhellten sie die Nacht.

Erneut klatschten sie den Gegner ab – Münzwurf, Aufstellung, Anpfiff. Von Beginn an spürte Iassine die Stärke des Gegners. Sein Team war unterlegen, auch wenn er praktisch fehlerlos spielte. Immerhin kam Urawa nicht zu großen Chancen. Al-Rayyan spielte defensiv, igelte sich hinten ein und Iassines präzise Pässe sorgten für gelegentliche Entlastung.

In der 41. Minute wurde Iassine kurz vor der Mittellinie gefoult. Rasch trabte er einige Schritte zur Seite, damit einer der Innenverteidiger den Freistoß ausführen konnte. Alexander Bassey lief auf den Ball zu, sah, wie sich Stürmer Aman bereits kurz hinter dem Mittelkreis anbot und spielte einen katastrophalen Fehlpass direkt in die Füße des Gegners. Sofort sprintete Iassine zurück in die Mitte, um einen Konter zu unterbinden. Hinter der Mittellinie erwischte er den ballführenden Spieler, trat ihm eines der Beine weg, sodass sich der Japaner selbst in die Hacken lief. Spektakulär fiel er zu Boden, schrie theatralisch auf.

Ein Pfiff ertönte, der Schiedsrichter lief mit der Gelben Karte in der Hand in Richtung Iassine. Als der Japaner den Schiedsrichterpfiff hörte, sprang er sofort wieder auf seine Beine. Er war stinksauer wegen des taktischen Fouls. Er ging auf die Zehenspitzen, um seine Stirn an die Stirn Iassines pressen zu können und sagte irgendetwas Japanisches.

Iassine war verwirrt, verstand nicht. Der Schiedsrichter pfiff mehrmals, zog beide Spieler auseinander, bevor sich einer der beiden zu einer unsportlichen Aktion hinreißen ließ. Zwei, drei

Schritte sprang der gegnerische Stürmer zurück, ehe ein Mitspieler den zeternden Japaner wegzog.

„Ey, Ref …" Sie konnten noch hören, was Iassine sagte. „… das ist doch keine Sprache."

Plötzlich drehte sich der Schiedsrichter zu Iassine und hielt ihm die Rote Karte unter die Nase.

„Was? Warum?", empörte sich Iassine.

„Rassismus."

„Rassismus? Das war ein Witz! Sehe ich etwa rassistisch aus?"

„Verlassen sie das Feld", murmelte der Schiedsrichter lediglich, die Entscheidung war final. Nach einem kurzen Moment des schweigsamen Staunens verließ Iassine den Platz. Als der Trainer fragte, was los sei, zuckte Iassine nur mit den Schultern und ging die Treppen am Spielfeldrand hinunter in die Katakomben. So verließ er also das Innere von Saitama. Zumindest jubelten die Zuschauer.

In der Kabine zog er seine Kleidung aus, unter der Dusche verdrängte er die Rote Karte. Sie interessierte ihn nicht mehr. Eine Geldstrafe, einige Interviews, ein bisschen Training, das nächste Spiel und jeder hätte es vergessen. Aber er musste nochmal hinauf in den Innenraum, auf den Platz. Rasch stellte er das Wasser ab, trocknete sich und zog sich einen Trainingsanzug an, als auch schon seine Mitspieler in die Kabine kamen.

„Was war da los?"

„Angeblich Rassismus. Ich habe nur einen Witz gemacht", winkte Iassine ab. Trainer Arizaga beschwerte sich kurz über die unnötige Rote Karte, bevor er sich dem Spiel seines Teams widmete. Danach gingen sie zurück aufs Feld. Iassine setzte sich auf die Bank. Von dort beobachtete er, wie sein Team nach und nach auseinanderfiel. Am Ende verloren sie 3:0.

Rasch nach dem Abpfiff stand Iassine auf, betrat den Platz, marschierte zum Schiedsrichter. Dieser sah den Spieler schon auf sich zukommen, hob sogar warnend seinen Zeigefinger, aber Iassine streckte entschuldigend beide Arme in die Luft.

„Alles gut, Ref", gab er nach, reichte dem Schiedsrichter seine Hand und lief weiter zu den Gegenspielern. Nacheinander gratulierte er jedem Einzelnen, bevor er sich den Zuschauern widmete, die allmählich das Saitama verließen. Klatschend zollte er den Übriggebliebenen auf der Haupttribüne Respekt, bis er sogar ein weißes Plakat entdeckte, auf der mit orange-grüner Schrift die Worte „SHAKA, YOU ARE STILL GREAT TO US" prangten.

Sofort trabte er hinüber zu den beiden Fans, die prompt die Tribüne hinunterliefen. An der Absperrung streckte sich Iassine, um das Plakat der beiden zu greifen zu bekommen. Den Stift ließen sie hinterherfallen. Emsig signierte er das große Stück Papier und reichte es zurück. Dann zog er sein Trikot aus, warf es den beiden zu. Die beiden japanischen Fans sprangen freudig auf und ab, aber verstanden allem Anschein nach kein Wort Englisch, zumindest sprachen sie nicht weiter mit Iassine. Sie riefen ihm irgendwelche japanische Worte zu, die er nicht verstand, bevor sie wieder die Tribüne hochliefen.

Auch Iassine kehrte ihnen den Rücken zu, sah ein letztes Mal über den Platz, den fein getrimmten Rasen und die mittlerweile leeren Ränge auf der Gegentribüne. Dann verabschiedete er sich stumm von dem geschichtsträchtigen Ort, ging hinein zu seinen Teamkollegen in die Katakomben.

„Das war letzte Woche noch okay, aber warum morgen?"

„Weil Sie uns mit Ihrer bescheuerten Roten Karte den Sieg gekostet haben."

Iassine warf die Arme in die Luft. „Das war nicht meine Schuld!"

„Es ist nie Ihre Schuld, Shaka. Verschwinden Sie."

Arizaga verschränkte die Arme, wartete, bis Iassine vom Trainingsplatz lief. Zwei Ligaspiele in Folge wechselte er Iassine nur ein. Auch im Pokalhalbfinale saß er auf der Bank, während den letzten beiden Ligaspiele und zu Beginn des Pokalfinals. Al-Rayyan beendete die Saison auf dem zweiten Platz, aber gewann den Pokal, der unter großem Jubel durch die Stadt getragen wurde.

Iassine trug lediglich die alkoholischen Getränke, trank sie, während der Bus vorsichtig an den Menschen vorbeizog. Fast wäre er bei der Feier von der Bühne gefallen, als sie ihn nach vorne gerufen hatten. Doch die 22 war noch immer ein großer Star in Katar, auch wenn sie allmählich zu einem Maskottchen mutierte.

Wenn er eingewechselt wurde, wenn er vor der Trainerbank nur sein Trikot überstreifte, wurde es laut im Stadion. Die Menschen wussten, dass etwas Besonderes passierte. In jedem Spiel beglückte der König sie mit ein oder zwei Geschenken. Ob Tore, Vorlagen oder einleitende Pässe – Spiel für Spiel war er die größte Attraktion.

Dennoch klingelte kein Telefon, klingelte kein Smartphone, als der Kader für den Afrika-Cup des Jahres 2027 berufen wurde. Die Elfenbeinküste spielte ihr eigenes Turnier, während Iassine zuhause bleiben musste.

Wie bei der Weltmeisterschaft ein Jahr zuvor vergnügte er sich mit dem Alkohol. Eine Sommerpause kam zur Unzeit für den Ivorer. Wieder nahm er zu, war von morgens bis abends betrunken. Wenn die Elfenbeinküste führte, schrie er den Fernseher an. Wenn sie den Ausgleich kassierte, lachte er bis er heiser wurde. Wenn sie doch noch das Siegtor schossen, warf er seine Gläser durch das Schloss. Ab dem Viertelfinale lief Iassine in Schuhen durch die Räume. Seine Füße bluteten von Splittern, die er nicht weggeräumt hatte. In allen Ecken klebte Alkohol, stank Alkohol.

Halbfinale gegen Nigeria – Ruud köpfte die Elefanten ins Endspiel. Kurz vor dem finalen Anpfiff griff Iassine nach dem Smartphone.

Ich wünsxhedir Alles Glück der Welt. Aber, wenn ihrd ieses Finale gewinnt dann ist alles vorbei. Also, hab Spaß, ja!

Ruud würde die Nachricht nicht lesen, bis das Spiel vorbei war. Er würde feiern, taumeln, jubeln und dann vor seinem Smartphone erstarren. So dachte Iassine. Und tatsächlich gewann die Elfenbeinküste souverän mit 3:0.

Erst zwei Tage später verließ Iassine sein Sofa. In wenigen Minuten fand die Siegesfeier des Afrika-Cups statt. In seiner Heimat versammelten sie sich. Iassine schlurfte an einigen Gewichten vorbei, bis er sein Selbst vor einem Spiegel bemerkte.

Blutunterlaufene Augen, ein getrimmter Kopf mit wildem Bart, der den Ansatz eines Doppelkinns bedeckte. Langsam hob Iassine seinen rechten Arm, spannte den Bizeps an. Die Muskeln waren noch immer sichtbar. Aber mit dem Finger der linken Hand schnippte er gegen den Arm, sodass das Fett wellte. Sein ganzer Körper war davon überzogen. Überall war Fett und die hügelige Bauchmuskulatur wurde von einem flachen Berg bedeckt.

Stumm ging Iassine über die Veranda nach draußen. Der heiße Strand brannte an den Sohlen, als er sich die Schuhe auszog. Plötzlich ließ sich Iassine kopfüber in den Sand fallen. Langsam öffnete er seinen Mund, atmet stark ein. Kleine Sandkörner ließen ihn laut aufhusten. Ein Klingeln? Iassine leckte mit der Zunge über den Sand, es knackte zwischen seinen Zähnen. Er versuchte, zu schlucken, hustete. Erneutes Klingeln, jetzt war er sich sicher. Seine Hand griff nach seinem Smartphone, bevor er es einfach wieder fallen ließ. Das Klingeln verstummte.

Iassine hielt für einige Sekunden ein – oder waren es Minuten? Doch dann öffnete er seinen Mund. Mit dem rechten Arm schaufelte er einen Berg Sand vor sich, bis er hinter dem Berg etwas Schöneres entdeckte. Ruckartig stand er auf, wankte, taumelte hinüber zum Wasser.

Nach dem kurzen Marsch fiel Iassine ins seichte, warme Meer, spürte sofort das Salz auf seinen Lippen. Seine Hand griff nach dem nassen Sand am Boden, holte ihn aus dem Wasser, ließ ihn durch die Finger zurück ins Meer gleiten.

Plötzlich tauchte er seinen Kopf unter, es platschte. Er öffnete seinen Mund, schluckte Salzwasser, griff nach dem Matsch, tauchte auf und warf es sich in den Mund. Wieder tauchte er unter, hörte einen dumpfen Ruf. Eilig trank er von dem Meerwasser. Der Magen nahm den Matsch nicht an, Würgreflex. Wieder füllte Iassine beide Hände mit Sand und ließ es einfach in seinen Rachen fließen, versuchte es mit Salzwasser hinunterzuspülen. Jetzt versagte nicht nur der Magen, sondern auch der Würgreflex. Die Luftröhre blockierte. Iassines Augen weiteten sich, brannten vom Salzwasser. Keine Luft, keine Luft. Iassine sprang auf, fiel nach hinten. Ruud?

14. Juli 2027 (22 Jahre alt)

„Verfluchter Wichser! Was denkst du dir?"

„Fuck, was willst du?" Iassines Augen sahen durch Schlitze ins Gesicht eines Bekannten.

„Man hat dir einen halben Kilo Sand aus dem Magen gepumpt, man!"

„So viel muss man erstmal schaffen", grinste Iassine.

„Scheiß auf dich und scheiß auf deine Witze! Wieso tust du sowas?"

„Was weiß ich? Horizont erweitern oder so. Was machst du überhaupt hier?"

„Denkst du, nach so einer verfickten SMS fliege ich einfach zurück in die Elfenbeinküste? Ich habe mir Sorgen gemacht! Hörst du mich?" Ruud presste seine Stirn an die seines alten Freundes. Aber Iassine drückte ihn wieder weg.

„Mir geht's gut, man!"

„Du hast versucht, dich umzubringen! Das ist kein Scheiß Spaß! Wenn ich nicht gekommen wäre, wärst du jetzt tot!"

„Dann wär's halt so! Was machst du so einen Aufstand?"

„Ich bin dein bester Freund! Ich ha–"

„Du bist mein bester Freund!?", schrie Iassine. „Du bist mein bester Freund? Wo warst du denn? Wo warst du, als ich mir die Achillessehne gerissen habe? Wo warst du, als ich für acht Monate gesperrt wurde? Wo warst du da?"

„Was hätte ich denn machen sollen? Was? Jeden Tag was anderes zu tun! Jeden zweiten Tag ein Spiel mit Mailand oder der Nationalmannschaft! Liga, Pokal, Champions-Liga, Afrika-Cups, Weltmeisterschaft! Soll ich meine Karriere an den Nagel hängen, weil du dich verletzt? Ich wurde auch schon verletzt!"

„Ach, verpiss dich!"

„Verpiss dich selbst, man! Als du gesperrt wurdest, hast du deine Unschuld beteuert. Dann kursieren deine idiotischen, kryptischen Nachrichten im Internet. Soll ich deswegen nach Katar fliegen? Wegen 240 verwirrender Zeichen?"

„Ja, verdammt, das sollst du!"

„Funktioniert dein Hirn noch? Woher soll ich denn wissen, was abgeht? Du schreibst ja nicht mehr!"

„Das war doch überall zu hören und zu lesen!"

„Seit ich 17 bin, wird mir eingetrichtert, dass ich nicht auf die Medien hören soll. Als ich dich das letzte Mal gesehen habe, warst du selbst noch ein Kind. Da glaube ich doch nicht, dass du plötzlich alkoholabhängig bist!"

„Ich bin nicht abhängig."

„Ach, rede doch nicht."

„Scheiße, ich bin nicht abhängig! Wenn ich trinken will, trinke ich. Wenn ich nicht trinken will, trinke ich nicht."

„Und wann willst du mal nicht trinken?"

„Was weiß ich denn? Vor ‚nem Spiel."

„Arschloch."

Iassine beobachtete seinen Freund, der sich auf einem Besucherstuhl zurücklehnte, nach draußen gen Himmel sah. Was sollte er sagen? Iassine wusste selbst nicht, was ihn getrieben hatte. Seine besten Freunde hatten Erfolg und er versuchte sich umzubringen. Warum? So viel Neid? So viel Missgunst? Er gönnte ihnen den Erfolg. Aber er fühlte sich betrogen. Jahrelang war er seinen Träumen hinterhergerannt. Doch kaum war er zwei Saisons weg, schon erfüllten sich Andere seinen Traum. Warum? Wegen Verletzungen? Wegen korrupter Ärzte?

Plötzlich merkte Iassine, dass sein bester Freund in Katar war. Er war zu ihm gereist wegen einer einzigen SMS, statt in der Heimat den Afrika-Cup-Triumph zu feiern. Nur um sich zu streiten? „Danke, Ruud."

„Kein Problem." Ruud wandte den Blick nicht von dem Fenster ab, bis eine Krankenschwester ins Zimmer geplatzt kam. Beide schraken auf.

„Herr Shaka, Sie schon wieder."

„Kennen …?" Iassine betrachtete die Frau, bis es ihm wieder einfiel. Sie hatte ihn vor knapp zwei Jahren im Badezimmer überrascht, nachdem er sich die Achillessehne gerissen hatte.

„Sie essen jetzt Sand? Warum?"

„Ja, warum?" Iassine konnte nicht anders, als zu lächeln.

„Machen Sie das nicht. Ist schlecht."

„Das habe ich ihm auch gesagt", meldete sich Ruud.

„Wer sind Sie?", antwortete die Frau, sodass Iassine laut auflachte.

Schon am nächsten Tag kam Iassine wieder nach Hause in sein großes leeres Schloss. Nur war es nicht leer. Es war aufgeräumt. Nubia war da, Didier war da. Keine Alkoholflaschen zu finden. Gemeinsam mit Ruud redeten sie stundenlang über die vergangenen zwei Jahre.

Ruud war ein großer Fußballer. Nubia und Didier lebten in Abidjan ein schönes Leben. Monatlich schickte Iassine ihnen Geld, Dauerauftrag seit Paris. Sie sorgten sich um ihren einzigen Sohn, dessen pures Potenzial so viel versprochen hatte. Warum wollte er sich umbringen?

„Habt ihr keine anderen Sorgen?", fragte Iassine seine Eltern. „Sind sie einfach verschwunden, als ihr Geld bekommen habt? Bin ich euer einziges Problem?"

„Du bist doch kein Problem!"

Nubia war ganz aufgeregt.

„Es geht nicht darum, wer oder was das Problem ist. Es geht darum, dass es Probleme gibt. Trotz des Geldes, trotz mancher Erfolge. Es geht darum, dass ich alleine bin, ständig und überall. Egal wie viele Mitspieler ich habe, egal wie die Trainer mit mir reden, egal wie viele Fans mich feiern. Ich finde einfach keinen Anschluss mehr."

„Dir fehlt der Antrieb, Iassine." Sein Vater sah ihm tief in die Augen. „Du hattest immer ein Ziel vor Augen, das fehlt dir. Jetzt treibst du einfach vor dich hin."

„Vielleicht."

„Wieso findest du keine Freunde in der Mannschaft?", fragte Ruud.

„Weil sie mich nicht mehr respektieren. Deswegen respektiere ich auch sie nicht."

„Warum haben sie keinen Respekt?"

Iassine lachte kurz auf. „Ich habe gedopt. Ich bin für Geld nach Katar gewechselt. Ich trinke. Ich bin fett. Noch was?"

„Wie zum Teufel schaffst du es dann noch, so erfolgreich zu sein?" Ruud konnte sich ein erstauntes Grinsen nicht verkneifen.

„Irgendein Dummkopf kommt immer. Irgendein Gegner, der meint, er sei besser als ich. Dem beweise ich gerne das Gegenteil." Iassine erwiderte das Lächeln seines Freundes.

„Dann hast du wieder ein Ziel", meldete sich Didier.

„Scheint so."

„Vielleicht solltest du deine Karriere beenden." Ein Gedanke, der schon lange an Nubia nagte, endlich laut ausgesprochen.

In die Runde kehrte Stille ein, bis sich Iassine räusperte. „Ich kann meine Karriere nicht beenden."

„Warum nicht?", rief Nubia. „Warum kannst du nicht einfach unser Sohn sein und dein Leben genießen? Wir haben doch alles."

Didier schielte abwechselnd von seiner Frau zu seinem Sohn, griff sich ans Ohr.

„Ich würde mir das nehmen, was mir am meisten bedeutet, Mama. Einmal in der Woche, auch wenn es nur 20 Minuten sind, bin ich wieder im Wettkampf. Dann kann ich wieder alles geben und der Beste sein. Dann fühle ich mich wieder wie in der Jugendakademie, wie in Belgien, wie in Paris. Als alles möglich war."

„Wenn du den Wettkampf suchst, geh doch wieder nach Europa."

„Kannst du bitte damit aufhören, Papa? Es gibt keine große Karriere mehr, finde dich damit ab."

„Ich will doch keine–"

„Doch das willst du. Das wolltest du immer. Du hast einen unbedeutenden alten Jugendtrainer beobachtet, damit ich bei ihm trainieren kann. Du hast deinen Job gekündigt, damit ich nach Europa komme. Du hast mich psychisch unter Druck gesetzt, als ich einen vermeintlich falschen Schritt machen wollte. Und du hättest nach dem Wechsel hierher den Kontakt zu mir abgebrochen, wenn mir Touré nicht die Nationalmannschaft in Aussicht gestellt hätte."

„Iassine! So redest du nicht mit mir!"

„Es ist doch so! Und ich bin dir dankbar dafür! Ich habe Träume gelebt, die ich mir nicht mal ausdenken konnte. Aber es ist vorbei."

„Und was soll jetzt kommen?", fragte Nubia.

Überfragt wischte sich Iassine durchs Gesicht. „Keine Ahnung, Mama. Ich spiel den Vertrag zu Ende. Vielleicht ergibt sich danach was Neues."

„So willst du weitermachen? Wie oft willst du dir in der Zeit das Leben nehmen?"

Mit großen Augen beobachtete Ruud das Geschehen.

„Was redest du denn, Mama?"

„Ich werde nirgendwo hingehen, solange du hier lebst. Ich werde auf dich aufpassen!"

„Das wirst du nicht, Nubia", mischte sich Didier ein. Kaum waren die Worte gesprochen, verstummte die Mutter. „Ziné wird schon wissen, was er tut." Er wandte sich wieder an seinen Sohn. „Aber du sollst auch wissen, dass wir immer für dich da sein werden. Du bist niemals allein. Ruf uns an, nimm dir einen Flug, sprich mit uns. Auch wenn deine Karriere nicht immer die Wendung genommen hat, die ich erwartet hatte, bin ich stolz auf dich. Ich meine, guck dir mal dieses Schloss an. Wer kann sich das schon leisten?"

Iassine nickte. Es war befreiend, einmal über all die Probleme zu reden. Mit seinen Liebsten zu streiten und zu diskutieren, aber immer den Respekt voreinander zu waren. Liebe zwischen all den Worten zu erfahren. Doch kaum saßen seine Eltern, saß sein bester Freund im Taxi, füllte sich sein Glas wieder mit Alkohol. Milch und Honig.

18. Juli 2027 (22 Jahre alt)

Chayma stand vor dem großen Tor. Dahinter sah sie die Türme, die wie bei einem Schloss in den Himmel ragten. Das Tor rollte zur Seite, sie fuhr die lange Auffahrt entlang. Alles war Prunk. Eine Straße nach der anderen, immer größer, immer höher, immer schöner. Bis sie die Spitze des Prunks erreicht hatte: Das Schloss des Königs.

Warum war sie hier? Warum traf sie sich mit einem Mann, von dem sie nur zwei Dinge wusste? Er trank und hatte versucht, sich umzubringen. Aber sie fuhr immer weiter, immer weiter, bis sie den großen, etwas dicklichen Mann an der Tür stehen sah, ihren Motor abstellte.

„Du siehst gut aus", rief Iassine, noch bevor sie ihn erreichen konnte. Diese Krankenschwester, die ihm in den schlimmsten Momenten seines Lebens ein Lächeln aufs Gesicht gezaubert hatte.

Als Iassine damals in Paris seine ersten Spiele gespielt hatte, waren die Frauen auf ihn geflogen. Sie warfen sich ihm an den Hals, ob er nun Gutes oder Schlechtes tat. Aber lange konnte er es nie mit ihnen aushalten. Entweder war der Fußball zu wichtig oder er selbst war zu wichtig. Niemals stand die Frau im Vordergrund.

Aber diese Frau hatte nie Interesse gezeigt. Sie war ja nur eine Schwester, die sich um einen Patienten kümmerte. Einen Patienten, der sich erst die Achillessehne gerissen hatte und zwei Jahre später als versuchter Selbstmörder eingeliefert wurde.

Das war befreiend. Und es war ein Ansporn. Diese Frau kannte die schlechtesten Seiten Iassines. Er hatte nichts zu verlieren. Doch gleichzeitig konnte er alles gewinnen, sie trotz schlechtester Vorzeichen erobern. Deswegen hatte er sie kurz vor seiner Entlassung nach einem Treffen gefragt. Als sie ja gesagt hatte, war es ihm, als hätte er sich für die Champions-Liga qualifiziert – Das Spiel konnte beginnen.

„Danke", antwortete Chayma. Ihre Augen wanderten über Iassines Körper. „Ist das Hemd nicht zu klein?"

„Ja, es bläht sich ein bisschen auf, oder? Keine Ahnung … nachdem ich zugenommen hatte, wollte ich nicht neu einkaufen. Bei mir ist eh alles in Übergröße, da passt das schon." Iassine zog seinen Bauch ein. „Zumindest dachte ich das."

„Schon gut", zuckte sie mit den Schultern, lief an Iassine vorbei in das Schloss. Nach einer groben Führung blieb ihr eine Frage. „Hast du getrunken?"

Rasch folgte Iassine dem Blick seines Gasts. Auf der Küchenzeile stand eine leere Bierflasche. „Verflucht."

„Tschüss, Iassine Shaka." Es war der eine Grund, den sie brauchte, um sich von einem Fehler zu überzeugen. Aber er hielt sie auf.

„Hey, Chayma, warte doch mal", griff Iassine nach ihrer Schulter. „Das war doch nur eine Flasche Selbstvertrauen. Ich war nervös."

„Du weißt, dass ich deine Krankenakte kenne. Ich kenne deine Probleme." Der Griff löste sich.

„So ein Unsinn. Du hast keine Ahnung von meinen Problemen."

„Ach, nicht?"

„Nein." Iassine grinste. „Du kennst vielleicht die Diagnose, aber nicht die Symptome."

Chayma verzog keine Miene. „Sehr witzig. Darf ich jetzt gehen?"

„Ernsthaft?" Langes ausatmen. „Ja, geh halt. Du weißt ja, wo die Tür ist. Das Tor öffnet sich von allein." Er wandte sich von ihr ab, weil er das Gefühl hatte, dass sich seine Augen mit Wasser füllten. Aus in der Gruppenphase? Schnellen Schrittes lief er zu der leeren Bierflasche, wollte sie wegwerfen. Aber als er sich wieder umdrehte, stand sie noch da.

„Was tust du jetzt?", fragte sie.

„Ich dachte, ich werfe diese Flasche raus auf den Strand … oder einfach gegen die Wand. Um die Wut rauszulassen, weißt du?"

„Dann fliegen hier doch überall Scherben rum."

„Also vor ein paar Tagen waren hier mehr Scherben als Boden. Ich bin nur noch mit Schuhen rumgelaufen. Aber meine Mutter hat das wohl aufgeräumt."

„Wieso räumt deine Mutter für dich auf?"

„Ich war im Krankenhaus."

„Oh." Peinlich berührt entschuldigte sich Chayma.

„Schon gut, schon gut. Ich glaube, meine Mutter wäre viel öfter hier, wenn mein Vater nicht wäre."

„Wieso? Was tut er denn? Er schlägt sie doch nicht, oder?"

„Gott, nein", lachte Iassine. „Was für eine komische Frage für ein erstes Date." Sie lachte auch. „Nein, nein. Das ist so eine mentale Nummer. Meine Mutter kuscht fast immer vor meinem Vater. Sie ist da sehr … traditionell? Sehr konservativ, denke ich."

„Und warum will dein Vater nicht, dass sie herkommt?"

„Keine Ahnung. Früher war ich der Superstar – unabhängig, frei, stark. Wäre ihm vielleicht ein bisschen zu viel, wenn jetzt schon Mutti kommen müsste, um sich um den Sohn zu kümmern."

„Die Fallhöhe ist ganz schön hoch, hm?"

„Das kannst du laut sagen … Willst du was trinken?"

„Hättest du ein Bier?"

Wieder lachte Iassine. Deswegen hatte er sie eingeladen.

„Wie läuft's mit deinen Eltern? Irgendwelche Probleme?", fragte er, während er zwei Flaschen aus dem Kühlschrank zog.

Sie stöhnte. „Beschissen."

Iassine zog die Augenbrauen hoch.

„Es ist nicht leicht, eine unabhängige Frau in diesem Land zu sein."

„Wieso? Die Gesetze habt ihr doch. Ich habe schon viele unabhängige Frauen gesehen."

„Ja, die Reichen … Für die ist es schick, sich modern zu verhalten." Sie atmete aus. „Man kann zwar die Gesetze schnell ändern, aber nicht die Mentalität. Als ich meinem Vater gesagt habe, dass ich ausziehe, dass ich mich nicht verschleiern will, bla, bla, bla – Das kam nicht so gut an."

„Wann war das?"

„Schon ein bisschen her."

„Habt ihr noch Kontakt?"

„Zu den Feiertagen."

„Hm…" Iassine nippte an seinem Bier. Die Beiden unterhielten sich den gesamten Abend, gingen hinaus auf den Strand, liefen zurück ins Schloss. Sie verstanden sich gut, so gut, dass Iassine sie küssen wollte, aber sie blockte ab.

„Warum nicht?"

„Ich will einfach nicht."

„Ich dachte, wir verstehen uns gut."

„Haben wir auch. Aber das funktioniert nicht."

„Was meinst du? Eine Beziehung?"

„Wir Beide zusammen funktionieren nicht."

„Wie kommst du darauf?"

Chayma sah auf den Boden. „Weil du nicht funktionierst."

„Ich? Ich funktioniere nicht?" Chayma wollte etwas entgegnen, aber Iassine würgte sie wütend ab. „Weil ich zu viel trinke, oder? Weil ich am ganzen Abend in Begleitung zwei volle Flaschen Bier getrunken habe, oder? Weil das so ungewöhnlich ist und niemand machen würde."

„Iassine, du–"

„Was? Was ist mit mir? Bin ich selbstmordgefährdet? Bin ich alkoholabhängig? Das wusstest du doch schon! Das war dir klar, als du mich im Krankenhaus liegen sehen hast!" Iassine lief durch die Eingangshalle, riss die Tür auf, während er weiterredete.

Als ich noch halb im Koma lag, weil mir die Sandkörner im Hals klebten! Trotzdem hast du die Einladung angenommen! Trotzdem bist du hiergeblieben, als du gesehen hattest, dass ich schon wieder getrunken habe! Warum also – in Gottes Namen – bist du noch hier!?"

„Weil ich dich einmal richtig sehen wollte!", platzte es auch Chayma heraus. „Überall liest man, was für ein toller Kerl du warst, was für eine tolle Karriere du hingelegt hattest, bevor du nach Katar gekommen bist! Ich wollte einmal, nur für eine Abend sehen, was passiert, wenn du dich nicht in die Besinnungslosigkeit säufst!"

„Scheiße, was? Das klingt ja, als wolltest du mich vor mir selbst schützen oder so ein Quatsch."

„Diese eine Nacht! Diese eine Nacht nur! Und nein, ich wollte dich nicht schützen! Ich wollte einfach nur, dass du mal wieder einen schönen Abend hast!"

„Dann hättest du gehen sollen!"

„Hör dir doch mal zu, Iassine Shaka! Ständig erzählst du Leuten, dass sie gehen sollen, dabei bist du der Einzige, der verschwinden muss! Wie lange willst du hier noch deine Zeit verschwenden? Ich dachte, du wärst so ein toller Fußballer. Was suchst du dann hier?"

„Verschwinde …"

„Fein!" Sie lief die Treppen hinunter zum Auto.

„Verschwinde!", rief Iassine lauter hinterher.

19. Juli 2027 (22 Jahre alt)

„Iassine Shaka, das ich das noch erleben darf." Arizaga tippte wartend mit dem Fuß auf den Boden. Er stand dort wie ein Vater, der seinen Sohn erwartete, weil der etwas ausgefressen hatte.

„Ja, ich bin hier. Was willst du?"

„Sie stinken nach Alkohol."

„Tatsächlich? Komisch", zuckte Iassine mit den Achseln. „Dabei dachte ich, der Pfefferminz-Schnaps hätte einen anderen Effekt."

„Sie zahlen 5000 Dollar Strafe…"

„Oh nein!", spielte Iassine. „Oh nein, bitte nicht! Doch keine 5000 Dollar."

„5000 Dollar Strafe für jede Einheit, die sie verpasst haben!"

Iassine antwortete mit noch mehr Theatralik: „Für jede Einheit? Herrje, bitte sag mir, dass du einen Taschenrechner dabeihast, denn ich muss sofort diese unglaublichen Ausgaben in meinem Haushaltsplan unterbringen!"

„Sehr witzig. Wenn es nach mir ginge, wären Sie suspendiert."

„Offensichtlich geht es nicht nach dir."

Iassine wusste, wem er seine Trainingsaufenthalte verdanken konnte. Der Prinz hatte zu viel Geld gezahlt. Er hatte zu viel Geld verbrannt. 14 Monate gesperrt und verletzt. 26 Millionen für Nichts. Iassine musste auf dem Feld stehen, damit er zumindest ein bisschen an ihm verdiente.

Und auch wenn Iassine unentschuldigt zwei Wochen zu spät in die Vorbereitung einstieg, auch wenn sein Fitnessrückstand eklatant war, mussten die vielen Mitspieler hinnehmen, dass Iassine der beste Fußballer auf dem Spielfeld war – zumindest für die 10 bis 15 Minuten, während der er Luft hatte.

Nach der ersten Trainingseinheit rief Iassine Chayma an. Niemand meldete sich. Erst am späten Abend, als Iassine sturzbetrunken über sein Sofa rollte, erreichte ihn eine Nachricht.

„Was willst du? Ich war arbeiten"

Iassine rief nochmal an, aber sie nahm nicht ab. Dann schlief er ein. Am nächsten Morgen versuchte er es ein weiteres Mal.

„Warum rufst du ständig an?"

„Ich will dich sehen."

„Ich dachte, ich soll verschwinden."

„Es tut mir leid, du hast einen wunden Punkt getroffen."

„Welchen? Dass du nicht funktionierst? Dass du früher ein guter Fußballer warst? Oder dass du in Katar deine Zeit verschwendest?"

Iassine schmunzelte. „Ja."

„Dann geh doch einfach, Iassine. Geh zurück nach Europa. Geh zurück nach Afrika."

„Es gibt Verträge."

„Lös sie auf. Als würde dir da niemand entgegenkommen. Du bist ein Wrack."

„Aber keiner nimmt mich mehr."

„Dann beende deine Karriere."

„Gut", Iassine atmete aus. „Kommst du mit?"

„Wohin?"

„Nach Europa."

„Du spinnst wohl."

„Dann bleibe ich noch ein bisschen hier."

Aus dem Lautsprecher drang ein langes Stöhnen. „Iassine, ich muss jetzt auflegen. Meine Schicht fängt an."

„Ich schreib dir."

„Da bin ich mir sicher."

Milch und Honig. Das tägliche Training sorgte dafür, dass Iassine bald wieder eine ganze Halbzeit auf dem Platz stehen konnte. Ein regelmäßiger Gast auf der Tribüne motivierte ihn. Chayma. Irgendwie fanden sie zusammen, immer wieder. Sie trafen sich, stritten, schrien, kämpften.

„Du kannst mich nicht zwingen hierzubleiben!"

„Halt dein Maul!" Drei Wörter, die ihn ein neues Panoramafenster kosteten. Sie hatte es mit einer großen Vase zerbrochen, nur damit sie dem Streit aus dem Weg gehen konnte. Zwei Tage später lagen sie einander wieder in den Armen.

Für Iassine war es kaum mehr als ein endloses Spiel. Er amüsierte sich, wenn sie sauer war, obwohl er selbst auch wutgeladen war. Am Morgen danach lachte er. Und früher oder später fiel Chayma ins Lachen mit ein. Ihre Arbeit gab sie bald auf. Iassine war ins Krankenhaus gefahren, als sie keine Zeit hatte.

„Wie viel verdienst du heute!?", hatte er den Flur entlang gerufen. Dabei warf er vierhundert Dollar auf den Boden. „Da hast du deinen beschissenen Monatslohn. Jetzt komm mit!"

„Denkst du, ich bin eine Nutte? Ich brauch dein dreckiges Geld nicht."

Ihm ging es nicht darum, sie zu bezahlen. Er wollte einfach nur Zeit mit ihr verbringen. Sie war nicht dumm, sie verstand. Deswegen ließ sie das Geld liegen und folgte ihm.

Aber auch die Zeit mit Chayma täuschte nicht die Realität. Alkoholprobleme blieben akut, Übergewicht beständig. Nach 35 Minuten bettelte Iassine seinen Trainer an, um ausgewechselt zu werden, aber eine Halbzeit musste er immer durchhalten. Wenn Iassine auf dem Platz stand, suchte er diesen jungen Stürmer, den Al-Rayyan aus der Jugend hochgezogen hatte. Den 17-jährigen konnte er immer schicken. Er war schnell, technisch versiert, überlegen. Seinen Gegenspielern dribbelte er Knoten in die Beine. Heimlich heimste sich Iassine eine Vorlage nach der anderen ein, obwohl der Junge die meiste Arbeit tat.

Bei einer Trainingseinheit wurde Iassine mal wieder von Arizaga angeschrien. Als sie auseinandergingen, stellte sich Iassine neben den Jungen. Er machte immer große Augen, wenn Iassine die Anweisungen des Trainers ignorierte.

„In zwei Monaten ist doch wieder Transferphase …"

Der Junge sah auf in die müden Augen des Ivorers.

„Geh nach Europa, genieß deine Karriere. Du bist gut genug."

„Mein Berater …"

„Scheiß auf deinen Berater. Du rufst Georges Mendes an und wechselst nach Europa. Ich geb dir nachher seine Nummer."

Am sechsten Januar 2028 wurde der Transfer des Jungen als perfekt gemeldet. Er wechselte nach Deutschland. Von Georges Mendes hatte Iassine ewig nichts gehört.

Nach dem Abgang seines kongenialen Mitspielers musste Iassine mehr in die 45 Minuten investieren, damit seine Scorer auf einem hohen Niveau blieben. Also musste er sein Spiel der neuen Situation anpassen.

„Was juckt es dich überhaupt?", fragte Chayma, als sich Iassine morgens aus dem Bett quälte.

„Keine Ahnung. Falscher Stolz oder so."

Iassine spritze sich noch im Schlafzimmer eine Wasserflasche ins Gesicht, sodass Chayma empört aufschrie. Dann ging er ins Fitnessstudio. Er wollte nicht fit sein, er wollte nicht lange laufen. Er wollte nur ein wenig an seiner Aufmerksamkeit feilen, an seinem Antritt, damit er auf dem Platz schneller reagierte.

Das Ergebnis waren wieder mehr eigene Tore, zweimal von außerhalb des Sechzehners. Dort kam er vor seinem Gegenspieler an den Ball oder überrumpelte ihn im Spielaufbau. Dann drosch er das Leder ins Tor.

Bei Ecken, Freistößen und mit Pässen in die Tiefe strahlte er Gefahr aus. Er setzte die Stürmer so ein, dass sie entweder Tore erzielten oder an sich selbst scheiterten. Dann wurde er ausgewechselt.

Vier oder fünf Spiele ging das gut. Iassine konnte sich kaum erinnern. Er freute sich, wenn er Chayma auf der Tribüne sitzen sah, wenn er sie nach der Halbzeit in die Arme nehmen konnte, weil er ohnehin ausgewechselt werden würde. Sie war die Motivation, die er brauchte, um zumindest für 45 Minuten eine ordentliche Leistung zu bringen.

Ende Februar war wieder eines dieser Spiele. Früh im Spiel hatte Iassine die Mannschaft in Führung gebracht, indem er nach einer Ecke einen Abpraller abstaubte. Er winkte Chayma zu, während er bei seinen Mitspielern einschlug. Bis kurz vor der Halbzeit hielten sie das Ergebnis, ohne dass eines der beiden Teams zu großen Chancen kam. Aber viele Nickligkeiten unterstrichen eine umkämpfte Partie.

Immer wieder stieß sich Iassine an den Gegenspielern, harter Körpereinsatz, der nur selten abgepfiffen wurde. Beim Versuch eines Konters wurde Iassine einmal mehr bedrängt. Eilig stellte er seinen Körper vor den pressenden Mittelfeldspieler, der unbeholfen in ihn hineinlief. Sofort gerieten beide Spieler ins Stolpern, Iassine fiel zu Boden, ohne den Ball aus den Augen zu verlieren. Doch als er sich wieder aufrichten wollte, traf ihn der Fuß des Gegenspielers am Kopf.

Für eine Sekunde wurde ihm schwarz vor Augen. Er schüttelte sich. Schweiß tropfte in den Rasen. Seine Schläfe schmerzte, weswegen er sich über die Seite wischte. Um ihn herum hatten Mitspieler ihre Arme in die Luft geworfen, weil sie ein Foul gesehen haben wollten, das der Schiedsrichter nicht abgepfiffen hatte, aber der Angriff versandete sowieso in einem Abstoß.

Währenddessen wischte sich Iassine nochmal über die Schläfe und bemerkte, dass die warme Flüssigkeit an seinen Händen kein Schweiß, sondern sein Blut war. Für eine Sekunde stand er einfach nur da, verwirrt, bevor er seinen Arm hob und der Trainerbank die Verletzung signalisierte. Doch während er der Trainerbank zuwinkte, trabte der Gegenspieler auf ihn zu, der ihn gerade verletzt hatte. Sofort nahm Iassine Blickkontakt auf, zeigte auf seine Stirn.

„Was soll das, man?"

„Das passiert, spiel weiter." Der Gegenspieler wollte an Iassine vorbeitraben, aber Iassine legte seinerseits den Rückwärtsgang ein und lief einfach mit.

„Du trittst mir gegen den Kopf, sowas passiert nicht."

„Halt dein Maul, okay?"

„Du hältst dein Maul", antwortete Iassine lauter, stieß dem Gegenspieler gegen die Schulter, sodass beide zu stehen kamen.

„Hast du ein Problem, oder was? Willst du noch mehr bluten?" Soll ich dir—"

Der Mann konnte seine Provokation nicht aussprechen, da hatte Iassine ihm schon ins Gesicht geschlagen. Überrascht viel der Katarer zu Boden.

„Was will ich, häh?", schrie Iassine. „Wer bist du denn?"

Sofort wurde Iassine von verschiedensten Spielern zurückgeschubst und geschoben, während der Gegenspieler Blut in den Rasen spuckte. Der Schiedsrichter sah kurz hinab auf ihn, bevor er Iassine die Rote Karte zeigte.

„Ich blute doch auch, Schiri! Kriegt er auch Rot? Hey! Er tritt mich zuerst!" Vier Spieler und ein Trainer zogen und zerrten an Iassine, um ihn vom Spielfeld hinunter zu bekommen.

„Geh runter, Shaka! Verschwinde!", rief ihm Arizaga von der Trainerbank zu, bevor er die Katakomben erreichte.

Iassine Shaka für 10 Spiele gesperrt

Die sportliche Talfahrt Iassine Shakas findet einen neuen Tiefpunkt. Der katarische Fußballverband sperrt den Ivorer wettbewerbsübergreifend für 10 Partien, nachdem er im Ligaspiel am Samstag seinem Gegenspieler Francisco Aman ins Gesicht geschlagen hatte.

Die Führung Al-Rayyans kündigte bereits disziplinarische Maßnahmen an. Mehrere Medien berichten von einem Bußgeld von rund 250.000 Euro. Iassine Shaka stellte sich nach dem Ausraster keinen Fragen.

Seit seinem Wechsel zu Al-Rayyan war der Golden Boy des Jahres 2024 mehrfach negativ aufgefallen. Nach einem Achillessehnenriss wurde er wegen Dopings für acht Monate gesperrt. Im Anschluss kehrte er mit offensichtlichem Übergewicht ins Mannschaftstraining zurück. In die vergangene Sommervorbereitung war Shaka erst mit mehrwöchiger Verspätung eingestiegen. Außerdem dringen immer wieder Gerüchte um Alkoholprobleme an die Öffentlichkeit, die durch nächtliche Clubausflüge und verwirrende Nachrichten in den sozialen Medien gefüttert werden.

„Nein, Mama, nein. Es ist alles in Ordnung." Iassine sah auf die Uhr seines Tablets. „Wirklich, es ist alles okay." Die wöchentlichen Anrufe seiner Mutter wurden wegen des Vorfalls vorverschoben. „Er hatte mich provoziert, was sollte ich machen?"

Chayma kam in das Zimmer gelaufen.

„Das sagt sich so einfach. Wenn dir Blut übers Gesicht fließt, dann pumpt halt Adrenalin ... Ja, natürlich nicht ... Es tut mir ja auch leid." Iassine rollte mit den Augen. „Weil man das nicht öffentlich machen muss. Ich hab mich nach dem Spiel mit ihm unterhalten. Da war alles vergessen ... Ja, es tut mir leid."

Chayma grinste.

„Okay ... Okay, Mama ... Ich muss jetzt auflegen ... Ja, Mama, natürlich ... Okay, es tut mir leid ... Bis dann."

Iassine atmete aus.

„Also diese Anrufe passen nicht zu dir", bemerkte Chayma.

„Was meinst du?"

„Du bist dieser große, kräftige Mann, ein König auf dem Fußballplatz – Aber vor deiner Mutter bist du immer noch ein kleiner Junge."

„Sind das nicht alle Männer?"

„Es ist ja nur lustig, diesen Kontrast zu sehen."

„Schön, dass es dich amüsiert", grinste Iassine. „Meiner Mutter ist das halt wichtig. Sie macht sich Sorgen, weil sie immer nur das Negative zu lesen bekommt."

„Gibt's denn auch Positives?"

„Ich bin der beste Vorlagengeber der Liga, drittbester Scorer."

„Immerhin ... Was ist mit deinem Vater?"

„Was soll mit ihm sein?"

„Redet ihr miteinander?"

Iassine zog die Augenbrauen zusammen. „Was ist das? Eine Therapiesitzung?"

„Nur eine ganz normale Frage", entgegnete Chayma.

„Hm ..." Iassine überlegte. Die Stimme seines Vaters hatte er seit Ewigkeiten nicht mehr gehört. Seit er sich fast das Leben genommen hatte. „Das ist kompliziert."

„Was?"

„Wir haben uns wenig zu sagen. Er will nur das Beste für mich und meine Karriere. Da stoßen wir immer schnell an einen Punkt, an dem wir nicht weiterkommen. Natürlich schreiben wir uns ständig. Ich frage, wie es läuft, er sagt, dass ich gut gespielt habe. Aber dann hört's auch auf. Sobald wir tiefere Gespräche erreichen, streiten wir, weil er sagt, dass ich woanders hinsollte und mein Potenzial ausschöpfen könnte. Aber ich bin glücklich hier und möchte nicht weg. Ich habe doch alles, was ich brauche."

„Du bist glücklich hier?"

„Ich ... Was?" Iassine war irritiert. „Es geht doch um meinen Vater. Warum sollte ich nicht glücklich sein? Ich habe Geld und ich habe dich."

„Alles gut", zuckte Chayma mit den Schultern, verließ das Zimmer.

„Was war das denn?", fragte sich Iassine leise, als sie gegangen war. Danach mischte er sich einen Drink.

„Ich hasse dich, Iassine Shaka, ich hasse dich!" Iassine saß stumm auf seinem Stuhl. Neben ihm saß Georges Mendes. Aber Mansour bin Hamad Al Sada, der Prinz und Clubbesitzer, stand vor ihm, und schrie ihn über einen Tisch hinweg an. „Du siehst scheiße aus, du bist fett, du stinkst nach Alkohol! Jeden Tag kostest du mich einen Haufen Geld und jetzt schlägst du auch noch andere Spieler!"

„Aber wenn ich spiele, bin ich gut", warf Iassine ein. Mendes vergrub sein Gesicht in der Hand.

„Wenn du spielst? Wenn du spielst!? Du bist doch schon über ein Jahr ausgefallen! Und dann spielst du immer nur eine Halbzeit! Wir sollten Meister mit dir sein, die Champions-Liga gewinnen. Aber nein! Jeden Tag enttäuschst du deinen Trainer! Du enttäuschst dieses Land! Und das Schlimmste ist, du enttäuschst mich!"

Iassine wusste nicht, was er sagen sollte. Er wusste nicht mal, was er sagen durfte. „Was ist eigentlich Ihr Anliegen? Oder wollten Sie mich nur anschreien."

Es wurde ruhig. Dem Prinzen fiel nichts mehr ein. Doch dann sah er hinüber zum Berater: „Sie sind schuld, Mendes! Sie haben mir dieses Kind angeboten! Sie haben gesagt, wie gut er ist! Sie machen das wieder gut! Verkaufen Sie ihn! Verkaufen Sie ihn oder lassen Sie sich nie wieder in Katar sehen! Zu Ihrer eigenen Sicherheit!"

„Ich will aber nicht gehen!", antwortete wieder Iassine. „Ich habe einen Vertrag, Sie können mich nicht einfach rauswerfen!"

„Kannst du nicht mal ruhig sein?", rief Mendes, weil er sah, wie sich die Augen des Prinzen wieder weiteten. „Ich werde mit ihm reden, Herr Al Sada, wir kümmern uns darum." Wie einen Hund zog er Iassine hinter sich hinaus aus dem Büro des Prinzen. Erst in der Tiefgarage hielten sie an, brachen Ihr Schweigen.

„Mein Vertrag ist doch wasserdicht! Der kann mich nicht einfach rauswerfen!"

„Iassine, um Gottes Willen, willst du uns umbringen?"

„Nein, ich will hier spielen!"

„Der Mann da oben …" Mendes sah über seine Schulter, bevor er zischte. „Der Mann da oben verurteilt dich persönlich zum Tode, wenn du so weitermachst."

„Was heißt denn so weitermachen? Der weiß doch gar nicht, was er mir da vorwirft. Das ist gerade das erste Mal, dass ich selbstverschuldet ausfalle. Denk mal darüber nach! Achillessehnenrisse passieren den Besten, der Arzt hat mich gedopt, das war nicht ich. Und wenn das nicht passiert wäre, wäre ich jetzt topfit bei der Nationalmannschaft."

„Ja, wenn! Wenn, wenn, wenn! Du kannst so nicht weitermachen Iassine, verstehst du das nicht? Du musst hier weg!"

„Ich werde ganz sicher nicht gehen. So einen Vertrag bekomme ich nie wieder! Und Chayma wird auch nicht in ein anderes Land ziehen wollen."

„Wer ist denn jetzt Chayma?"

„Meine Freundin."

Mendes lachte mit Wahnsinn in seiner Stimme auf. „Willst du mich verarschen? Ist das dein Ernst? Wegen irgendeines Mädchens willst du dem Prinzen einer ganzen Nation die Stirn bieten?"

„Sie ist nicht irgendein Mädchen!"

„Mein Gott, Iassine! Wie kann es sein, dass du mit 15 Jahren reifer warst, als du es jetzt bist?"

„Fahr zum Teufel, Georges!" Spieler und Berater standen inzwischen an den offenen Türen ihrer Autos, schrien sich über mehrere Parkplätze hinweg an.

„Wenn du weiter stur bleibst, muss ich das wohl! Ich werde durch die Hölle gehen! Aber du kommst mit mir Iassine, du kommst mit mir!"

„Bla, bla, bla. So ein Schwachsinn!"

„Dein Schwachsinn wird dich noch einholen! In 2 Jahren läuft dein Vertrag aus! Dann werden wir sehen, was du machst!"

Iassine funkelte Mendes für einige Sekunden an, bevor er stumm in den Wagen stieg und die Tür zuschlug. Während der Fahrt nach Hause schrie er mehrere Male laut vor sich her, hupte andere Autofahrer an, die ihm nicht schnell genug fuhren. Erst als er Zuhause etwas trank, beruhigte er sich wieder. Milch und Honig.

Marcel Waldglück wechselt nach Katar!

Der Vizeweltmeister und zweifache Champions-Liga-Sieger Marcel Waldglück schließt sich mit sofortiger Wirkung Al-Rayyan an. Nachdem sein Vertrag bei Paris SC ausgelaufen war, wechselt er ablösefrei nach Katar, wo er für zwei Jahre unterschrieben hat.

Über die sozialen Medien teilte der 34-jährige Außenverteidiger mit, dass er sich „sehr auf das Land und die Menschen freue." Er wolle die Mannschaft bald kennenlernen und wieder zu einem Titel verhelfen. Seinen letzten Titel hatte Al-Rayyan 2027 im nationalen Pokalwettbewerb gewonnen.

Bei Al-Rayyan trifft Waldglück auf seinen ehemaligen Teamkollegen Iassine Shaka (23). Dessen Zukunft bleibt nach vielen Skandalen allerdings ungewiss. Mehrere Medien berichteten, dass die Vereinsführung einen Verkauf anstrebe.

03. Juli 2028 (23 Jahre alt)

„Und der hat mit dir zusammengespielt?" Chayma lugte auf das Tablet in Iassines Händen.

„Ja, doch, vier Jahre lang. Unfassbar, dass der nach Katar kommt. Der wirkte nie so."

„Wie wirkte er nie?"

„Als würde er dem Geld nachlaufen."

„Bist du denn dem Geld nachgelaufen?"

Iassine zögerte, musterte Chayma. Zuckten ihren Mundwinkel? Versuchte sie, einen ernsten Blick aufzulegen, um nicht zu lachen? „Bei mir war das eine ganz andere Situation. Ich hatte keine Lust mehr auf all das Drumherum."

„Vielleicht hatte er auch keine Lust mehr."

„Nach siebzehn Jahren als Profi? Ich glaube, der kam ganz gut damit klar."

Tage später traf Iassine zum ersten Mal auf seinen alten neuen Teamkollegen. Sie waren im Inneren des Stadions, bei der offiziellen Pressekonferenz. Iassine konnte sich nicht erinnern, wann er das letzte Mal an einer teilnehmen durfte.

Sie begrüßten sich sehr herzlich, aber auch nach vielen Jahren in Frankreich sprach Waldglück sehr schlechtes Französisch. Beide spürten schnell, dass sie sich ohne Pierre an ihrer Seite nur wenig zu sagen hatten. Auf der Pressekonferenz wurde Iassine trotzdem als Bindeglied zwischen Mannschaft und Waldglück hingestellt. Er lobte den Charakter und die Leistungen des Verteidigers, und gab sich sicher, dass sich Waldglück gut einfinden würde. Der Deutsche antwortete, dass er nur gutes vom Verein und den Menschen gehört hatte. Die alten Phrasen des Medientrainings hallten in seinem Kopf.

Doch eine Frage überraschte beide Spieler: „Werden Sie Iassine wieder auf den rechten Pfad bringen?"

Verlegen schielte Waldglück zur Seite, nur für einen Moment. Es arbeitete in seinem Kopf, um eine diplomatische Antwort zu finden. Aber Iassine hatte die Diplomatie schon vor vielen, vielen Nächten aufgegeben. Er wollte Krieg.

„Was für einen rechten Pfad?"

„Die Frage richtete sich an Herrn Waldglück", entgegnete der Journalist, ohne Iassine eines Blickes zu würdigen.

„Meine aber nicht."

Jetzt trafen sich beide Blicke.

„Dass ich hier sitze, haben Sie mitbekommen, oder?", fuhr Iassine fort. „Ich finde es ganz schön respektlos, in meiner Anwesenheit solche Fragen zu stellen."

„Und ich finde es respektlos, sich Millionen fürs Fressen und Saufen in die Taschen zu stopfen."

„Ich stopfe mir Millionen in die Taschen, weil ich der beste Scorer des Teams bin."

„Sie tun das, obwohl sie nur die Hälfte dessen leisten, was ihre Mitspieler leisten. Wann sind Sie das letzte Mal über 90 Minuten aufgelaufen?"

„Wann hatte ich es nötig? Wir führen doch immer!"

„Um Ihr Geld wert zu sein, sollten sie die Führung auch verteidigen!"

Iassine mahlte auf seinen Zähnen. „Ich bin nicht schuld daran, wenn meine Mitspieler eine Führung nicht über die Zeit bringen können."

„Sie können das doch auch nicht!"

„Dafür bin ich auch nicht da!"

Iassine stand auf. Mit einer kurzen Handbewegung grüßte er Marcel, dann verschwand er.

„Herrje, Iassine, warum denn nicht? Mittlerweile wollen dich sogar die Medien loswerden, dabei bist du deren größte Einnahmequelle."

„Ich fühle mich aber wohl hier, Georges. Also lass das jetzt. Ich bleibe hier."

„Aber ich nicht. Mir sind die Drohungen nicht egal."

„Dann bleib, wo du bist. Ich lege jetzt auf. Seitdem sie sich in der Tiefgarage angeschrien hatten, unterhielten sich Spieler und Berater wieder öfter. Auch wenn sie regelmäßig lauter wurden, gewöhnten sie sich aneinander, verfielen fast wieder in die alte Verbindung. Der einzige Unterschied war, dass Mendes seinen Klienten unbedingt von einem Wechsel überzeugen wollte, den Iassine sich nicht aufzwingen lassen wollte. Aber Mendes war bei weitem nicht der Einzige, der Iassine einen Wechsel nahelegte. Vor einer Trainingseinheit fragte Waldglück, was bei der Pressekonferenz passiert war, warum es passiert war.

„Die Medien sind halt gegen mich", versuchte Iassine abzuwiegeln. Doch Waldglück ließ nicht locker.

„Aber haben Sie nicht recht?"

„Womit?"

„Du bist dick. Die anderen sagen, du spielst höchstens eine Halbzeit."

„Weil ich nicht mehr spielen muss."

„Könntest du denn?"

„Ehrlich, wir reden da später drüber, okay?"

Iassine wollte die Kabine verlassen. Aber als er durch die Tür lief, hörte er: „Du bist zu jung für das hier. Du brauchst das nicht."

Langsam drehte er sich um. Neben Waldglück sahen ihn noch einige andere Mitspieler an. Stille. Dann verschwand er in Richtung Trainingsplatz.

135

Während der Vorbereitung auf die Saison 2028/29 strengte sich Iassine wieder mehr an. Irgendwie fühlte er sich beobachtet von Waldglück. Ein Geist, der über ihm schwebte, ihm stumm ins Gewissen redete. Umso befreiter atmete er ein und aus, wenn er das Training verließ, wenn er im Schloss Ruhe fand. Milch und Honig. Iassine schaute auf die Verpackung. War die Milch sauer? Er stellte das Glas weg.

Im September reiste Waldglück in die Länderspielpause. Abschiedsspiel für den langjährigen Nationalspieler. Iassine schaute sich unterdessen ein enttäuschendes Spiel der kriselnden Elfenbeinküste an.

In ihrer Qualifikationsgruppe zum Afrika-Cup trafen die Elefanten auf unerwartete Probleme. Trotz eines hochtalentierten Kaders brachten sie ihre PS nicht auf den Rasen. Eine Gruppe von Individualisten, die sich einem gemeinsamen Ziel verschrieben hatten, und zu scheitern drohte.

Nach der Niederlage gegen Togo blieben die Mannen in Orange ratlos auf dem Platz zurück. Vier Spiele, zwei Punkte. Wenn sie die letzten beiden Spiele gewannen, würden sie sich zwar für den Afrika-Cup qualifizieren, aber bei einem weiteren Unentschieden, verpassten sie das Turnier.

Iassine fühlte sich an eine andere Zeit erinnert. Als Bakaray Trainer war, als er seinem Platz in der Nationalmannschaft nachgetrauert hatte. Auch damals hatte der Mannschaft etwas gefehlt. Ein Kopf, ein Anführer, jemand der das Spiel lenkte, auch wenn es mal schlecht lief.

Ruud konnte das nicht. Nicht als Innenverteidiger. Dabei versuchte er es sogar. Er schob nach vorne, wenn er den Ball bekam. Drängte sich zwischen die defensiven Mittelfeldspieler. Aber die Idee war ebenso gut gemeint, wie einfach zu durchschauen. Ein Stürmer aus Togo hatte Ruud das gesamte Spiel über gedeckt, damit der sich nicht am Spielaufbau beteiligen konnte. Die Elefanten schrien nach Führung.

Gedankenverloren sah Iassine auf sein Smartphone, Mitteilungen aus den sozialen Medien. Manche Ivorer freuten sich, wenn ihre Nationalmannschaft schlecht spielte. Sie waren der Meinung, die Nationalmannschaft tröge Schuld am tiefen Sturz des Iassine Shaka. Und sie dachten, dass Iassine sich ebenfalls über die Niederlagen freute. Doch sie lagen falsch.

Inzwischen war es ihm egal. Er hatte seine Chance verpasst. Entsprechend konnte er den Elefanten auch die Daumen drücken, falls er kein Glas in der Hand hielt. Einer der Experten im Fernsehen analysierte die Partie.

„Schauen wir doch mal auf die Wärmebilder. Hier sehen wir etwas absolut Untypisches. Das ist fast schon unlogisch.

In der gegnerischen Spielhälfte hatte die Elfenbeinküste so gut wie keine Ballkontakte in der Zentrale – fast gar keine. Was bedeutet das? Entweder hat man lange Bälle in die Tiefe gespielt und das Mittelfeld so überbrückt. Oder der Ball wurde auf die Außen gepasst. Ich will nicht sagen, dass es schlecht ist, über die Flügel zu spielen, besonders nicht bei einem tiefstehenden Gegner. Aber wenn man nicht weiterkommt, dann muss man – muss man! – früher oder später einen Seitenwechsel anstreben. Und das geht nur über das Zentrum. Schaut euch das Spiel nochmal an. Ob das jetzt Montplaisir oder Edi ist, die laufen sich fest. Jedes Mal. 90 Minuten lang. Sie werden geschickt, dribbeln an, dribbeln vielleicht den Ersten aus, aber bleiben dann beim Zweiten hängen. Sie werden wieder geschickt, sehen eine kleine Lücke und flanken in die Mitte, wo dann N'Diaye gegen drei Spieler an den Ball kommen soll.

Warum spielen sie nicht in die Mitte? Da sollten doch Konaté und Owusu sein, oder nicht? Sind sie auch. Aber sie stehen! Die stehen nur rum. Und das Schlimmste ist, die stehen auch noch schlecht! Wenn sie rechts angreifen, steht Konaté vor Owusu, wenn sie links angreifen, ist es genau andersherum. Das bedeutet für Togo: Schickt einen Spieler raus aus eurer Defensive, um den vorderen Sechser zu decken. Fertig. Die Mitte ist dicht, zumindest in der eigenen Hälfte.

Wisst ihr was? Das macht mich echt fertig", ironisches Lachen.
„Uns fehlt der Antrieb im Zentrum. Uns! Auf acht von elf Positionen
spielen die Jungs in Spitzenclubs, aber im Zentrum tummelt sich das
Mittelmaß. Da ziehen sogar die Golden Boys nach Katar, fressen sich
einen Bauch an, damit sie hier nicht im Zentrum antanzen müssen.

Leute, ich weiß, er hat viel Scheiße gebaut. Aber wenn ich mir ir-
gendeinen Spieler für dieses zentrale Mittelfeld wünschen könnte,
dann wäre das der 19-jährige Iassine Shaka."

„Da wirfst du einen Namen in den Topf, Kolo. Nicht deinen Bruder?"

Iassine schaltete den Fernseher aus. Hatte er gerade richtig gehört? Wieder sah er auf sein Smartphone. Ganz langsam tippte
er in der Suchleiste seinen Namen ein. Verschiedene Nachrichten meldeten sich. Sortieren nach: Neueste.

Nur wenige Mitteilungen direkt nach Abpfiff. Das übliche
Gerede. Doch plötzlich ploppte unten auf dem Display ein
Text auf. Jemand hatte ihn markiert. Fast gleichzeitig schob sich
von oben eine kurze Mitteilung herunter. 15 neue Nachrichten.
Iassine aktualisierte die Seite.

Sofort sah er die aufkeimende Debatte. Einige sagten, dass
Iassine der Mannschaft echt hätte helfen können. Einige be-
haupteten, man müsse ihn sofort wieder nominieren, egal was
passiert war. Die nächsten wiesen darauf hin, dass er es einfach
nicht mehr könne, und man ihn endlich vergessen sollte.

Wieder aktualisierte Iassine. Zwischen die zahlreichen The-
sen mischten sich die ersten Argumente. Nochmals aktualisierte
Iassine. Auf Argumente folgten Hinweise. Auf Hinweise folgten Beleidigungen.

Im Grunde genommen gab es nur eine Meinung: Iassine
kann der Mannschaft nicht helfen. Doch wurde sie gefüttert
durch den kleinen Anteil derer, der Iassine wieder in der Nationalmannschaft sehen wollte – ob ernstgemeint oder nicht.
Durch diese kleine Gruppe Andersdenkender entbrannte ein
regelrechter Krieg in den sozialen Medien.

Nach langer Zeit dominierte der Name Iassine Shaka wieder die fußballerische Medienlandschaft. Und zum ersten Mal seit Jahren stritten sie um eine Nominierung für die Nationalmannschaft.

An einem Dienstag gewann die Elfenbeinküste endlich wieder ein Gruppenspiel. Aber das Gesprächsthema blieb Iassine Shaka. Direkt vor der Partie hatte man Trainer Touré interviewt.

Geantwortet hatte er: „Natürlich würde ich Shaka nominieren, wenn er fit wäre. Ich habe ja nichts gegen den Spieler einzuwenden. Aber zuletzt hat sich der Mensch einfach falsch entschieden. Deswegen ist er da, wo er jetzt ist, und keine Option für die Nationalmannschaft."

Keine Option. Irgendwas in Iassine schrie nach Enttäuschung, dabei wusste er gar nicht, was es war. Hatte er wirklich geglaubt, plötzlich für die Elefanten spielen zu dürfen? Zu seinen besten Zeiten war es nie dazu gekommen, warum sollte man jetzt um seine Hilfe bitten? Er trank sein Bier und blieb stumm auf dem Sofa zurück.

Nach der Länderspielpause lief es für Iassine nicht mehr so gut. Zwar fühlte er sich etwas besser, aber seine gefährlichen Pässe führten nur selten zu Toren. Aus der Distanz traf er in nur sechs Spielen viermal den Pfosten und bei hohen Flanken kam oft irgendein Gegenspieler dazwischen, sodass er keine Kopfbälle verwerten konnte.

Ohnehin wurde ihm weniger Spielzeit zuteil. Arizaga hatte nach den Strapazen der letzten Jahre keine Lust mehr, zu viel Zeit mit Iassine zu verschwenden. Entsprechend setzte er ihn zu Beginn der Spiele auf die Bank. Erst zur Halbzeitpause oder während der zweiten Hälfte wechselte er ihn ein.

Für die Zuschauer bedeutete das, dass Iassine wieder zu einem Maskottchen mutierte. Viele Fans warteten gespannt auf die Einwechslung des langen Ivorers, der immer für einen dieser grandiosen Momente gut war. Und auch wenn diese Momente in jener Zeit nur selten in einem Tor endeten, zogen sie gespannt die Luft ein, wenn er an den Ball kam.

Der Einzige, der wirklich unzufrieden mit diesem Zustand war, war Iassine selbst. Irgendetwas in seinem Hinterkopf drängte ihn, erfolgreich zu sein. Irgendwas redete ihm ein, dass es jetzt besonders wichtig wäre, gut zu spielen.

Da kam ihm das Topspiel gegen den Tabellenführer gerade recht. Mit einem Sieg konnten sie auf den ersten Platz springen. Beim Stand von 1:1 wurde er eingewechselt. Schnell fand er sich im Spiel ein, sorgte mit Ruhe und Übersicht für Kontrolle im Mittelfeld. Mit der Kontrolle erarbeitete sich Al-Rayyan Chancen, mit den Chancen verunsicherten sie den Gegner. Doch auch nach 90 Minuten blieb das Ergebnis wie in Stein gemeißelt.

Die Nachspielzeit brach an – Irritation über eine mickrige Minute. Trotzdem drang Al-Rayyan nochmals nach vorne. Einmal mehr klärte der Gegner, aber nicht weit genug. Einer der Sechser spielte den Ball zu Iassine. Mit seinem Körper hielt er seinen Gegenspieler auf Abstand, bis er 20 Meter vor dem Tor eine Lücke erkannte. Eilig holte er aus, doch statt zu schießen, spielte er den Ball quer durch den Strafraum. Überrumpelte Verteidiger sahen dem urplötzlich eingelaufenen Außenstürmer Aman nach, der das Leder nur noch am Torwart vorbeilegen musste. Sofort versuchte der Torwart herauszukommen, aber es war zu spät. Aman konnte sich die Ecke aussuchen. Mit einer flinken Bewegung lupfte der Stürmer den Ball, sodass der Torwart einfach stehenblieb und die Kugel fing. Abpfiff.

Während Aman die Hände hinter dem Kopf zusammenschlug, stand Iassine verwirrt am Sechzehner.

„Was tust du denn?", rief Iassine dem Stürmer zu. Zwischen ihnen liefen Mit- und Gegenspieler hin und her. Aman sah auf zu Iassine. „Leg ihn doch einfach flach ins Eck!"

„Woher soll ich wissen, dass er stehenbleibt?"

„Mich interessiert nicht, was er macht. Du musst ihn einfach in die Ecke legen!"

Plötzlich schob sich Waldglück vor Iassine. „Hey! Lass gut sein, macht das in der Kabine." Der kleine Rechtsverteidiger drückte Iassine in Richtung der Trainerbänke, in Richtung der Katakomben.

Aber nicht nur Iassine war aufgebracht, sondern auch Aman war jetzt sauer. „Ich bin nicht schuld an dem Unentschieden!" Neben Aman tauchte ein anderer Katarer auf, Bassey, der jetzt den Stürmer zurückhalten musste.

„Wer zur Hölle denn sonst? Ich?", schrie Iassine, während Waldglück ihm unablässig beruhigende Worte ins Ohr rief. Beide Spieler rissen sich los von ihren Begleitern, wurden aber sofort wieder eingefangen.

„Wir hatten zig Chancen heute! Allein Waleed hätte heute drei Mal treffen können!"

„Waleed? Was redest du denn? Das war mein Tor! Mein Tor, das du mir genommen hast!"

„Fick dich, Iassine, es geht nicht immer nur um dich!" Schreiend und schubsend liefen sie durch die Katakomben, bis sie endlich die Kabine erreichten.

„Bei der Scheiße, die ihr abzieht, geht's ganz sicher um mich!"

„Wir ziehen die Scheiße ab? Du prügelst dich doch mit den Gegenspielern!"

„Hör auf, abzulenken! Seit Wochen vergebt ihr die besten Chancen und spielt dumme Fehlpässe, nur damit ich schlecht dastehe!" Plötzlich ließen alle Mitspieler von Iassine ab, starrten ihn einfach nur an.

„So ein Schwachsinn! Du bist einfach nicht so gut, wie du denkst!"

„Ich bin noch viel besser als das!"

Kurz danach kam Arizaga in die Kabine und sorgte für Ruhe. Fernsehkameras und Außenmikrofone hatten die Rudelbildung und viele Vorwürfe eingefangen. Iassine sollte suspendiert werden, Iassine sollte verkauft werden.

4. Oktober 2028 (23 Jahre alt)

„Wie kann man nur seinen Mitspielern vorwerfen, sie würden absichtlich schlecht spielen, um ihrem Teamkollegen zu schaden?"

„Keine Ahnung."

„Wie kann man das vor laufenden Kameras machen?"

„Keine Ahnung."

„Bis Ende des Monats wurdest du suspendiert?"

Iassine puhlte an seiner Socke herum. „Ja."

„Wie hältst du dich fit?"

„Keine Ahnung."

Mendes atmete tief ein und aus. „Aber wechseln willst du nicht, oder?"

„Nein."

„Iassine, du–"

„Nein."

Mendes legte auf.

Einen Monat lang spielte Iassine keinen Fußball. Abseits der stechenden Blicke Waldglücks legte er wieder ein paar Kilo zu. Chayma wunderte sich jeden Tag, was Iassine antrieb. Währenddessen wunderte sich Iassine, was Chayma antrieb. Warum blieb sie bei ihm?

„Vielleicht ist Katar nicht der richtige Ort für dich. Du brauchst ein Ziel."

Iassine sah in die Augen seiner Freundin. Ein Ziel. Seit Jahren trieb er nur vor sich hin, lebte von Talent und von Talent allein. Er lebte nur, weil ihn Ruud damals gerettet hatte. Er lebte nur wegen der wöchentlichen Kontrollanrufe seiner Mutter. Er lebte nur, weil Chayma jeden Morgen bei ihm war.

„Ich bin glücklich hier."

Sie nickte.

„Was war das denn schon wieder?" Chayma lag auf dem Sofa, als Iassine zurück ins Schloss kam. Drei Spiele hatte er nach der Suspendierung gespielt, immer nur eingewechselt. Trotzdem war sein Glück zurückgekehrt – zwei Tore. Nach dem Siegtreffer im letzten Spiel hatte er sein Trikot ausgezogen, auf seinen massigen Körper gezeigt.

„Das reicht schon!", hatte er gerufen, verhöhnte die gegnerischen Fans. Aber als er sich umdrehte, zeigte ihm der Schiedsrichter die Gelb-Rote Karte. Erst da erinnerte er sich an die vorangegangene Verwarnung.

„Du bitte nicht auch noch. Georges liegt mir schon in den Ohren."

„Will er immer noch, dass du wechselst?"

Iassine nickte.

„Dann wechsle doch, Iassine!" Plötzlich stellte sie sich direkt vor Iassine, sah auf in die zwei Meter hohen Augen. „Alles schreit dir zu, dass du wechseln sollst. Mitspieler, Berater, Journalisten, Trainer, sogar der verdammte Prinz! Was muss passieren, damit du wechselst?"

„Hör auf! Ich fühle mich wohl hier."

„So fühlt man sich doch nicht wohl!"

„Nein, man liegt die ganze Zeit rum und sonnt sich, so wie du!"

„Verdammt, Iassine! Du hast mich buchstäblich aus meinem Job herausgetrieben, also schieb das jetzt nicht auf mich! Du fühlst dich nicht wohl! Du bist nicht glücklich! Hör auf dich zu verarschen!"

Iassine atmete tief ein und aus. „Und was dann?"

„Wenn du wechselst?"

„Wenn ich wechseln will. Wer nimmt mich? Ich habe keine Chance, Chayma. Keine einzige. Ich war gedopt, ich war verletzt, ich habe mich geprügelt. Es gibt keinen Platz außer diesen hier, wo ich noch spielen kann." Frustration stieg in ihm auf. Er

143

ließ sich aufs Sofa fallen. Chayma setzte sich an seine Seite, umarmte ihn. „In Frankreich werden sie dich nehmen. Sie wissen, was du kannst."

„Das ist Unsinn. Als ich gegangen bin, war ich der meist gehasste Mensch in Paris. Die fanden mich schlimmer als Hitler. Scheiße, es gab Umfragen!"

„Dann nutz das doch! Sei der Böse! Frankreich ist groß. Da wird nicht nur in Paris Fußball gespielt."

Nach dreieinhalb langen Jahren in Katar begann Iassine zu überlegen. Chayma hatte Recht. Sie hatten alle Recht. Er fühlte sich nicht wohl, er trank jeden Tag. Er wollte kaum noch Fußball spielen, nicht hier.

Mit einer Hand schob er Chayma zur Seite, zog sein Smartphone aus der Hosentasche. Da waren zwei verpasste Anrufe von Mendes, den er vor einer halben Stunde noch abgewürgt hatte. Er rief zurück.

„Iassine, ich kann dich einfach nicht–"

„Warte, warte, warte."

„Worauf soll ich denn warten? Dass der Prinz mich per–"

„Gibt's was in Frankreich?"

„In Frankreich?"

„Angebote …"

Stille am anderen Ende der Leitung. „Du musst trainieren."

„Ich weiß."

„Aus der ersten Liga wird da niemand kommen."

„Richtig."

„Sogar mit der zweiten Liga könnte das richtig schwer werden."

„Dachte ich mir."

„Du musst trainieren."

Zehn Minuten später legte Iassine auf. Erwartungsvoll schaute Chayma zu ihm auf. Er lächelte. Dieses seltene, unwiderstehliche Lächeln, das sie so anzog.

„Ich habe ein Ziel."

Einen Monat trainierte Iassine wie ein Verrückter, wie ein Besessener, verlor Kilo für Kilo. Bis er kurz vor Weihnachten wieder von Arizaga eingewechselt wurde. Mit einem Tor und einer Vorlage befriedigte das Maskottchen sein Publikum. Nach dem Spiel stellte er sich den wartenden Journalisten, ohne eine Frage zuzulassen.

Er zählte: „In einem halben Jahr beginnt der Afrika-Cup. Ein Jahr später kommt die Weltmeisterschaft. Ich will dabei sein."

Sofort schrien die Journalisten auf, aber Iassine ließ sie fragend zurück.

„Irgendwann wirst du wieder spielen. Dann musst du da sein", hatte Mendes gesagt. Sie hatten sich den Plan genau zurechtgelegt. Während sich Mendes wochenlang um Angebote bemühte, musste Iassine auf sich aufmerksam machen. Erst mit Taten, dann mit Worten. Er hatte geliefert, jetzt musste Mendes nachlegen.

„Lorient und Tours wollen dich bei einem Probetraining sehen."

„Beim Probetraining? Das ist doch quatsch."

„Iassine, du kannst nicht erwarten, mit Kusshand genommen zu werden."

„Das tue ich doch gar nicht." Er zögerte. „Ich glaube nicht, dass ich ein Probetraining schaffen würde … oder einen Fitnesstest bestehe."

„Aber du bist doch wieder fit."

„Ich bin nicht fit, ich habe nur abgenommen. Ich habe vielleicht eine halbe Stunde auf Wettkampfniveau. Das ist nicht fit."

„Das musst du riskieren", entgegnete Mendes.

Iassine windete sich, als könne er dem Gespräch entfliehen, aber das Smartphone klebte an seinem Ohr. „Was ist mit Marseille?"

„Mit Marseille?" Die Südfranzosen waren im vergangenen Jahr abgestiegen. Es war gleichermaßen überraschend wie folgerichtig. Eine vollkommen verfehlte Transferpolitik hatte sie in kürzester Zeit mit einem ebenso überalterten wie begabten Kader zurückgelassen. Aber das interessierte Iassine nicht, er schaute nicht auf das Spielermaterial. Ihn interessierte der Trainer: Thibault Valbuena.

Er hatte Iassine zum Star gemacht. Als er entlassen wurde, hatte auch Iassine den Verein verlassen, war nach Katar gewechselt, in die Bedeutungslosigkeit. Auch von Valbuena hatte man lange nichts gehört. Einem Jahr der Auszeit folgten nicht die gewünschten Angebote. Anspruch und Wirklichkeit standen sich ständig im Weg. Erst nach drei Jahren unterschrieb er einen neuen Vertrag. Die Aufgabe beim abgestiegenen großen Namen, Marseille, hatte ihn gereizt.

Ausgerechnet Marseille, dachte Iassine. Einer der Erzfeinde von Paris Sporting Club. Sei der Böse, hatte Chayma gesagt. Wenn Iassine in den Süden Frankreichs wechselte, wäre er definitiv der Böse.

„Die wollen dich nicht."

„Mit wem hast du gesprochen?"

„Na, mit den Verantwortlichen. Puel und so."

„Wer ist denn Puel?"

„Der Sportdirektor? Er ist für die Transfers verantwortlich."

„Warum redest du nicht mit–"

„Ich weiß, was du willst, Iassine. Aber Puel war unmissverständlich. Marseille hat kein Interesse an dir."

„Wenn ich nur eine Sekunde mit Valbuena reden kann, dann kriegen wir das hin."

„Auch dann musst du noch einen Fitnesstest bestehen."

„Lass mich mit ihm reden."

Wieder einmal atmete Mendes aus. Er kannte die Sturheit seines Klienten. „Okay."

28. Dezember 2028 (23 Jahre alt)

„Frohe Weihnachten, Iassine. Wie geht es dir? Lange nichts gehört." Iassine spürte sofort das Charisma, die ehrliche Freude, die Wärme, die von Valbuena ausging, obwohl sie knapp neun Stunden Flugzeit voneinander entfernt waren.

„Zu lange, Monsieur, zu lange. Ihnen wünsche ich auch eine frohe Weihnacht."

„Das ist nett, sehr nett. Aber du hast nicht wegen Nettigkeiten angerufen, oder?"

„Nein, Monsieur. Ich möchte Ihrer Mannschaft helfen … Wie damals vor vier Jahren."

„Du willst also wirklich nach Marseille wechseln? Und ich dachte schon, Puel macht Witze." Kurze Stille, ein leises Rauschen. „Weißt du, Iassine, ich habe mich sehr für deinen Werdegang interessiert, deswegen sind mir auch deine … Eskapaden nicht verborgen geblieben. Verletzungen, Dopingstrafen, Handgreiflichkeiten auf und neben dem Platz …"

„Monsieur, was soll ich Ihnen sagen? Ich könnte jetzt jede Schuld von mir weisen, aber das wäre nicht ehrlich. Es ist passiert. Damit muss ich leben. Aber auch während meiner tiefsten Tiefs habe ich immer meine Leistung gebracht, wenn man mich aufgestellt hat."

„Wie steht es um deine Fitness?"

„Zurzeit bin ich nicht in Wettkampfform, aber seit zwei Mo—"

„Was heißt ‚zurzeit'? Ich kann keinen Spieler verpflichten, von dem ich nicht weiß, was er leisten kann, ob er 90 Minuten arbeiten kann."

„Aber, Monsieur, Sie wissen, was ich leisten kann. Sie wissen, dass ich arbeiten kann. Es ist, als würden Sie einen Spieler verpflichten, der länger verletzt war. Jemanden der nach langer Zeit wieder ins Team drängt. Das haben Sie schon oft getan."

„Ich kann mich nicht daran erinnern, jemanden nach drei-einhalb-jähriger Verletzungspause zurück ins Team aufgenommen zu haben. Und das ist ja noch positiv ausgedrückt. Du hattest immer wieder mehrere Wochen und Monate gar keinen Kontakt zum Fußball. Du hast dir einen Bauch angefressen und du hast Alkohol getrunken. Viel Alkohol, wie ich gehört habe."

„Seit zwei Monaten habe ich keinen Tropfen mehr getrunken."

„Und wenn du hier bist? Warum solltest du nicht wieder in alte Muster verfallen? Dann bekommst du Geld, hast einen neuen Vertrag …"

Iassine kicherte. „Kennen Sie meinen Vertrag, Monsieur? Ich bekomme jährlich 25 Millionen reines Geld. Al-Rayyan nimmt mir jedwede Kosten ab. Haus, Lebensmittel, Autos wurden vom Verein gestellt. Alles, was ich verdiene, landet auf der Bank, bei Chayma oder bei meiner Familie. Warum sollte ich das für Marseille aufgeben, wenn ich's nicht ernst meine?"

„Wer ist Chayma?"

„Meine Freundin."

„Glückwunsch. Seit wann hast du sie?"

„Etwa eineinhalb Jahre."

„Will sie auch nach Frankreich?"

„Sie hat mich dazu überredet."

Valbuena schwieg, dachte nach. „Ich werde mich mit Puel zusammensetzen. Wahrscheinlich werden wir dich zum Fitness-test einladen, wenn die Mannschaft aus dem Urlaub kommt."

Erleichtert bedankte sich Iassine bei seinem ehemaligen Trainer und Mentor. An Silvester 2028 erhielt er die Einladung.

Zwei Tage später fand er sich im Trainingszentrum von Marseille wieder. Mit Messgeräten ausgestattet, lief und strampelte Iassine auf Laufband und Fahrrad. Schweigend beobachteten zwei Mediziner und Georges Mendes das Prozedere. Am Ende sah Iassine in die Augen eines sichtbar beruhigten Beraters, aber er selbst war unzufrieden.

„Was ist los? Du hast doch gut durchgehalten."

„Ich war viel zu müde auf dem Laufband. Das reicht nicht", schüttelte Iassine den Kopf. Zu einem ähnlichen Ergebnis kamen die Mannschaftsärzte, sodass sich Valbuena mit bedrückter Stimme bei Iassine meldete.

„Wir können dich nicht verpflichten. Der Test hat gezeigt, dass du nicht fit bist."

Iassine schluckte hart, aber schüttelte den Kopf. „Vor zwei Monaten hätte ich keine zehn Minuten durchgehalten, Monsieur. Wenn dieser Test irgendetwas gezeigt hat, dann dass ich alles für ein Comeback tun werde."

„Tut mir leid, aber damit kann ich nicht arbeiten."

„Geben Sie mir ein Probetraining, geben Sie mir ein Testspiel, lassen Sie mich einfach nur mittrainieren. Ich werde Sie nicht enttäuschen!"

Aus den Lautsprechern hörte Iassine den schweren Atem Valbuenas. „Ich spreche mit Puel."

Schon am nächsten Morgen hörte Iassine die Nachricht. Eine Trainingseinheit, ein Testspiel gegen die zweite Mannschaft Marseilles. So viel Zeit gaben sie ihm.

In der Kabine wurde Iassine kritisch beäugt. Seine Mitspieler kannten ihn. Gegen einige hatte er schon mit Paris gespielt, aber erinnern konnte er sich kaum. Möglichst offen, möglichst freundlich reichte er jedem einzelnen die Hand.

Beim Training hatte Iassine Glück. Sie trabten einige Runden über den Platz, bevor sie sich dem Ball widmeten. Nach der Winterpause sollten die Spieler erstmal wieder ein Gefühl für das Spiel bekommen, laufen würden sie bei späteren Einheiten. Entsprechend fiel Iassine mit technischen Fähigkeiten auf, statt mit mangelnder Fitness.

Beim Testspiel am nächsten Tag saß Iassine zunächst auf der Bank. Nach 45 Minuten wurde er eingewechselt. Schon bald klebte das himmelblaue Trikot an seinem verschwitzten

Körper, aber er blieb positiv gestimmt. Eine Halbzeit konnte er durchhalten, besonders während eines Testspiels.

Immer wieder zog er Sprints an, verfolgte Gegenspieler und lief sich frei. Umso lauter atmete er ein und aus, wenn Ruhe ins Spiel kam. Aber während sich einer seiner Gegner noch über die lauten Atemzüge wunderte, sprintete Iassine nach vorne, sprang hoch und köpfte einen Eckball ins Tor.

„Das ist gut, das ist gut", dachte Iassine, während er in sich gekehrt und demütig zurück in die eigene Hälfte trabte. Hier und da klatschte er bei einem Mitspieler ab. Nur vier Minuten später schlug Iassine einen langen Ball aus der eigenen Hälfte in den Lauf eines Stürmers. Abgebrüht umkurvte dieser den Torwart, erzielte ein Tor.

Aus gut 40 Metern zeigte der Stürmer anerkennend auf Iassine, der freudig zwei Fäuste geballt hatte. Ein Tor, eine Vorlage. Sich in den Dienst der Mannschaft zu stellen, sollte ihm helfen, wenn er einen Vertrag haben wollte.

Während der letzten zehn Minuten half ihm ausgerechnet die Erfahrung aus Katar. Mit wenig Luft in den Lungen verteilte er die Bälle, ohne viel laufen zu müssen. Nur in der Defensivarbeit versuchte Iassine, jeden Weg mitzugehen.

Sekunden vor dem Abpfiff schickte er nochmals einen Mitspieler auf die Reise. Mit dem ersten Ballkontakt flankte dieser in die Mitte, Kopfball, Tor. Wieder zeigten sie auf Iassine, der den Angriff eingeleitet hatte. Doch weil einer der Trainer das Spiel direkt nach dem Tor abpfiff, ließ sich Iassine einfach nur auf den Boden fallen.

Schnell hob und senkte sich die Brust. Ein breites Lächeln spiegelte sich auf dem Gesicht des Ivorers.

09. Januar 2029 (23 Jahre alt)

OM verpflichtet Iassine Shaka – Vertrag bis 2030

Olympico Marseille hat mit sofortiger Wirkung Iassine Shaka verpflichtet. Der 23-jährige ehemalige Golden Boy kommt ablösefrei vom katarischen Tabellenzweiten Al-Rayyan und unterschreibt einen Vertrag bis zum 30. Juni 2030.

Trotz einiger schwieriger Jahre im Ausland ist Trainer Mathieu Valbuena zuversichtlich, dass Shaka schnell wieder in Form kommen kann: „Deswegen haben wir ihn verpflichtet. Ich kenne seine Qualitäten, und die hat er auch schon im Probetraining angedeutet."

Für seinen Wechsel zurück nach Frankreich verzichtet Shaka auf viel Geld. „Im Vergleich zu seinem Gehalt in Katar spielt er hier umsonst", erklärte Valbuena, der den Ivorer während seiner Zeit beim Paris Sporting Club zu einem der begehrtesten Talente der Welt formte.

Shaka selbst will sich nicht zu seinem Wechsel äußern. Er wolle Taten für sich sprechen lassen.

„Immerhin gibt's einen kleinen Artikel auf der Website", grinste Georges.

„Ja, ich weiß", lenkte Iassine ein. „Marketingtechnisch hätte ich mich einer Pressekonferenz stellen müssen. Aber ich hatte echt keine Lust auf das Gelaber."

„Schon gut, schon gut. Du bist hier, das ist die Hauptsache."

„Danke dafür."

„Ach, kein Problem. Du hast es mir ja leicht gemacht."

„Man muss auch nicht immer um jeden Cent feilschen."

„Aber das Feilschen macht mir Spaß!", warf der Berater lachend ein.

„Dann werden wir bei der Vertragsverlängerung ein bisschen mehr fordern", lachte wiederum Iassine. Berater und Spieler verabschiedeten sich voneinander, sodass Iassine mit Chayma in seiner neuen Wohnung zurückblieb. Langsam schlenderte Chayma durch die Wohnung in die Küche und öffnete den Kühlschrank. Sie holte etwas heraus, schloss die Tür und drehte sich. Wuchtig stellte sie Milch auf die Kücheninsel. „Komm, wir trinken einen."

Iassine runzelte die Stirn: „Einfach nur Milch?"

„Na, Alkohol werde ich bestimmt nicht reinmischen."

Auf einmal grinste er. „Was ist mit Honig?"

Während der nächsten Wochen widmete sich Iassine seiner Fitness. Die Rückrunde begann, aber der Ivorer wurde nur in der zweiten Mannschaft eingesetzt. Luft verschaffen, Spielpraxis sammeln. Dennoch tat er sich schwer im Reserveteam Marseilles. Während seiner ersten drei Spiele musste er sich immer wieder auswechseln lassen, weil er schlichtweg müde war.

„Das geht nicht, Iassine. Du musst 90 Minuten laufen!", mahnte Valbuena im Einzelgespräch. Natürlich verstand Iassine und versuchte, weiter abzunehmen. Immer dünner wurde er, bis er weitere drei Wochen später endlich sein erstes Spiel über 90 Minuten spielte.

„Wir sind im März, Ziné. Du kannst dich doch nicht ernsthaft darüber freuen, dass du ein ganzes Spiel durchhältst. Das ist nicht dein Anspruch."

Sein Vater hatte Recht. Mit dem Wechsel war die Beziehung zu ihm regelrecht aufgeblüht. Aber nach zwei Monaten spürte Iassine die Sorge, dass er den langen Weg zurück nicht packen könnte, dass der Weg zu lang sein könnte.

„Es ist eben nicht einfach. Aber ich gebe mein Bestes." Iassine sah auf zum Fernseher. „Schaust du das Spiel?"

„Ja, natürlich." Iassine stellte sich vor, wie auch sein Vater vor dem Fernseher saß. Wahrscheinlich trug er irgendeine Cap, und zog an seinem Ohrläppchen, weil er so nervös war. Die letzten Gruppenspiele für die Afrika-Cup-Qualifikation standen an. Die Elfenbeinküste musste gewinnen, um am großen Turnier teilnehmen zu dürfen. Nach den schwachen Auftritten im Voraus war man froh, dass sie überhaupt noch eine Chance hatten.

Aber auch am letzten Spieltag enttäuschten die Elefanten. Trotz ausverkauften Stadions, dem Zittern und Bangen vor den Fernsehern verloren sie 0:2. Mit einem gellenden Pfeifkonzert wurden die Spieler verabschiedet.

Es waren die üblichen Symptome: Fehlende Kreativität, mangelndes Tempo, mangelnder Antrieb aus dem Mittelfeld gepaart mit einer gefährlichen Anfälligkeit bei Kontern. Daraus folgte die Diagnose eines fehlenden zentralen Mittelfeldspielers, der mit schnellen, überraschenden Pässen eine tiefstehende Abwehr überbrücken konnte – Iassine Shaka.

Aber Iassine saß vor dem Fernseher. Am Wochenende saß er nicht mal auf der Bank. Da spielte er für die zweite Mannschaft. Die stetig bessere Fitness wurde von Valbuena kaum gewürdigt. Beim Training besah er seinen Schützling, aber schickte ihn dann doch wieder in die zweite Mannschaft.

Zwei weitere Spiele absolvierte er dort, bevor Valbuena auf ihn zukam. Sie redeten nur kurz miteinander, aber mit einer klaren Botschaft.

„Du siehst aus, als wärst du wieder 16, Iassine", begann er. „Aber mit 16 Jahren konnte ich dich in Paris auch nicht gebrauchen. Es reicht nicht, einfach nur dünn zu sein und laufen zu können. Du brauchst einen Körper! Du musst athletisch sein! Sonst fressen die dich auf in der Liga."

Als sich Iassine nach dem Training im Spiegel betrachtete, sah er nicht mehr seine Fortschritte, sondern einen großen, dürren Jungen. Früher war er eine richtige Kante im Mittelfeld, ein Hüne, ein Riese. Jetzt konnte er sich seinen Gegenspielern kaum entgegensetzen.

Und sogar im Spiel seiner zweiten Mannschaft spürte es Iassine. Jedes Mal, wenn er einen Zweikampf verlor, wenn er am Gegenspieler nicht vorbeikam, traf es ihn mitten ins Gesicht. Er musste wieder muskulöser werden.

Doch nach nur einer Woche wurden seine Bestrebungen verschoben – Rippenbruch.

„Kannst du nicht atmen, kannst du nicht arbeiten", konstatierte der Vereinsarzt. Eine ähnliche Botschaft ließen ihn auch seine Freunde und Familie zukommen. Folglich konnte Iassine knapp fünf Wochen gar nicht trainieren. Die Saison war praktisch vorbei.

„Immerhin steigt ihr auf", versuchte Chayma, ihren Freund aufzumuntern.

„Von ‚ihr' würde ich da nicht sprechen. Ich hatte ja gar keine Anteile." An der Trauer konnte auch Chayma nichts ändern. In dieser Zeit sehnte sich Iassine so sehr wie selten zuvor nach Alkohol.

Bis dahin war ihm der Entzug erstaunlich leichtgefallen, er hatte gar nicht von einem Entzug sprechen wollen. Viel mehr dachte Iassine, dass er kaum süchtig nach etwas werden konnte. Wenn er etwas wollte, konnte er sich etwas nehmen. Wenn etwas kaputt ging oder nicht mehr gewollt war, verzichtete er eben. Vielleicht hatte das was mit dem vielen Geld zu tun? Er wusste es nicht. Aber während seines Rippenbruchs überlegte er ständig, ob er einen Schluck trinken durfte. Und noch viel mehr interessierte ihn, ob er dann wieder regelmäßig trinken würde. Es war die Neugier, die ihn reizte – so dachte er.

Doch als er seine Gedanken mit Chayma teilte, redete sie ihm diese sofort wieder aus. Genau so zeige sich die Sucht, genau so würde man rückfällig werden. Es klang alles so vernünftig und gut erklärt, dass Iassine horchte. Er blieb trocken. Er trainierte.

Iassine Shaka – Die größte Enttäuschung des Fußballs.

Am neunten Januar vermeldete Olympico Marseille die große Nachricht: Iassine Shaka kehrt zurück nach Frankreich. Möglichst beiläufig, möglichst unauffällig wollten sie den Mittelfeldspieler in ihren Reihen aufnehmen. Aber ein großer Name wie Iassine Shaka schlägt immer große Wellen. Entsprechend schnell stiegen die Erwartungen an den ehemaligen Weltklassespieler.

Bald erinnerten sich die Fans an die Glanzzeiten des Ivorers: Mit 14 Jahren der jüngste Torschütze der afrikanischen Champions-Liga. Mit 15 Jahren Stammspieler in Belgien. Mit 16 Jahren regelmäßige Auftritte für Paris Sporting Club und später auch Stammspieler im Starensemble des Hauptstädter. Der rasche Aufstieg Iassine Shakas wurde gekrönt durch die Wahl zum Golden Boy 2024 – dem größten Talent der Welt.

Aber was bleibt davon übrig? Wir wissen es nicht. Denn nach seinem Transfer in den Süden Frankreichs spielte er nur in der zweiten Mannschaft Marseilles. Seine durchaus ansprechenden Leistungen zeugen zwar von einer gewissen Klasse, aber viele wundern sich, ob er nur ein guter Drittligaspieler ist oder einer schwachen zweiten Mannschaft schon wieder entwächst.

Den Verantwortlichen Olympicos stellt sich diese Frage indes nicht. Unseren Informationen nach drängen sie auf einen Verkauf. Das ist umso bemerkenswerter, da Iassine Shaka dem Vernehmen nach zu den Geringverdienern des Kaders gehört und keine Ablöse kostete. Warum also will man einen immer noch jungen Spieler so dringend loswerden?

Für uns gibt es nur einen Grund: Iassine Shaka ist genau die Enttäuschung, die er nie versprochen hatte.

„Wenn es gut läuft, kannst du lesen, was du willst. Aber wenn es schlecht läuft, ignorierst du die Medien", betonte Mendes. „Das weiß man doch!"

„Der Spruch funktioniert nicht mehr Georges." Iassine scrollte durch sein Smartphone, während er seinen Berater über die Lautsprecher hörte. „Heute wirfst du keine Zeitschriften mit eindeutigen Überschriften weg, sondern bekommst von hunderten Leuten Links mit verschiedensten Inhalten geschickt. Lustig, traurig, inspirierend und vielleicht auch mal interessant. Ich fand die Überschrift lustig und wollte wissen, was die sich zusammenreimen. Aber dass die Informationen über meinen Verkauf haben, konnte ich ja nicht ahnen. Also sag mir jetzt, was es damit auf sich hat."

„Willst du wechseln?"

„Nein!", rief Iassine.

„Dann bleibst du. Die können nichts machen."

„Was soll das, Georges? Wer will mich verkaufen?"

„Im Vorstand sind ein paar Stimmen", lenkte Mendes ein. „Und Puel springt da natürlich drauf an."

„Und was sagt Valbuena?"

„Der will mit dir arbeiten."

„Dann bleibe ich."

„Sag ich doch!" In den nächsten Tagen und Wochen wurde Iassine mehrfach vom Sportdirektor kontaktiert, aber der Ivorer blockte kategorisch ab. Stattdessen konzentrierte er sich auf die Saisonvorbereitung für die erste Liga und erinnerte sich an sein erstes Jahr unter Valbuena in Paris. Damals hatte er die komplette Hinrunde gebraucht, um einen Einsatz bei den Profis zu bekommen – Dieses Mal wollte er schneller sein.

Wortlos unterhielten sich Valbuena und Iassine nach den Trainingseinheiten. Immer wieder schüttelte der Trainer seinen Kopf, weil es einfach nicht reichte. Zum Trainingslager durfte Iassine nicht – Anweisung der Führungsetage.

Zwölf Tage lief Iassine seinen Mitspielern in der zweiten Mannschaft voraus. Nach dem planmäßigen Training hievte er Gewichte in die Höhe. Arme, Beine, Brust, Bauch Rücken, rundum alles.

Die Saison startete. Drei, vier, fünf Spieltage sah Iassine von der Tribüne aus zu. Aber dem Aufsteiger aus Marseille fehlte es an Durchschlagskraft. Drei Unentschieden und zwei Niederlagen, drei Tore geschossen, sieben kassiert. Valbuena stand am Sonntag nach dem fünften Spieltag angespannt auf dem Trainingsplatz. Als Iassine zum Aufwärmen an ihm vorbeilief, zuckte Valbuena mit den Schultern. Iassine lächelte.

Fast ein komplettes Jahr hatte Iassine kein Profispiel mehr absolviert. Doch an diesem sechsten Spieltag saß er endlich wieder auf der Bank. Zum ersten Mal seit seinem Wechsel sah er das ausverkaufte Stadion vom Innenraum aus. Und plötzlich spielte auch Marseille gut, feierte den ersten Saisonsieg. Das einzige Problem war, dass Iassine nicht eingewechselt worden war.

Valbuena fand einen neuen Stamm von Spielern, dem er vertraute. Drei Siege und zwei Unentschieden, bis sie endlich wieder verloren. Iassine hatte stets auf der Bank platzgenommen. Aber als sie auch am zwölften Spieltag zurücklagen, hörte Iassine seinen Namen. Der Co-Trainer schrie, bis sich jede Ader an seinem Hals zeigte. Abrupt stoppte Iassine seine Übung und lief hinüber zur Auswechselbank. Die Trainingsjacke warf er achtlos zur Seite, streifte sich das hellblaue Trikot über. Währenddessen rief ihm der Co-Trainer eine Anweisung nach der anderen ins Ohr. Immer wieder nickte Iassine, zog die Stutzen hoch, schob die Schienbeinschoner darunter.

Der vierte Offizielle überprüfte, ob auch alles regelkonform war. Dann hörten sie den Pfiff. Der Schiedsrichter wies zur

Trainerbank. Die Nummer 4 verließ den Platz, die Nummer 22 sollte kommen. Als die gegnerischen Zuschauer Iassine bemerkten, buhten sie ihn gnadenlos aus. Bis auf den kleinen Marseille Block, richtete sich gesamte Stadion gegen ihn. Er war der Böse. Plötzlich stand Valbuena neben ihm.

„Viel Spaß", rief er hoch ins Ohr. Wieder nickte Iassine.

Kaum stand der große Ivorer auf dem Platz, wurde er angespielt – tausende Pfiffe. Doch mit dem ersten Ballkontakt versprang ihm der Ball, sodass der Gegner angreifen konnte und die Zuschauer jubelten. Der schnell gespielte Konter endete in einem missglückten Schuss – Abstoß.

Iassine atmete tief durch. „Du bist da, wo du sein wolltest", dachte er sich, sah hinauf zur Tribüne. Irgendwo da, zwischen den schreienden und pfeifenden Fans, saß Chayma und drückte ihm die Daumen.

Die nächsten Pässe leitete Iassine vorsichtshalber weiter, ohne großes Risiko einzugehen. Raunen, immer wenn er den Ball berührte. Langsam gewöhnte er sich an das Gefühl, auf dem Platz zu stehen. Er gewöhnte sich an das Tempo und an den Hass, der ihm entgegenschlug. Nach fünf Minuten lief ein Gegenspieler über die Außenbahn auf das Tor Marseilles zu. Geistesgegenwärtig lief Iassine ihm entgegen, stellte ihn. Mit einer schnellen Finte wollte der rechte Flügel vorbeiziehen. Aber Iassine durchschaute die Aktion frühzeitig und schob seinen Körper zwischen Gegner und Ball. Applaus hallte aus dem Marseiller-Block hinunter, wurde aber schnell von den Pfiffen übertönt.

Danach wurden die Pässe Iassines länger und riskanter, wenn es die Situation zuließ. Aber in ungeordneten Phasen wusste er auch, das Spiel zu entschleunigen und nochmal zur Seite zu passen. In der Defensive presste er aggressiver gegen die Angreifer, traute sich in die direkten Duelle und eroberte so ein ums andere Mal den Ball.

Mit ihm auf dem Platz beruhigte sich das Spiel Marseilles. Aus unsicheren Kontern entwickelte sich dominanter Ballbesitz, aus dessen Mitte heraus Iassine die Strippen zog. Letzten Endes war er zwar nicht am erlösenden Ausgleich beteiligt, doch trotzdem freute sich Iassine, als sich die Mannschaft nach 90 Minuten das Unentschieden erkämpft hatte.

„Nein, danke. Kein Kommentar", grinste Iassine, während er an den fragenden Journalisten vorbeizog. Im Mannschaftsbus genoss er die Ruhe, bevor er sich Musik auf die Ohren schob und über sein Smartphone strich.

In den sozialen Medien redeten alle von seinem Comeback. Er war die positive Überraschung der Partie. Aber am nächsten Wochenende saß er trotzdem wieder auf der Bank. Er wollte mit Valbuena streiten, aber sein Mentor begründete die Entscheidung zu gut.

„Gegen Amiens brauchen wir schnelle Spieler", erklärte Valbuena. „Tramps, Marchent, Kumaé. Die können auch aus der Zentrale Tempo machen. Die stoßen mit dem Ball am Fuß in die Lücken. Die müssen nicht darauf warten, dass sich jemand freiläuft. Wenn wir viel Ballbesitz haben, sind deine Qualitäten weniger gefordert."

„Und mit zwei Sechsern sind wir auch defensiv gut aufgestellt …", beendete Iassine. Valbuena nickte. Ein, zwei Wechsel, schon löste sich Iassines Position in Luft auf. Von der Bank aus jubelte er seinen Mitspielern zu, als sie Amiens mit drei Toren aus dem Stadion schossen.

So verständlich Valbuena seine Taktik Iassine erklärt hatte, musste er sie am folgenden Freitag Kumaé erklären. Denn der flinke Spielmacher wurde im Sinne eines 4-4-2 herausrotiert. Iassine spielte sein erstes Spiel von Beginn an. Für schnelle Konter sollte er lange Bälle auf Flügel und Stürmer schlagen.

Valbuena schrie durch die Kabine: „Wir sind hier Außenseiter! Aber wenn wir nach Ballgewinnen schnell umschalten, können wir was mitnehmen!" Iassine verlor die Aufmerksamkeit, verschnürte die Senkel, tapte die Knöchel. Schnelle, lange

Bälle, hörte er. Auch mal auf Maxime, der die Bälle vorne festmachen konnte.

Nur kurz währte Iassines Freude über den Anpfiff. Es war der erste Anpfiff, während dem er auf dem Platz stand und er fühlte sich bereit. Nicht weil er so gut trainiert hatte oder weil Chayma, Didier, Nubia, Ruud und sogar Pierre ihm gut zugeredet hatten. Seine Zuversicht beruhte einzig auf der Tatsache, dass er auf dem Platz stand. Dass sein Trainer ihm vertraute und ihm diese Bürde auftrug.

Doch selbst Valbuena konnte sich irren, konnte überrascht werden. Ein 3-4-3 spielte Lyon zu selten, als dass es der erfahrene Franzose hätte vorausahnen können. Die Konsequenz waren Überzahl gegen die Stürmer, Mittelfeldspieler auf der Außenbahn, die problemlos gegen die Flügelspieler Marseilles zurückarbeiten konnten und eine Sturmreihe, die auch ohne Unterstützung von hinten die Verteidigung auseinanderreißen konnte.

So suchte Marseille nach Lösungen gegen einen plötzlich übermächtigen Gegner. Immer wieder wurde Iassine noch am eigenen Sechzehner unter Druck gesetzt. Verzweiflung kroch von seinem Kopf in die Beine. Seine Mitspieler verliefen sich in der Deckung des Gegners. Hohe Bälle auf Maxime stießen auf Köpfe der Verteidigung.

Zwanzig Minuten überlebte Marseille. Verletzungsunterbrechung. Iassine sprintete hinüber zu Valbuena. Marchent schickte er schon wieder weg, bevor er sich an Iassine wendete.

„Die beiden", er zeigte auf Marchent und Tramps, „werden jetzt öfter in die Mitte ziehen. Du musst den Ball einfach nur weiterleiten. Aus der Zentrale können wir kontern."

„Warum kein Ballbesitz?" Iassine erinnerte sich an ein Spiel in Japan.

„Was? Die Pressen uns tot!", schrie Valbuena. Ein gellendes Pfeifkonzert empfing den angeschlagen Rechtsverteidiger Marseilles, als er unverletzt wieder aufstand und über den Platz trabte.

„Nur kurz!", rief Iassine rückwärtslaufend. Das Spiel wurde fortgesetzt. Mit dem Pfiff des Schiedsrichters übte Lyon weiter Druck aus. In den ersten Sekunden versuchte Iassine, den Ball zu Marchent und Tramps weiterzuleiten, aber bei der nächsten Unterbrechung wendete er sich an die Verteidigung.

„Kurze Pässe", ordnete er an. „Auch über den Torwart. Bleibt in Bewegung, lauft euch irgendwie frei, irgendwann kommt die Lücke." Iassine wies auf Valbuena, als käme die Anweisung direkt vom Trainer. Seine Mitspieler hoben ihre Daumen.

Kurz danach zog Marseille ein hochriskantes Passspiel bis zurück in den eigenen Sechzehner auf. Nur ein Fehler, ein Fehlpass würde den Torwart allein gegen den gegnerischen Sturm zurücklassen. Doch sogar an der eigenen Eckfahne spielten sie den Ball noch kontrolliert zum freien Mitspieler.

Valbuena tobte an der Außenlinie, bis der Torwart endlich über 30 Meter nach vorne flankte. Genau dahin war Marchent gelaufen und leitete mit viel Tempo einen Angriff ein. Über vier Stationen landete der Ball schließlich im Toraus, aber Iassines Idee war trotzdem aufgegangen.

Nach der Balleroberung mussten sie den Ball kurz in den eigenen Reihen halten. Das Lyoner Pressing übte zwar Druck aus, aber öffnete auch Räume im Mittelfeld. Diese nutzten sie aus.

Bald verstand auch Valbuena, was dort auf dem Platz geschah. Lyon stand hoch, Marseille konterte tief. Die ersten zwei Schüsse taten sie als Glück ab, doch nach einem gefährlichen Pfostenschuss von Marchent ruderte der gegnerische Trainer wie wild mit den Armen.

„Kommt zurück!", schrie er. „Bleiben! Bleib stehen! Deckt die Räume!" Nacheinander stoppten ganze Mannschaftsteile das Pressing, bis Marseille schließlich in aller Ruhe den Ball hinten herumspielen konnte. Allerdings wusste keine der beiden Mannschaften mit der neuen Situation umzugehen, weshalb sie mit einem 0:0 in die Halbzeit gingen.

Auch während der zweiten Hälfte sah sich Iassine einem gut geordneten Gegner gegenüber, weshalb er Pässe meist zu beiden Seiten verteilte, ohne spürbaren Raumgewinn. Viele Angriffe versandeten in den Abwehrreihen.

Schnell versuchte Lyon, zu kontern. Aber die langen Wege nach vorne stellten sie vor Probleme. Vertikale Pässe endeten im Aus oder bei den Verteidigern. Spieler beider Mannschaften warfen einander mangelnde Kreativität vor, bis der Schiedsrichter abpfiff.

Dennoch verbuchte der Aufsteiger aus Marseille das Unentschieden in Lyon als Erfolg, den sie zu großen Teilen Iassine verdankten. Auf der Pressekonferenz lobte Valbuena die Präsenz des Ivorers, der jetzt öfter in der Startaufstellung auftauchte.

Iassine gewann wieder an Sicherheit. Pässe fanden einen Abnehmer, auch erfolgreiche Risikopässe häuften sich. Die Mitspieler suchten und fanden den Hünen im Zentrum des Spiels, so wie man es aus Paris gewohnt war. Lediglich seine Scorer, Tore und Vorlagen, begrenzten sich auf ein Minimum, was auch noch im Januar zu Kritik führte.

„Wir dürfen nicht vergessen, dass Iassine fast drei Jahre keine Spielpraxis gesammelt hat", erinnerte Valbuena in einem Interview. „Da fehlen einfach noch ein paar Automatismen. Früher hat er einen Schuss aus 20, 25 Metern einfach in den Winkel gehauen. Heute zögert er und sucht lieber seinen Mitspieler."

„Kann er das Niveau aus Paris wieder erreichen?"

„Sehen Sie, Iassine wird immer nur mit Extremen verglichen. Da ist das Supertalent aus Paris und der träge Dopingsünder aus Katar. Dazwischen liegen Welten. Wir wollen einfach nur, dass er soweit wie möglich vom Dopingsünder entfernt ist. Wie weit wir ihn davon wegbekommen, wird die Zeit zeigen. Aber die Tendenz ist sehr positiv."

12. Januar 2030 (24 Jahre alt)

„Kiefi spielt in Belgien. Den kannst du packen, glaube ich. Und sein Back-Up ist ja noch in Abidjan."

Iassine kratzte sich am Kinn. „Frankreich hat schon die bessere Liga … Aber Kiefi ist so ein richtiger Zweikämpfer. Vielleicht braucht Touré so einen."

„Dafür haben wir Bakr, notfalls auch Koné. Daneben brauchen wir gute Leute." Kurze Stille. „Naja, ich muss dann zum Training, wir hören uns. Und denk dran: Stillhalten."

Ruud legte auf. Iassine sah auf sein Smartphone, dann auf sein Bein. Im Training hatte er sich eine Muskelfaser angerissen. Die freie Zeit nutzte er zur Recherche. Von seinem besten Freund sammelte er Insider-Informationen zur Lage in der Nationalmannschaft. Im Internet scrollte er durch die Leistungsdaten seiner Konkurrenz. Nur noch ein halbes Jahr bis zur Weltmeisterschaft, aber kein Wort des Nationaltrainers.

„Noch keine zehn Spiele gespielt", murmelte Iassine, mahnte sich selbst zu mehr Geduld.

Knapp zwei Wochen später stand er wieder auf dem Platz, zeigte Präsenz, kontrollierte das Spiel. Aber nach wie vor musste er einen Schalter umlegen, den er einfach nicht fand. Unbekümmert, jugendlich, frisch – Das forderten die Medien. Doch bei jedem Pass, bei jedem Haken stöhnten sie.

„Früher hätte er den selbst gemacht", hörte Iassine über einen der Fernseher, der auf dem Weg zu den Katakomben hing. Sofort stülpte er die Kopfhörer wieder über seine Ohren. Inzwischen hatten sie den 25. Spieltag erreicht, Marseille steckte im tiefsten Abstiegskampf. Die 1:3-Niederlage in Bordeaux tat ihr Übriges. Sie fielen zurück auf den vorletzten Tabellenplatz.

Spekulationen. Erst in vier Wochen nominierte Bakary Touré seine Mannschaft. Doch die regelmäßigen Einsätze befeuerten ausschweifende Diskussionen in den sozialen Netzwerken, auch wenn sie meist kritisch beäugt wurden.

Der Trainer selbst trieb diese Diskussion auf die Spitze. Während Iassine mit seiner Mannschaft in Bordeaux verlor, beobachtete Touré die Leistungen Zaire Diabates in Caen. Zaire spielte ebenfalls im zentralen Mittelfeld, doch seine Nominierung galt als sicher.

> @éléphantzzz
> Touré in Caen gesichtet. Sollten Sie Dia nicht langsam kennen? Sonst sind da keine Ivorer.

> @CauseCaenCan
> Das Spiel ist nicht mal besonders schön.

> @éléphantzzz
> Soll er lieber gucken, wie sich Shaka schlägt.

Die Vorwürfe mehrten sich, die Alternative blieb die gleiche: Iassine Shaka. Kollektiv fragten sich die Zuschauer, was Touré in Caen suchte. Bis in die Trends brachte diese Frage das sonst so langweilige Spiel. Die hohe Resonanz rief auch Journalisten auf den Plan, die den Nationaltrainer nach dem Spiel mit Fragen bombardierten: „Warum haben Sie heute nicht Iassine Shaka beobachtet? Steht er nicht auf Ihrem Zettel?"

Energisch schüttelte Touré seinen Kopf. „Selbstverständlich steht er auf unserem Zettel. Wir beobachten auch seine Entwicklung, da müssen Sie sich keine Sorgen machen. Aber für die ankommenden Qualifikationsspiele hat er sich noch nicht als Alternative empfohlen."

„Hat er eine Chance zur WM zu fahren?"

„Also eins steht fest: Für uns war Iassine nie tot. Dafür war er einfach zu talentiert. Aber wir müssen auch schauen, wo unsere Spieler herkommen. Bei all dem Potenzial, das Iassine hat, muss man festhalten, dass er auf einem Abstiegsplatz steht und noch nicht die", Touré wog seinen Kopf hin und her, „Leistungsexplosion hatte, die sich alle von ihm erwarten. Wenn wir zur WM fahren, auch das steht keinesfalls fest, können wir nicht darauf hoffen, dass Leistungen vielleicht noch kommen werden. Wir müssen vorher Leistungen sehen, die eine Nominierung rechtfertigen. Ordentliche Leistungen bei einem Absteiger reichen da nicht."

„Also hängt es vom Klassenerhalt ab?"

„Das habe ich nicht gesagt. Trotzdem wird ein solch negatives Erlebnis bestimmt nicht zum nötigen Klima beitragen. Sowas muss man auch berücksichtigen."

„Schieß doch! Schieß doch!" Valbuenas Stimme verlor sich zwischen den Gesängen zehntausender Zuschauer. Es lief die 20. Minute am 26. Spieltag. Sie drängten den Gegner aus Sochaux vermehrt zurück an den Sechzehner.

In der Zentrale bot sich Iassine immer wieder an. Als man ihm den Ball einmal mehr zuspielte, trat ihm einer der Gegenspieler von hinten in die Hacke. Mit einem lauten Schrei ging der große Ivorer zu Boden. Sofort beorderte der Schiedsrichter die Mannschaftsärzte aufs Feld, die Iassine vom Platz halfen. Der fällige Freistoß flog über die Latte hinweg.

Eisspray linderte die Schmerzen. Iassine lief zurück zur Mittellinie, um wieder aufs Spielfeld zu dürfen. Aber gerade als der Schiedsrichter das Signal gab, packte Valbuena seinen Mittelfeldspieler an der Schulter und wirbelte ihn herum.

„Was machst du denn da? Hier rum, da rum, komm mal zum Punkt! Mach den Schritt nach vorne und hol dir dein Tor!" Der Trainer hob seinen Arm und schlug Iassine auf die Stirn, wie bei einem alten Computer, der nicht mehr richtig lief. „Du willst doch zur WM, oder nicht?"

Damit drehte sich der Trainer um. Iassine trabte zurück aufs Feld. Rund eine Minute plätscherte die Partie vor sich hin, bis

Marseille endlich wieder in Ballbesitz kam. Sofort schalteten die Südfranzosen um. Kurz vor dem Mittelkreis bekam Iassine den Ball, spielte ihn mit dem ersten Kontakt weiter nach vorne. Mit langen Schritten verfolgte er den Angriff.

Erst am rechten Sechzehnereck wusste der Stürmer Marseilles nicht mehr weiter, stoppte seinen Lauf und legte zurück ins Zentrum, aber Iassine dachte nicht daran, diesen Konter abzubrechen. Mit dem Vollspann zog er direkt ab. An zwei herausstürmenden Verteidigern vorbei schoss die Kugel direkt in den rechten Winkel. Der Torwart zuckte kurz, aber sah dem Ball nur hinterher.

Begeisterte Mitspieler sprangen an Iassine auf und ab, während er zurück in die eigene Hälfte lief. In seinem lächelnden Gesichtsausdruck spiegelte sich die Überraschung über den harten, aber auch platzierten Schuss wider. Ein Traumtor.

Kurz vor der Halbzeit spielte Marseille noch einen Konter aus. Diesmal bot sich Iassine sogar vor dem Stürmer links am Sechzehner an, erwartete einen Pass in den Lauf, doch der Stürmer übersah ihn. Mit einem strammen Schuss aufs linke Eck forderte er den Torwart.

Der scharfe Abschluss prallte von den Händen nach vorne ab. Iassine hatte mit einem Torwartfehler gerechnet, war durchgelaufen und staubte aus fünf Metern trocken ab. In einer Bewegung drehte er Richtung Eckfahne ab und jubelte mit den Fans.

Seit fünf Spielen ungeschlagen – Marseille springt auf Platz 14

Durch einen bravourösen 2:0-Sieg gegen Lille hat sich Marseille etwas Luft im Abstiegskampf verschafft. Mit zwei Toren (13./42.) besorgte Spielmacher Kumaé noch in der ersten Halbzeit den Endstand. Mit dem jetzt fünften ungeschlagenen Spiel in Serie konnte Olympico seinen Vorsprung auf einen Abstiegsplatz auf vier Punkte ausbauen.

Neben Doppeltorschütze Kumaé fiel einmal mehr Iassine Shaka auf. Der 24-jährige Ivorer bereitete beide Tore vor und wies nach dem Abpfiff eine Passquote von 95 Prozent auf. Shaka ist einer der Hauptverantwortlichen für den jüngsten Aufschwung Marseilles. Während der letzten fünf Spiele sammelte er acht Scorerpunkte (3 Tore, 5 Vorlagen) – Die zweitbeste Quote in Europas Top-Ligen.

„Wenn du so weiter machst, fährst du zur WM", nickte Didier. Iassines Eltern waren zu Besuch in Marseille. Gemeinsam schauten sie sich das letzte Qualifikationsspiel an. Gegen den Kongo musste die Elfenbeinküste gewinnen, um sich zu qualifizieren.

Zwei Ecken brachten den Ivorern eine schnelle Führung. Mit dem Vorsprung zogen sie sich zurück und spielten ihre Konter aus. Zwar blieb das Spiel arm an Highlights, aber Mitte der zweiten Halbzeit entschied das 3:0 das Spiel.

Vorm Fernseher jubelte die gesamte Familie über die WM-Qualifikation. Eilig gratulierte Iassine seinem Freund Ruud in einer Textnachricht. „Wir freuen uns auf dich", antwortete der Innenverteidiger.

Iassine grinste in sich hinein und nahm die Freude mit in die nächsten Wochen. Von der zweiwöchigen Länderspielpause ließ er sich nicht aus dem Rhythmus bringen. Stattdessen erzielte er das entscheidende Tor bei einem engen 1:0-Sieg gegen Bordeaux.

Obwohl sie nicht jedes Spiel gewannen, punktete Marseille kontinuierlich und entfernte sich weiter und weiter von den Abstiegsrängen. In der öffentlichen Wahrnehmung war Iassine schon lange Leistungsträger und Fixpunkt im Spiel der Südfranzosen, sodass Berater Mendes ihn über eine wenig überraschende Nachricht informierte.

„Marseille will mit dir verlängern."

„Schön", nickte Iassine. „Aber ich habe doch bestimmt auch andere Angebote, oder?"

„Du willst wechseln?"

„Nein, nein", wiegelte er ab. „Nur die Zeit nutzen."

„Was soll das heißen?"

„Ich konzentriere mich auf die Saison. Danach kann ich mich immer noch den Verträgen widmen."

„Die alte Leier." Mendes unterdrückte ein Lachen.

„Das hast du mir schon in Beveren beigebracht", gab Iassine zurück. Auch knapp zehn Jahre nach seiner Zeit in Belgien, half ihm der Fokus auf den Verein. Bis zum 35. Spieltag blockte er kategorisch ab, bis Marseille schließlich den Klassenerhalt feierte.

Bei dem 4:1-Sieg war wieder mal Iassine der entscheidende Mann auf dem Platz. Zwei Vorlagen und ein eigenes Tor riefen die Medien auf den Plan. Voll Freude las Chayma die Statistiken vor:

„... In den letzten zehn Spielen erzielte der Mittelfeldspieler sieben Tore selbst. Acht Tore legte er seinen Teamkollegen vor. Damit war er an 71% der Marseiller Tore direkt beteiligt – ein europaweit unerreichter Wert. Dazu kommen eine Passquote von 89,1 Prozent und die meisten Ballkontakte des Teams. Wenn Shaka über die gesamte Saison so performt hätte, stünde er an dritter Stelle der Torschützenliste und wäre der beste Torvorbereiter der Liga. Auch Olympico hätte von dem hohen Punkteschnitt profitiert: Sie würden jetzt auf einem Champions-Liga-Platz stehen."

Iassine nahm Chayma in den Arm. „Ohne dich wäre das nicht möglich gewesen."

08. Mai 2030 (25 Jahre alt)

„In dieser Form führt kein Weg an ihm vorbei."

„Was?", rief Iassine. Sofort tippte er auf seinem Tablet herum.

„Ja, das steht hier!" Didier lief aufgeregt vor seinem Computer auf und ab, während er immer wieder auf den Bildschirm lugte.

„Das ist doch falsch! Er hätte mir doch Bescheid gesagt!" Auf einmal brummte das Smartphone an seinem Ohr. Ein Anruf. „Jetzt nicht!", schrie Iassine, tatschte weiter unbeholfen mit einer Hand über das Display.

„Was nicht?", fragte ein irritierte Didier.

„Jemand ruft hier an ..."

„Schau doch erstmal, wer es ist."

Schlagartig weiteten sich Iassines Augen. Ein Moment der Stille, der erst vom nächsten Brummen des Smartphones unterbrochen wurde. Langsam nahm er das Smartphone vom Ohr, las den Namen auf dem Sperrbildschirm: „Trainer Touré".

„Papa, ich muss auflegen ..."

„Alles klar. Einen schönen Geburtstag noch", verabschiedete sich Didier.

Iassine wischte über das Display.

„Hallo?"

„Hallo, Iassine!", rief Touré ins Smartphone. „Alles Gute zum Geburtstag!"

„Dankeschön!"

„Ist mir die Überraschung gelungen?"

Nur kurz redeten sie miteinander, viel zu erzählen gab es nicht. Iassine stand im Notizbuch des Nationaltrainers der Elfenbeinküste – Touré hatte seinen Namen sogar eingekreist und unterstrichen. Eine Nominierung für die Weltmeisterschaft 2030 in Großbritannien war ihm sicher. Der Trainer hatte nur noch den Geburtstag Iassines abgewartet.

„Chayma! Mach die Milch warm!", rief Iassine, nachdem er sich von Touré verabschiedet hatte.

„Was?" Die Frage hallte durch die Wohnung ins Wohnzimmer zu Iassine. Kurz danach folgte Chayma selbst.

„Ich werde Nationalspieler!"

Jubelnd fielen sie sich in die Arme, bevor sie Milch aus dem Kühlschrank aufwärmten. Die warme Milch veredelten sie mit einem Teelöffel Honig und stießen auf die Nominierung an.

Beim nächsten Training, beim nächsten Spiel stand Iassine neben sich. Mit einem Lächeln im Gesicht entschuldigte er sich bei Valbuena. Er konnte nur an das große Turnier denken.

„Kein Problem", lenkte der erfahrene Trainer ein. „Aber in der Halbzeit nehme ich dich raus."

Iassine spritzte sich Wasser in den Mund, hob den Daumen, lief zurück aufs Feld. Die letzten zehn Minuten wollte er noch nutzen. Zwischen Erlösung und Leichtsinn bewegte sich die Mannschaft nach dem erspielten Klassenerhalt. Dagegen spielte der Gegner noch um die Teilnahme am Europapokal, schnürte Marseille hinten ein, doch zeigte sich stetig unkreativer, je näher sie dem Tor kamen.

Nach der kurzen Spielunterbrechung fand Iassine wieder seinen Platz in der Defensive. Der Schiedsrichter gab das Spiel frei, jemand warf den Ball ein. Nach wenigen Sekunden fing Iassine einen Pass von rechts ab, lief mit langen Schritten nach vorne. Weit holte er aus, um auf den linken Flügel zu flanken. Aber beim Pass zog es plötzlich im Oberschenkel, ein scharfer Schmerz trieb bis in den Unterleib.

Instinktiv blieb Iassine stehen, winkelte vorsichtig sein Bein an, bis es wieder schmerzte. Sofort setzte er sich mitten auf den Platz, bedeutete der Trainerbank, dass er ausgewechselt werden musste.

„Leiste, Adduktoren, keine Ahnung", rief Iassine einem Arzt ins Ohr. Einige Fragen genügten ihnen, die Ärzte begleiteten ihn vom Platz. Mit Eisbeuteln gekühlt suchten sie die medizinische Abteilung auf. Der Grad der Verletzung musste bestimmt werden.

„Ist nur eine leichte Zerrung", diagnostizierten sie schließlich. Iassine bekam noch ein paar Bilder seiner Muskulatur in die Hand gedrückt.

„Und wie lange falle ich aus?"

„Bei den Adduktoren sollten wir kein Risiko eingehen, aber zur WM kannst du fahren. Im Idealfall steigst du in der Vorbereitung wieder ein. Schlimmstenfalls verpasst du das erste Spiel."

Die Worte der Ärzte beruhigten Iassine nicht besonders, denn er wusste nicht, ob Touré einen verletzten Spieler nominieren würde – unabhängig vom Heilungsverlauf. Eine entsprechende Ansage des Trainers kursierte auch in den Medien: „Iassine hat sich bewiesen, aber wir wollen ihn natürlich bei 100% sehen. Trotzdem bin ich zuversichtlich."

Nach Saisonende fühlte sich Iassine nicht viel besser. Bevor Touré seinen Kader final nominierte, tauschten sie sich erneut aus.

„Spätestens zum zweiten Spieltag kann ich wieder einsteigen."

„Aber du kennst das System nicht."

„Wenn's normal läuft kann ich aber auch schon die Vorbereitung mitmachen."

„Läuft's denn normal?"

„In gewisser Weise …"

„Lenk nicht ab, Iassine."

„Okay, wahrscheinlich steige ich erst kurz vor dem Jamaika-Spiel wieder ins Training ein. Aber das reicht doch! Jamaika packt ihr auch ohne mich. Da würde ich wahrscheinlich sowieso nicht ins System passen."

Kurzes Schweigen glich einer Ewigkeit.

„Du bist dabei."

„Oh, Gott, danke, Trainer, danke, danke, danke." Viel länger als nötig verabschiedeten sie sich voneinander, weil Iassine seiner Dankbarkeit weiter Ausdruck verlieh.

22. Mai 2030 (25 Jahre alt)

Unter dem feinen Anzug spürte Iassine Schweiß. Das kühle Terminal linderte nicht seine Nervosität. Im Sekundentakt schielte er auf sein Smartphone. Ab und an öffnete er den Messenger, las die Nachricht von Ruud. Menschen liefen aufgeregt um ihn herum, ignorierten den zwei Meter hohen Hünen. Der nächste Flug war wichtiger.

Ein Mann in schwarzem Anzug stolperte über den Koffer einer Frau. Lauthals beklagte er sich, während die Frau abwehrend ihre Hände hob. Ein großer Mann schob sich zwischen die beiden, lief aber einfach weiter, geradewegs auf Iassine zu. Ruud.

Abwechselnd sah Iassine von seinem Freund zu dem Mann, den er einfach zur Seite geschoben hatte. Irritiert sah dieser auf seine Uhr, drehte sich um und trabte zum Schalter.

„Was geht ab?", grüßte Ruud breit grinsend. „Komm, wir gehen rein." Gemeinsam zogen sie in den VIP-Bereich des Flughafens. Dort warteten sie auf den Rest der Mannschaft.

„Ist das Schweiß?" Mit dem Zeigefinger drückte Ruud auf die Schläfe seines Freundes. Sofort wischte Iassine mit dem Unterarm sein ganzes Gesicht ab.

„Der Anzug ist heiß", streifte er das Sakko von seinen Schultern.

„So, so", grinste Ruud. Nach und nach trafen die anderen Nationalspieler ein, die Iassine meist nur vom Fernsehen kannte. Sie stellten sich als Rami, Olutobe, Matayo, Yoyo und Edi vor. Vom Tor bis zum Sturm war alles dabei. Sie freuten sich, Ruud wieder zu sehen. Und Iassine freute sich, dass er seinen Freund ein paar Minuten früher zum Treffen bestellt hatte. So wurde er immer wieder in Gespräche eingebunden und sogar ein, zwei Fotos für die sozialen Medien sprangen dabei heraus. Schließlich fand sich auch das Trainerteam bei der Mannschaft ein.

Gemeinsam flogen sie nach Hamburg. Von dort fuhren sie mit einem Bus knapp eine Stunde nach Rotenburg. Dort bezogen sie das Trainingslager zur WM-Vorbereitung. In England erwarteten sie ähnliches Wetter.

Während die Mannschaft früh am nächsten Morgen aufs Feld lief, bereitete sich Iassine individuell mit dem Reha-Trainer vor. Leichte Übungen, um die Leiste nicht zu sehr zu belasten. Doch schon am Tag darauf ließen sie Iassine auf den Platz. Die Mannschaft freute sich, den großen Mittelfeldspieler zu sehen, auch wenn es eine eher symbolische Geste war. Nach einer halben Stunde ging er wieder vom Feld.

Die nächsten Tage verliefen ähnlich. Immer wieder warf man Iassine ein paar Bälle zu, die er dann zurückspielte. Er lief seine eigenen Bahnen, zog hier und da einen Sprint an, aber mit dem Team trainierte er nicht.

Als sie am siebten Juni nach Manchester aufbrachen, war Iassine glücklich, überhaupt im Kader zu stehen. Fast alle Trainer beriefen 26 oder mehr Spieler für die Vorbereitung, um den ein oder anderen Spieler kurzfristig austauschen oder auf Verletzungen reagieren zu können. Nur Touré blieb bei seinem 23 Mannen, die er nominiert hatte.

Iassines Sorgen verschwanden endgültig, als man ihm im Hotel mitteilte, dass er am nächsten Morgen mit der Mannschaft trainieren dürfte. Somit bot sich ihm immerhin eine Woche, um sich an das System und das Team zu gewöhnen.

„Bleib in der Mitte!" Iassine sah verwirrt zu seinem Trainer. „Rechts machst du den Weg dicht. Da kommt Boni."

Der angesprochene Boni zuckte nur mit den Schultern.

„Wer kommt denn aus dem Zentrum nach außer mir?"

„Niemand", rief Touré. „Deswegen sollst du ja dableiben."

„Ich sicher nur ab", rief Bakr von hinten nach vorne.

„Alles klar", rief Iassine, hob seinen Daumen. Aus Marseille kannte er zwar das Dreiermittelfeld, allerdings interpretierten sie es ganz anders. Beim Konter zogen sie mit den zentralen Mittelfeldspielern teilweise noch an den Stürmern vorbei, um sich schnell vors Tor zu kombinieren. Währenddessen suchten sie mit der Elfenbeinküste den Weg über die Außen, um den Ball flach vors Tor spielen zu können. Entsprechend genossen auch Außenverteidiger wie Boni eine höhere Aufmerksamkeit im System von Touré, während Iassine die Bälle aus dem Zentrum heraus verteilte.

Mit dem Fokus auf Konter bereitete sich die Mannschaft bereits auf das zweite Gruppenspiel gegen Frankreich vor. Doch auch Jamaika wollten sie mit der defensiven Spielweise überraschen, um zum Auftakt einen Sieg einzufahren. Durch die kleine Dreiergruppe wäre das Weiterkommen damit schon gesichert.

„Ich versteh's ja …", rief Iassine, während ein Ball auf ihn zuflog. Mit beiden Händen pritschte er ihn rüber zu Kouame, der sofort draufschlug. „Aber bei Marseille lauf ich in so einer Situation in 99 Prozent der Fälle quer nach vorne. Das ist einfach drin."

Von gleich vier Händen fiel der Ball in den Sand.

„Pass lieber mal auf den Block auf", nörgelte Yoyo. Genervt stapfte der Stürmer dem Ball hinterher. Nach dem Training hatte die Elfenbeinküste das Beachvolleyball-Feld auf der Anlage besetzt.

„Das kommt schon noch", antwortete Zaire von der anderen Seite des Feldes. „Denk einfach dran, dass du allein bist. Bakr und Koné decken höchstens ab." Am Rande des Sandplatzes nickten die beiden defensiven Mittelfeldspieler.

„Ich gebe mein Bestes."

Trotz der Versprechen verlor Iassines Team sang- und klanglos beim kleinen Volleyball-Turnier. Yoyo Konaté, der sich viel vom großen Mitspieler versprochen hatte, lief schlechtgelaunt in die Kabine.

„Ganz komisch", schaute Ruud dem Stürmer hinterher. „Beim Fußball ist der immer total kollegial. Da gibt's nie ein schlechtes Wort."

Aber schon beim abendlichen Kartenspiel besserte sich die Stimmung. Yoyo schob die schlechte Laune auf das anstehende Turnier und das Trainingslager. Wenn er wochenlang mit einer Mannschaft zusammenlebte, konnte er schon mal miesepetrig werden. Das hätte er auch schon in der Saisonvorbereitung erlebt. Aber wenn die Spiele anstünden, sollte das nicht mehr passieren.

Den Worten ließ Yoyo Taten folgen. Zum Auftakt gegen Jamaika traf er zum 1:0. Als er sich nach seiner Auswechslung auf die Bank fallen ließ, scherzte er mit Iassine, der in der ersten Partie noch nicht zum Einsatz kam. Dennoch gewann die Elfenbeinküste locker mit 3:0. Der Gegner aus der Karibik fiel der Taktik Tourés zum Opfer, agierte viel zu offensiv und offenbarte so große Lücken in der Defensive.

Mit dem ersten Tor, mit dem ersten Sieg lösten sich auch die Knoten, die manchem im Kopf schwirrten. Bei der Eröffnungsfeier waren vor allem die jüngeren Spieler ziemlich nervös geworden, weil sie ihr erstes großes Turnier antraten. Auch Iassine übermannte dieses Gefühl, doch gab ihm ein alter Gedanke Sicherheit: Nicht er hielt sich für gut genug, sondern sein Trainer. Touré hatte ihn nominiert, weil Iassine sich mit Leistung empfohlen hatte. Entsprechend konnte er auch im Turnier diese Leistung abrufen. Jetzt musste er nur noch spielen.

Die Vorbereitung auf die Partie gegen Frankreich beschränkte sich auf drei Tage. Am Morgen vor dem Spiel flogen sie von Manchester nach Glasgow, von wo aus sie nach Edinburgh weiterfuhren. Beim Abschlusstraining am Abend teilte Touré Iassine mit, dass er wieder nur auf der Bank platznehmen würde.

Beide Nationalhymnen kannte Iassine in und auswendig. Vor vielen Pokalfinals hatte er die französische Marseillaise gehört. Als sie zu singen begannen, ertappte sich Iassine dabei, wie er seine Lippen zum ersten Vers bewegte.

Touré hatte seine Mannschaft gut auf den Favoriten eingestellt. Die Verteidigung rund um Ruud ließ nur wenige Chancen zu, meist Schüsse aus der Distanz. Allerdings brillierte die dicht gestaffelte Defensive auf Kosten der Offensive. Ihre Konter wurden zumeist abgefangen, bei eigenem Ballbesitz fanden sie nur schwerlich Lücken. Bis kurz vor der Halbzeit schossen sie nur zweimal Richtung Tor.

Dagegen arbeitete sich Frankreich in der 44. Minute nochmals in den Strafraum der Ivorer. An zwei Verteidigern wuselte sich der dribbelstarke Jean Brahimi vorbei und wollte es auch mit dem Dritten aufnehmen. Kouame stand richtig, aber reagierte zu spät. Millisekunden zu schnell spitzelte Brahimi den Ball in Richtung Toraus, sodass Kouame den Gegner traf. Noch im Fallen reklamierte Brahimi und bekam das Foul zugesprochen. Den fälligen Elfmeter verwandelte ein anderer Stürmer. Die Elfenbeinküste ging mit einem 0:1-Rückstand in die Halbzeit.

Touré lobte seine Mannschaft in der Pausenansprache. Sie brauchten nur ein Tor für ein Unentschieden. Ein solches Unentschieden könnte für den ersten Platz reichen. Ohne Wechsel schickte er das Team zurück aufs Feld.

Während der zweiten Halbzeit wärmte sich Iassine hinter dem Tor auf. Von dort beobachtete er ein Spiel, das dem der ersten Halbzeit glich – viel Ballbesitz der Franzosen mit wenigen Chancen auf beiden Seiten.

Allerdings agierte die Elfenbeinküste mit fortschreitender Zeit offensiver, um noch ein Tor zu erzielen. Da eine Niederlage wahrscheinlich sowieso keine Rolle spielte, brachte Touré einen Stürmer für Kouame. Der Verteidiger warf sich auf die Bank und fuchtelte mit den Händen herum. Touré hörte ihm zu, bevor er sich wieder dem Spiel zuwendete.

Kurze Zeit später, in der 63. Minute, riefen sie Iassine vom Toraus zur Ersatzbank. Endlich durfte er sein Debut in der Nationalmannschaft feiern. Mit den Anweisungen des Co-Trainers im Ohr sah er sich nochmals im Rund um. Die Flaggen der Elfenbeinküste und Frankreichs hingen vom Dach herunter, direkt gegenüber von Iassine.

„… wir vertrauen da Kouame. Also such die Lücken zwischen den Verteidigern. Die Außen werden einlaufen. Wenn Yoyo und Shujaa alles richtig machen, ziehen sie die Verteidiger auseinander." Iassine nickte die letzten Worte des Co-Trainers ab. Dann ging er zur Seitenlinie, erwartete die nächste Spielunterbrechung. Eine abgeblockte Flanke hoppelte ins Aus. Iassine tippelte aufgeregt vor sich hin. Der vierte Offizielle hob die Anzeigetafel. Zaire Diabate wurde ausgewechselt. Kurz bevor er den neuen Mann erreichte, atmete Iassine tief durch. Anschließend sprintete er über das Feld.

Mit dem ersten Ballkontakt entledigte sich Iassine der Aufregung. Sein erster Pass fand sein Ziel beim Mitspieler. Bevor er für offensive Akzente sorgen konnte, musste er allerdings hinten aushelfen. Eine schnelle Passkombination fälschte Iassine gerade so ins Toraus ab. Ruud schlug bei ihm ein. Zum ersten Mal seit zehn Jahren standen sie gemeinsam auf dem Platz.

Auch den folgenden Eckball wehrte Iassine ab, köpfte die Kugel weit aus der Gefahrenzone. In der Folge flachte das Spiel wieder ab. Frankreich tat sich so schwer damit, Chancen zu kreieren, dass auch Iassine zu selten in Ballbesitz kam, um Impulse zu setzen. Oft wurde er irgendwo in der eigenen Hälfte angespielt, umringt von Gegenspielern, weshalb er zurück zu einem der Verteidiger passte.

Auch zehn Minuten vor Schluss geriet er in eine dieser Situationen, merkte aber, dass der Franzose hinter ihm schon auf den Pass spekulierte. Mit einer schnellen Bewegung drehte er sich am überraschten Gegner vorbei. Plötzlich sah er viel grüne Fläche vor sich. Nur ein Franzose versuchte, ihn von der Seite abzudrängen, aber Iassine gelang es, seinen großen Körper zwischen Ball und Gegenspieler zu schieben. Zu seinem Glück versäumte der Franzose, ein taktisches Foul zu ziehen und ließ Iassine weiterlaufen.

Hinter der Mittellinie boten sich Yoyo und Shujaa kurz links an, einer der Innenverteidiger folgte ihnen. Auf der rechten Seite nahm Olutobe Aka Tempo auf, weshalb sich der Linksverteidiger nach Außen orientierte. Als Angreifer und Verteidiger auf einer Höhe waren, zog Olutobe plötzlich in die Mitte. Just in diesem Moment spielte Iassine den Ball kraftvoll in den Lauf des Flügelspielers.

Genau zwischen Innen- und Außenverteidiger hindurch flog der Ball in Richtung Olutobe, aber auch in Richtung des Torhüters. Eilig sprintete der Keeper aus seinem Sechzehner heraus, versuchte, vor dem Stürmer an den Ball zu kommen. Aber einen Schritt schneller erlief Olutobe den Ball und spitzelte ihn um den Torwart herum. Unter dem lauten Jubel der orangenen Elefanten legte er ihn ins verlassene Tor, drehte ab zur Eckfahne. Sofort rannte Iassine dem Torschützen hinterher, der ihn freudig erwartete.

Bis zum Abpfiff hielten die Ivorer das Unentschieden. Frankreich fiel nichts mehr ein. Mit stehenden Ovationen verabschiedeten die Fans die Mannschaft aus Afrika in den Kabinentrakt. Noch im Inneren des Stadions wurden den Spielern Videos aus der Heimat zugesandt.

Im ganzen Land hatten sich die Fans in Bars und Restaurants versammelt, um ihre Mannschaft anzufeuern. Die Videos zeigten Fans Arm in Arm schreiend, Bier durch die Luft werfend, in Ekstase über Marktplätze laufend. Jeder schien auf den Beinen zu sein und feierte das Unentschieden, als wären sie Weltmeister geworden.

Iassine und seine Mitspieler genossen die Reaktionen, nahmen den Achtungserfolg mit, blieben aber auf dem Teppich. Sie trauten Frankreich einen hohen Sieg gegen Jamaika zu, weshalb sie trotz des guten Starts im Sechzehntelfinale wahrscheinlich auf Brasilien trafen. Sie warteten das letzte Spiel ab.

27. Juni 2030 (25 Jahre alt)

„Wir spielen heute gegen Kolumbien, weil wir es uns verdient haben! Wir waren besser als Jamaika! Wir waren sogar besser als Frankreich – auch wenn's nur ein Tor war." Ein Lächeln stahl sich auf die Lippen Tourés, steckte seine Spieler an. „Aber wer besser als Frankreich ist, kann sich auch Kolumbien schnappen. Also geht da raus, und macht unser Land stolz!"

Alle Mann klatschten in die Hände. Kapitän Edi richtete selbst noch ein paar Worte an die Spieler, bevor sie Richtung Spielertunnel gingen. Zuletzt folgte Iassine, der nochmals allen die Hand reichte, Erfolg wünschte und sich schließlich auf die Bank setzte. Sein Blick flog über den kurz geschnittenen Rasen. Sie spielten in Belfast statt in London, gegen Kolumbien statt Brasilien, Gruppe H statt Gruppe F, Platz Zwei statt Eins. Nur 2:0 hatte Frankreich gegen Jamaika gewonnen, somit ein Tor weniger geschossen als die Elfenbeinküste. Dieses fehlende Tor brachte ihnen letztlich eine Niederlage gegen Brasilien ein. Tags zuvor hatten die Ivorer die Partie auf einer Leinwand gesehen. Unfassbar dominant waren die Brasilianer aufgetreten.

Plötzlich grub jemand seinen Ellenbogen in Iassines Schulter. Die Nationalhymnen wurden gespielt. Jeder im Stadion stand auf. Kaum hatten sie sich wieder gesetzt, bot sich ihnen ein Spiel, das in vielerlei Hinsicht das komplette Gegenteil zum Spiel gegen Frankreich war.

Mit offenem Visier sprinteten beide Teams von einer Seite zur anderen. Gerade noch blockte Ruud einen Schuss im eigenen Sechzehner, da zirkelte Yoyo das Leder schon über das Tor des Gegners. Eine Chance jagte die nächste, ein Pfostenschuss, zwei gehaltene Eins-Gegen-Eins-Duelle, zwei klägliche Abschlüsse am Tor vorbei.

Auf der Bank atmete Iassine kurz vor der Pause tief durch. Ein kolumbianischer Stürmer hatte den Ball freistehend aus sieben Metern übers Tor gehämmert. Flehentlich schrie er eine Kuhle im Rasen an.

Touré schlug seine Flasche an seinen Kopf, raste zur Bank und warf sich auf seinen Platz. Sofort lehnte er sich wieder nach vorne, rief die Linie entlang: „Iassine! Mach dich warm! Zweite Halbzeit!"

Zum Wiederanpfiff stand der Hüne dann auf dem Platz. Ein kühler Wind umgab seine Arme. Auch die Kolumbianer hatten im zentralen Mittelfeld gewechselt. Gut 20 Meter gegenüber von Iassine bewegte der neue Mann seine Lippen zum Gebet und bekreuzigte sich.

Auch in der zweiten Hälfte wollte Kolumbien Tempo ins Spiel bringen, aber Iassine nahm ihnen durch kurze Pässe zur Seite und nach hinten immer wieder den Wind aus den Segeln. Wenn sie dann vom Pressing abließen, orientierte er sich sofort nach vorne. Irgendein Verteidiger ließ sich immer überrumpeln, sodass sich die Elfenbeinküste kontinuierlich dem Tor näherte.

In der 51. Minute scheiterte Shujaa am Torwart, in der 55. Minute am Pfosten. Ruud köpfte einen Eckball nach 60 Minuten über das Tor und auch Montayo Montplaisirs Schuss konnte vom Schlussmann geblockt werden.

Währenddessen unterband die Defensive schon im Ansatz alle möglichen Konter des Gegners. Immer wieder suchten die Kolumbianer ihre Stürmer, die auf die Flügel auswichen. Aber die Außenverteidiger fanden rechtzeitig den Weg zurück oder die zentralen Mittelfeldspieler halfen aus.

So auch in der 68. Minute, als Orma Boni einen langen Ball zu Iassine köpfte. Der Mittelfeldspieler passte die Kugel kurz zurück zu Ruud, wich aus in die Mitte und bekam sie zurück. Eine Flanke durchs Zentrum fand Yoyo, der 35 Meter vor dem Tor einen Angriff ausspielen wollte.

Iassine trabte dem Angriff der Offensive hinterher. Ein Pass von Yoyo Konaté ließ Montplaisir auf der rechten Seite ratlos zurück, weshalb sich Iassine im Rückraum anbot. Als er angespielt wurde, trieb er den Ball mit zwei großen Schritten durch die Mitte, spielte ihn auf die linke Seite. Dort ließ Edi den Ball kurz prallen prallen, lief zur Grundlinie durch und bekam ihn mit einem Doppelpass zurück.

Inzwischen stürmte Iassine in den Strafraum, sorgte für Unordnung. Edis Flanke flog über ihn hinweg, wurde am zweiten Pfosten aber von Yoyo zurück in die Mitte gespielt. Eilig streckte sich Iassine und spitzelte den Ball aus drei Metern über das Bein des Torwarts ins Netz. Weil Iassine eine Sekunde lächelnd liegenblieb, warfen sich seine Teamkollegen einfach auf ihn. Im Fünfmeterraum des Gegners feierten sie den Treffer, bis der Schiedsrichter sie zurück in die eigene Hälfte pfiff.

Dem Gegner aus Südamerika fiel nach dem Rückstand außer der Brechstange wenig ein. Sechs Spieler sammelten sich am ivorischen Sechzehner, doch bekamen keine Bälle. Die Flankenversuche wurden entweder schon auf den Außen geblockt oder von Koaume und Ruud hinausgeköpft. Wenn dann die

Elfenbeinküste wieder in Ballbesitz kam, suchte sie Iassine, der mit seiner Ruhe für Ballbesitz sorgte.

Entweder brachte er seinen großen Körper zwischen Ball und Gegner, bis ihm frustrierte Gegenspieler in die Hacken traten oder er spielte sich in viele Doppelpässe, die die Kolumbianer ohne Ball laufen ließen.

Nicht mal die lange Nachspielzeit verunsicherte die Ivorer. Nach 95 Minuten erlöste der Schiedsrichter die elf Mann auf dem Platz und löste grenzenlosen Jubel in einem kleinen Staat im Westen Afrikas aus. Das Achtelfinale war erreicht.

„Und sie sind…" Drei schrille Pfiffe. „… raus."

„Krass", murmelte Ruud, nippte an einer Flasche.

Auf der rechten Seite sprang plötzlich Yoyo auf: „Dann sind wir die Letzten!"

„Hab mal ein bisschen Mitgefühl", lachte Iassine.

„Ach, wo denn?", antwortete Yoyo und wies mit der Hand auf einige Mitspieler. „Die haben uns damals in der U21 aus dem Afrika-Cup gekickt!"

Ruud lehnte sich an Iassine, flüsterte: „Mich übrigens auch." Iassine grinste. Währenddessen verabschiedeten sich niedergeschlagene Nigerianer von ihren Fans und von der WM. Ihr Tor gegen Italien hatte nicht ausgereicht, um weiterzukommen und ließ die Elfenbeinküste als letzten afrikanischen Vertreter zurück.

Doch noch im Stadion tanzten und lachten die nigerianischen Fans wieder. Sie zeigten sich als würdige WM-Teilnehmer und erlangten vielerorts Sympathien. Ein häufiges Phänomen bei internationalen Turnieren, bei dem sich die Vielzahl europäischer Zuschauer an den fremden, bunten und lustigen Kostümen aus Afrika erfreute.

Unter den oftmals trinkfesten britischen Gastgebern fanden sie besonderen Anklang und wurden Protagonisten ihrer eigenen kleinen Lieder. Voll Ironie verglich man die Küsten Schottlands mit den Stränden der Elfenbeinküste. Von Küste zu Küste würde ihre Liebe anhalten.

Als letzter afrikanischer Teilnehmer wurden die Ivorer zur Hauptattraktion, auch wenn sie gar nicht spielten. Das ebenfalls frühe Ausscheiden Hollands im Sechzehntelfinale tat sein Übriges. Die traditionell orange-gekleideten Fans suchten sich nach kurzer Trauer ihre afrikanischen Pendants und sangen sich in Harmonie durch die englischen Städte.

Da viele Holländer einen längeren Aufenthalt geplant hatten, hatten sie auch noch Tickets für das Achtelfinale. Den Chilenen, an denen man zuvor gescheitert war, gönnte man ohnehin nur Schlechtes. Umso erfreulicher war es, dass der Gegner von der Elfenbeinküste kam. Die Mischung aus Oranje und Orange füllte gut zwei Drittel des Stadions – Heimspiel für die Elefanten.

Das aggressive Spiel der Chilenen heizte die Stimmung weiter an. Pfiffe hallten durch das Rund. Viel Körperkontakt, Grätschen an der Grenze des Erlaubten und verbale Provokationen prasselten auf die Afrikaner ein.

Einige der jüngeren Mitspieler Iassines fielen auf die Tricks herein. Sie wurden ihrerseits lauter, sprangen auf, wenn sie gefoult wurden, schubsten den unfairen Gegner weg. Allein in der ersten Halbzeit zeigte der Schiedsrichter insgesamt sieben Gelbe Karten. Unruhe beherrschte das Spiel.

In all dem Feuer blühten die Chilenen auf. Aggressivität gepaart mit toller Technik führte sie ein ums andere Mal vor das Tor des Gegners. Rami spitzelte einen Schuss mit dem Fuß um den Pfosten. In der 37. Minuten hämmerte ein Stürmer den Ball an die Latte der Ivorer.

Wenn Iassine an den Ball kam, pressten ihn sofort zwei Gegenspieler an. Nur selten konnte er sich drehen, musste meist zurück zur Innenverteidigung passen. Er spielte kein gutes Spiel, weil Chile ihn kein gutes Spiel spielen ließ. Schließlich war die ganze Mannschaft froh, als der Schiedsrichter die erste Halbzeit abpfiff.

Auch während der zweiten Hälfte spielte Chile öfter nach vorne, schloss öfter ab, blieb länger im Ballbesitz. Iassine keuchte hinterher, setzte späte Grätschen oder wurde einfach überspielt. Nach 59 Minuten zog Touré den Schlussstrich, wechselte Iassine aus und brachte einen zweiten zweikampfstarken Sechser.

Kaum hatte sich Iassine gesetzt, seinen Mund mit Wasser gefüllt, grätschte ein Chilene seinen Mitspieler von hinten um. Sofort sprang die ganze Bank auf, schrie zum Schiedsrichter. Auf dem Feld bildete sich ein Rudel um den Spieler, der gegrätscht hatte. Energisch kämpfte sich der Schiedsrichter durch die vielen Männer, schob alle Unbeteiligten zur Seite und trennte noch zwei Streithähne, die aneinandergeraten waren. Endlich stand er vor dem Chilenen, der all das angefangen hatte und streckte erst die Gelbe, dann die Rote Karte in die Höhe.

Iassine hörte ein lautes „What?" aus der Kehle des Chilenen, während auf den Tribünen alle Fans in Orange aufsprangen und aufgeregt schrien. Sofort sammelte sich ein neuer Pulk von Spielern um den Schiedsrichter, ausschließlich Chilenen. Sogar an der Außenlinie redete der Trainer mit weit aufgerissenen Augen und drohendem Finger auf den vierten Offiziellen ein.

Touré zeigte seinerseits an, dass sein Spieler von hinten umgegrätscht wurde und die Gelb-Rote Karte nur folgerichtig sei. Daraufhin schrie der Südamerikaner auch Touré an. Sofort sprang Shujaa auf und stellte sich vor den Chilenen, was wiederum einen der gegnerischen Assistenten auf den Plan rief.

Auf und neben dem Platz bildeten sich Rudel, die nur langsam aufgelöst wurden. Iassine war wie Touré darauf bedacht, seine Landsleute aus den Situationen herauszuziehen, bevor sie etwas Dummes taten und ernsthafte Strafen riskierten.

Als der Schiedsrichter die Partie endlich wieder anpfiff, war das Spiel auf den Kopf gestellt. Chile presste nicht mehr, sondern zog sich zurück. Die Elfenbeinküste suchte Lücken über die Außen. Nur fünf Minuten nach der Roten Karte zog Matayo Montplaisir von rechts in den Strafraum, dribbelte mit einem Übersteiger seinen Gegenspieler aus, legte sich den Ball im Duell mit dem nächsten Verteidiger aber zu weit vor. Durch einen kleinen Rempler stolperte er und fiel zu Boden.

Iassine vergrub sein Gesicht in seinem Schoß, nachdem der Ball über die Torlinie ins Aus rollte, als plötzlich ein Pfiff das Stadion in Aufruhr versetzte. Der Schiedsrichter zeigte auf den Punkt, die Elfenbeinküste bekam einen Elfmeter. Wieder schrien die Chilenen ins Gesicht des Schiedsrichters, forderten den Videobeweis, der aber nicht reagierte.

Knapp drei Minuten voller Proteste vergingen, bis sich Yoyo den Ball endlich zurechtlegte. Der Torwart musste zurückgepfiffen werden, weil er sich noch am Fünfmeterraum beschwerte. Einer der Chilenen lief direkt an Yoyo vorbei, rief dem Torwart etwas zu, wollte aber nur den Stürmer irritieren.

Der Pfiff des Schiedsrichters ging beinahe in den Pfiffen der chilenischen Fans unter, aber Yoyo atmete durch, lief an und schoss. Der Torwart flog nach links, der Ball schlug mittig unter der Latte ein. Iassine warf beide Arme in die Luft. Sieg.

04. Juli 2030 (25 Jahre alt)

Hinter Touré betrat Iassine den Presseraum, setzte sich, hörte Touré zu, der mit einem kurzen Monolog startete. Klickende Kameras verstummten allmählich, als die Journalisten ihre ersten Fragen stellten. Immer noch redeten sie vom Spiel gegen Chile, von Roten Karten, unberechtigten Elfmetern und Glück mit dem Aluminium.

„Wir denken jetzt an das nächste Spiel", wollte Touré abwürgen, aber Iassine hatte noch etwas zu sagen.

„Ich glaube, wir hätten auch ohne den Elfmeter gewonnen. Wir haben dem Druck standgehalten und waren in Überzahl.

Auch nach dem 1:0 waren wir besser. Am Ende wäre eher das 2:0 gefallen als das 1:1. Unsere Abwehrarbeit hat da sehr gut funktioniert." Iassine nickte seinem Trainer zu: „Jetzt reden wir über Brasilien."

„Die Brasilianer haben mit Spanien und Frankreich schon zwei Favoriten ausgeschaltet. Wie schätzen Sie da ihre Chancen ein?", richtete sich einer der Journalisten an Touré.

„Es wird schwierig. Wir müssen hart arbeiten, so hart wie noch nie zuvor. Aber auch wir haben gegen Frankreich unsere Lorbeeren verdient. Wir werden sehen, was möglich ist."

„Bislang hat Brasilien mit Kombinationsfußball überzeugt, auch auf engstem Raum. Wie kommen Sie mit ihrer Spielweise klar?"

Iassine lehnte sich nach vorne: „Ich habe schon mit und gegen einige Brasilianer gespielt. In ihrer Mannschaft kann jeder mit dem Ball umgehen, vom Torwart bis zum Stürmer. Da müssen wir immer wachsam bei unseren Gegenspielern bleiben, Räume zumachen, Lücken schließen."

„Ihre Mannschaft kann mit einem Sieg Historisches erreichen. Sie könnten die erste afrikanische Mannschaft sein, die sich je für ein Halbfinale einer Weltmeisterschaft qualifiziert. Motiviert Sie das?"

„Wie sollte es nicht? Vor 20 Jahren", erinnerte sich Iassine, „habe ich genau für diesen Moment mit dem Fußball angefangen. Ghana hat gegen Uruguay verloren, ich wollte es besser machen. Jetzt muss ich liefern."

„Wir wollen alle liefern", ergänzte Touré. „Ein ganzer Kontinent schaut jetzt auf uns und drückt uns die Daumen. Und bevor Sie fragen: Nein, das setzt uns nicht unter Druck. Eher befreit es uns. Wir können stolz auf uns sein."

Eine kurze Anreise nach Liverpool – die Elfenbeinküste gegen Brasilien. Iassine war ruhiger als sonst, in sich gekehrt. „Alles klar bei dir?", vergewisserte sich Ruud.

Iassine nickte, drehte die Musik seines Smartphones auf. Platzbesichtigung. Die roten Sitzschalen im legendären Anfield füllten sich ganz langsam mit Zuschauern. Noch gut eineinhalb Stunden bis zum Anpfiff.

In diesem Spiel hofften sie auf die Unterstützung der Europäer. Nur die kühnsten ivorischen Träumer hatten auf ein Viertelfinale ihrer Mannschaft gesetzt. Noch weniger konnten sich einen spontanen Trip nach Liverpool erlauben.

Zur besseren Unterstützung ließ der ivorische Verband orangene Schilder im Stadion verteilen, die die Fans hochhalten konnten. Ein orangenes Meer sollte entstehen, zumindest auf der einen Seite des Stadions.

Iassine sah auf zu den Logen über den Trainerbänken. Dort würde seine Familie sitzen, Chayma, Nubia und Didier. Mit seinem Vater hatte er vor 20 Jahren diese Reise begonnen, auch wenn sie sich zeitweise aus den Augen verloren hatten. Jetzt hatten sie ihr Ziel fest im Blick: Ein Halbfinale für Afrika.

Das Warmmachen, die Ansprache des Trainers flogen an Iassine vorbei. Sein Tunnel zeigte kein Licht, nur ein Tor. Ein Tor, gespannte Netze und einen Torwart, der überwunden werden musste. Die Nationalhymne sang er nicht mit. Immer größer wurde der Druck, verlangte nach dem Ventil, das ihn freiließ. Aber Iassine wartete bis zum letzten Moment, bis zum letzten Augenblick, bis zum Anpfiff des Schiedsrichters.

Ihm gingen keine Gedanken durch den Kopf. Automatismen übernahmen die Kontrolle, der Instinkt führte seine Beine, bis er zum ersten Mal an den Ball kam.

„Flügelspiel!", schrie es. Die brasilianischen Außenverteidiger standen hoch. Mit einem langen Ball überspielte er sie. Montplaisir erreichte freistehend den Ball, sofort wurde das Stadion lauter, die Zuschauer sprangen auf. Der Flügelspieler legte sich den Ball vor – zu weit. Einer der schnellen Innenverteidiger schirmte den Ball ab, bis der Torwart ihn aufnehmen konnte. Doch der Ton für das Spiel war festgelegt.

Brasilien belagerte die Hälfte der Elfenbeinküste. Die Ivorer konterten mit One-Touch-Fußball. Touré erlaubte fünf seiner Spieler den Weg nach vorne. Shujaa und Yoyo, die Stürmer, Montplaisir und Edi, Rechts- und Linksaußen, und Iassine Shaka. Aus der Zentrale heraus bot er die Anspielstation, falls seine Mitspieler hängenblieben. Er brachte Ordnung in das wilde Konterspiel, setzte die Offensive mit kreativen Pässen in Szene.

Vier Beine versperrten den Weg zum einlaufenden Shujaa. Iassine überlupfte sie. Shujaa scheiterte am Torwart, Raunen im Stadion. Auf der rechten Seite hatte sich Montplaisir festgelaufen, spielte zurück ans rechte Sechzehnereck. Mit dem ersten Kontakt schlug Iassine eine Flanke quer durch den Strafraum, aber Edi brauchte zu lange bei der Ballannahme – Enttäuschung auf der Tribüne. Ein verfrühter Schuss von Yoyo prallte vom Oberschenkel eines Verteidigers ab. Iassine nahm den fliegenden Ball volley und prügelte ihn unhaltbar in den rechten Winkel.

Der große Mittelfeldspieler jubelte kaum, schlug nur bei den schreienden Mitspielern ein, die ihn umringten. Auf den Rängen tobten die Fans. Iassine sah sie auf der gegenüberliegenden Seite. Fast schwappte die orangene Welle über den Damm.

Auch jetzt fand Iassine keinen Weg aus seinem Tunnel. So verbal wie nie zuvor zog er die anderen Ivorer mit. Wenn ein Mitspieler zu weit vom Gegenspieler entfernt stand, rief er ihm das zu. Wenn ihnen etwas gut gelang, sie einen Ball eroberten oder einen Schuss parierten, lobte er sie. Wenn sie einen Ball verloren, munterte er sie lauthals wieder auf. Angriffe, mit denen er nichts zu tun hatte, dirigierte er wie ein Trainer.

„Links ist frei!" Der Ball rollte über die Seitenlinie ins Aus. „Kein Problem, weitermachen! … Shujaa! Der Sechser! Matayo, komm zurück!"

Die Brasilianer ließen sich kaum Zeit bei dem Einwurf, trotzdem drehte sich Iassines Gegenspieler kurz um: „Kannst du mal die Klappe halten?"

„Boni, übernimm ihn! Ruud bleib im Raum!" Neben Iassine stahl sich ein Grinsen auf Bakrs Lippen, der beide Spieler gehört hatte. Nur zufällig bemerkte Iassine den Sechser, setzte sich beide Zeigefinger an die Schläfen. „Fokussieren."

Sofort nickte Bakr, widmete sich seinem Spiel. In der 37. Minute scheiterten die Brasilianer gleich dreimal an Torwart, Verteidiger und Pfosten der Elfenbeinküste. Der Sechser, der die letzte Chance vergeben hatte, verschränkte noch die Arme hinter seinem Kopf, während Iassine einen schnellen Lupfer vor den eigenen Strafraum forderte. Rasch legte Rami den Ball zum Abstoß auf den Boden, flankte ihn Iassine zu. Mit dem ersten Ballkontakt ließ er den Ball nach links auf Edi prallen, drehte sich um einen vorschnellen Brasilianer, der ihn im Rücken angepresst hatte. Sofort verlor der überrumpelte Gegenspieler einige Meter auf Iassine, der das Leder durch einen Doppelpass wiederbekam.

Seine langen Beine legten den Ball mehrmals weit vor, trieben den Angriff an. Yoyo forderte halbrechts einen Pass in den Lauf, in den Rücken der Abwehr. Shujaa bot sich kurz links an, etwa 20 Meter vor dem Tor. Noch zwei Schritte lief Iassine, bevor er Shujaa anspielte.

Während der Ball mit viel Tempo von Iassine wegflog, stürmte er geradeaus weiter in den Sechzehner. Shujaa lupfte den Ball sofort Richtung Elfmeterpunkt, wo sich Iassine und der Ball treffen sollten. Auch der aufmerksame Torwart stürzte heraus, doch merkte schnell, dass Iassine früher an den Ball kommen könnte. Mit einem langen Satz, beiden Fäusten voraus, hechtete er dem Lupfer entgegen.

Iassine erkannte die Situation und streckte seinerseits sein Bein aus. Nur mit der Schuhspitze und dem großen Zeh änderte er die Richtung des Balles, bevor er das Bein wieder einzog. Millisekunden später rauschte der Torwart an der Stelle vorbei, an der ihn eben noch ein Stollenschuh bedroht hatte, aber der Ball sprang ins verlassene Tor.

Im schier grenzenlosen Jubel des orangenen Meeres ging der Pfiff des Schiedsrichters unter, doch die dazugehörigen Gesten waren eindeutig: Foulspiel.

„Es war gefährlich", rechtfertigte sich der Offizielle.

„Nein, man, war es nicht!", schrie Iassine.

Plötzlich stand der brasilianische Torwart neben Iassine, versuchte, ihn wegzuziehen: „Komm schon, du hast mich fast erwischt."

„Unsinn", schrie wiederum Iassine, bevor er sich an den Schiedsrichter wendete: „Wenn, dann hätte er mich erwischt. Ich stand seitlich zu ihm! Da kann ich gar–"

„Moment", unterbrach auf einmal der Schiedsrichter, hielt sich die Hand ans Ohr mit dem Kopfhörer, ging drei Schritte zurück.

„Hey, nein!", folgte ihm der Torwart, doch der Mann in Schwarz hob sofort warnend seinen Zeigefinger. Dann konzentrierte er sich auf die Worte des Videoassistenten. Nach wenigen Sekunden hob er wieder seinen Kopf, signalisierte den Videobeweis und deutete mit der rechten Hand zum Mittelkreis – Tor.

Noch in der ersten Hälfte wollte Brasilien mit aller Macht den Anschluss. Drei Spieler drängten in den Sechzehner, blieben allerdings an Ruud hängen. Der spielte den Ball nur drei Schritte nach vorne in den Raum, von wo aus Iassine einen fünfzig Meter langen Pass hinter die Mittellinie drosch.

Aus vollem Lauf köpfte Shujaa den Ball über den Innenverteidiger, sprintete in Höchstgeschwindigkeit selbst hinterher. Bevor der zweite Verteidiger kam, hämmerte er die Kugel aus 25 Metern Richtung Tor. Der große Torwart streckte sich, doch streckte sich vergeblich. Mittel- und Zeigefinger touchierten den Ball, der direkt danach wild im Netz zappelte. Nach einem Blick auf die Uhr, pfiff der Schiedsrichter die erste Halbzeit ab, ohne nochmal anzupfeifen. Der ohrenbetäubende Jubel auf den Rängen löste sich in weit aufgerissene Augen und ungläubiges Gelächter auf. Iassine sah zwei Fans, die sekundenlang nur den Kopf schüttelten. Langsam öffnete sich der Tunnel, doch das Ziel war noch nicht erreicht.

„Es reicht nicht, genauso weiterzumachen!" Touré schlug auf den Tisch in der Kabine. „Jetzt müssen wir noch mehr arbeiten, denn die werden jetzt anrennen wie die Wilden!"

Iassine schaute sich in der Kabine um. Direkt neben ihm spülte Kouame seinen Mund mit Wasser aus. Ruud lag einige Schritte entfernt auf einer Liege, ließ sich die rechte Wade massieren. Olutobe Aka sah Touré mit großen Augen an, nickte nach jedem Satz mit dem Kopf. Gegenüber von Iassine trat Bakr mehrmals auf den Boden, damit sich auch der letzte Dreck von seinen Stollen löste.

„Ist bei dir alles klar?", wendete sich Touré an Ruud. Er nickte nur.

Plötzlich stand Iassine auf: „Dann lasst uns nicht zu weit zurückfallen. Ruud und Kouame sind schnell, die können auch Steilpässe ablaufen, wenn wir höher stehen."

„Warum sollen wir unnötig Räume zulassen?" Touré verschränkte seine Arme.

„Wenn wir ein Tor kassieren, drängen die uns sowieso hinten rein. Wir müssen aber nach vorne gefährlich bleiben. Kurze Pässe, kurze Wege zu deren Tor. Wenn die merken, dass wir weiter mitspielen, werden die auch nicht komplett öffnen. Sonst kriegen die das Vierte."

„Er hat recht", stieg Edi, der Kapitän, ein. „Die müssen auch vorsichtig sein. Ein Tor und die sind weg."

„Muss ja nicht fürs ganze Spiel gelten. Nur die ersten 20 Minuten mit breiter Brust. Wir können mithalten. Das haben wir gezeigt."

Langsam nickte Touré, löste die Arme. „Okay, machen wir. Aber du spielst nicht mehr so offensiv, Iassine. Gib den zurückgezogenen Spielmacher, vertrau unserer Offensive. Boni bleibt auch hinten", richtete er sich an den Rechtsverteidiger, dann weiter zum Linksverteidiger. „Coulibaly, tut mir leid, dich nehme ich raus. Mit der Gelben Karte ist mir das zu riskant. Libasse kommt für dich rein, der macht sich schon warm."

Mehrere Bahnen lief Libasse über den Rasen, bis seine Mitspieler wieder aufs Feld herauskamen. Sofort joggte er zur Seitenlinie, zog sich das Trikot über und ließ sich einwechseln.

„Hintenbleiben", hörte er von Iassine. Offensiv konnte der gelernte Innenverteidiger ohnehin nicht viel beitragen. Seine Zweikampfstärke und gute Antizipation halfen ihm dennoch über die zweite Hälfte hinweg. Wenn seine brasilianischen Gegenspieler gegen ihn ins Dribbling gingen, blieben sie oft hängen oder wurden vom aufmerksamen Ruud hinter ihm abgefangen. Offensiv überließ er Edi das Spiel.

Die Brasilianer wurden überrascht von dem mutigen Umschaltspiel der Elfenbeinküste. Schon nach zwei Minuten sprintete Yoyo allein aufs Tor zu, konnte erst kurz vorm Abschluss mit einer Grätsche gestoppt werden. Schreiend wies die Verteidigung das Mittelfeld an, weiter zurückzukommen.

Allein diese Reaktion nahm viel Druck aus dem ivorischen Spiel. Wenn Brasilien den Ball verlor, versuchten sie sich nicht gleich im Gegenpressing, sondern orientierten sich weiter nach hinten. So konnte sich die Verteidigung in aller Ruhe drei, vier Pässe zuschieben, ehe sie wieder angegriffen wurde.

Erst in der 60. Minute schaltete Brasilien auf volle Offensive, Konterversuche nahmen sie in Kauf. Aber weil sie die Elefanten so weit zurückdrängten, kamen die ivorischen Pässe aus der Hintermannschaft gar nicht erst vorne an. Auch wenn Iassine seine Flanken an den Mann brachte, konnten die Bälle nicht lange gehalten werden oder wurden schon bei der Annahme vertändelt.

Immer intensiver, immer enger wurde die Partie, aber sie hielten die Null. Ruud und Kouame warfen sich in Zweikämpfe, grätschten mit höchstem Risiko, sodass die Brasilianer reklamierten. Iassine setzte seine ganze Größe bei Ecken und Freistößen ein. Ein direkter Freistoß wurde ihm mit voller Wucht ins Gesicht geschossen, weshalb er knapp dreißig Sekunden benommen liegen blieb.

„Ist alles gut, gebt mir ‚ne Sekunde", erklärte Iassine, während ein Arzt mit einer kleinen Taschenlampe seine Augenreaktion testete. Schließlich hatte der Schiedsrichter genug, schickte ihn zur Seitenlinie. Brasilianer auf der einen Seite des Stadions begannen zu pfeifen. Aber die Fans der Afrikaner erhoben sich von ihren Plätzen, applaudierten und verneigten sich.

Iassine konnte sich ein Lächeln nicht verkneifen, als er hinüber zur Trainerbank lief, um wieder aufs Feld gelassen zu werden, aber Touré zog ihn am Arm zurück.

„Lass gut sein, ich bring Koné rein."

„Warum denn? Ich bin fit."

„Er auch. Und er kommt mit den flinken Brasilianern besser klar. Zumindest aus dem Spiel heraus."

Enttäuscht atmete Iassine aus, aber dann sah er Dawda Koné von der Bank aufstehen. Der Co-Trainer gab ihm gerade letzte Instruktionen mit auf den Weg. Iassine lief geradewegs auf ihn zu, packte den zotteligen Kopf und hielt seine Stirn an die Stirn seines Mitspielers: „Wir gewinnen das. Bring's zu Ende."

Motiviert nickte Koné, schlug bei Iassine ein. Nochmals brandete Applaus auf, als der vierte Offizielle die Auswechslung anzeigte. Iassine applaudierte seinerseits den Zuschauern, bevor er sich nagelkauend auf die Bank setzte.

Koné fand sich mit einem erfolgreichen Tackling ins Spiel ein. Dem brasilianischen Spielmacher spitzelte er das Leder vom Fuß, sodass es langsam ins Seitenaus rollte. Im Defensivspiel der Elfenbeinküste sahen die Zuschauer keinen Unterschied. Nur offensiv fanden sie weniger statt. Edi und Matayo verzichteten inzwischen auch auf ihre langen Flankenläufe, beschränkten sich auf die Verteidigung.

So verfloss die Zeit. Die Ivorer hangelten sich vom geblockten Schuss zur geklärten Flanke. Brasilien fiel zunehmend weniger ein, beugten sich ihrem Schicksal. Ab der 85. Minute stand die gesamte Bank der Elfenbeinküste an der Seitenlinie, wartete auf den Abpfiff, auf den Sieg.

Noch vier Minuten. Shujaa hatte den Ball irgendwie bis zur gegnerischen Eckfahne getrieben. Sekundenlang blockte er seine Gegenspieler, bis der Ball schließlich doch ins Toraus rollte.

Noch drei Minuten. Touré zog auch seinen letzten Wechsel. Taye Bassolé feierte seinen ersten Einsatz. Unter lautem Applaus verließ Bakr Konaté das Spielfeld.

Noch zwei Minuten. Von der linken Seite spielte ein Brasilianer flach in die Mitte. Ruud klärte zur Ecke.

Noch eine Minute. Beim fälligen Eckball flog Rami am Ball vorbei. Den folgenden wuchtigen Kopfball des Brasilianers konnte auch Kouame nicht mehr blocken, der auf der Linie verzweifelt hochsprang.

„Ouuh", grinste Bakr, raunte in Iassines Ohr: „Jetzt bloß keine Spannung mehr."

Drei Minuten Nachspielzeit. Während des erneuten Anstoßes, drehte sich Iassine zur Tribüne. Der Präsident des ivorischen Fußballverbandes saß dort oben. Sein Blick schweifte über die Anzüge der Logen. Dann entdeckte er Chayma. Sie biss sich auf die Unterlippe, während sie Nubias Hand hielt.

Neben den beiden lehnte sich Didier ganz entspannt zurück. Iassine war ein bisschen überrascht. Ihn hatte er am ehesten mit den Fingern an seinem Ohrläppchen erwartet, voll Anspannung, voll Nervosität. Just in diesem Moment schaute Didier runter in Richtung Iassine. Beide Blicke trafen sich.

Didier lächelte, nickte zum Spielfeld. Iassine drehte sich wieder um. Mit großer Ruhe lupfte sich Boni den Ball in die Hände – Einwurf. Vorne rechts winkte Shujaa, bekam die Kugel zugeworfen. Sein Gegenspieler versuchte, sich an Shujaa vorbeizudrängen, aber das lange Bein drückte den Ball nur nochmal über die Seitenlinie.

Mit flachen Sprüngen hoppelte der Ball zu Iassine, der ihn sofort aufhob und einem der Mitspieler anbot. Doch als niemand nach dem Ball verlangte, pfiff der Schiedsrichter kurzerhand ab. Sie standen im Halbfinale.

Sofort rannten alle Spieler aufs Feld, umarmten den nächstbesten Mitspieler. Iassine ließ den Ball fallen und sprintete zu Ruud. Touré sprang mit seinem Trainerteam freudig im Kreis. Sie hatten Brasilien besiegt, den Rekordweltmeister. Als erstes afrikanisches Team der Geschichte standen sie im Halbfinale einer WM. Historisch.

05. Juli 2030 (25 Jahre alt)

„Herr Shaka, zwei Tore, eine Vorlage, als nächstes Halbfinale – Der Verband ehrte Sie als Spieler des Spiels, auf den Tribünen verneigen sich die Zuschauer vor Ihnen. Ist der König zurückgekehrt?"

Lächelnd wog Iassine einen kleinen, goldenen Ball in seiner Hand. „Ich weiß nicht. Wir haben gut gearbeitet vorne und hinten. Klar, guckt man immer zuerst auf die Tore, aber Ruud und Kouame haben hinten gefühlt jeden Zweikampf gewonnen. Bakr hält mir den Rücken frei und Shujaa hat glaube ich auch 'n Tor und 'ne Vorlage. Ich würde mich da nicht besonders hervorheben."

Iassine räusperte sich, er war ganz heiser vom Spiel. Hinter ihm liefen noch seine Mitspieler über den Rasen, schrien an ihm vorbei ins Mikro.

„Können Sie schon einordnen, was die Mannschaft heute geleistet hat?"

„Einordnen ja, aber ich kann's nicht fassen." Iassine sah über seine Schultern, suchte Ruud. Mit der linken Hand zeigte er auf ihn. „Vor zehn Jahren wollte ich schon zum Afrika-Cup. Da haben wir noch drüber gescherzt."

„Sie und Rudolph Koné, ja?"

„Genau. Ich war 15, er 17. Das Ziel war immer die National-mannschaft, immer der größtmögliche Erfolg. Jetzt sind wir im Halbfinale und es fühlt sich komisch an. Wir haben's geschafft, aber es geht noch mehr."

„Wie sehr haben die Fans geholfen?"

„Die sind wahnsinnig. Es ist auch vollkommen egal, wer da sitzt. Ich meine, wenn man sich umgeschaut hat, waren's kaum Ivorer, vielleicht fünftausend hinterm Tor. Aber wir brennen hier ein Feuerwerk ab, spielen super Fußball, begeistern auch die neutralen Zuschauer. Und ich denke, das ist ganz wichtig bei so einem Turnier."

„Bekommen sie mit, was in der Heimat gerade los ist?"

„Natürlich, natürlich, die ganze Mannschaft sieht die Bilder. Public Viewing in allen Städten, auf Plätzen, in Bars oder Zu-hause. Sie sind der Antrieb im Training und vor den Spielen. Wir wären nicht hier, wenn sie nicht wären."

„Vielen Dank, Herr Shaka."

„Danke."

Reporter und Spieler reichten einander die Hände, bevor Iassine sich wieder dem Team anschloss. Ruud streckte beide Arme in die Höhe, grölte über das Feld. Wie einen Basketball warf Iassine ihm die kleine, goldene Kugel zu. Sie verschwan-den in den Katakomben.

„... also tut's mir leid. Aber feiern können wir noch nicht", beendete Touré seine Ansprache nach dem Spiel. Zwar dreh-ten sie die Musik im Bus ordentlich auf, doch fanden sie sich am nächsten Morgen zum Auslaufen auf dem Trainingsplatz wieder.

Um 16:00 Uhr sammelten sie sich erneut für Fußballtennis und ein kurzes Abschlussspiel, bevor sie knapp zwei Stunden später den Analyseraum betraten. Dort verfolgten sie eine in-tensive Partie zwischen Argentinien und England. Auf eine der beiden Mannschaften trafen sie im Halbfinale.

„Was haben wir über den?" tuschelte Touré einem der Analysten zu. Beide verfielen in ein Gespräch. Eine Reihe weiter vorne lehnte sich Ruud hinüber zu Iassine. Ein Engländer hatte den Ball unter lautem Beifall mit einer Grätsche geklärt.

„Gegen die Fans möchte ich nicht unbedingt spielen."

Iassine nickte. „Die sind laut."

„Und nehmen uns den Heimvorteil."

Edi hatte das kurze Hin und Her bemerkt, lehnte sich seinerseits von rechts hinüber zu Iassine. Wie Engel und Teufel hörte er beide in seinen Ohren:

„Wenn Argentinien gegen diese Kulisse gewinnt, haben wir aber auch ein Problem."

„Na und? Dann sind 80 Prozent des Stadions auf unserer Seite."

„Die Tickets werden fair verteilt."

„Das ist doch jetzt schon zur Hälfte internationales Publikum. Im Halbfinale wird's sicher nicht weniger und die unterstützen uns. Keiner mag die Argentinier."

„Erstens ist das quatsch und zweitens hat Argentinien dann schonmal auswärts gewonnen. Das spielt also keine Rolle."

„Natürlich spielt's eine Rolle. Die werden die unbeliebteste Nation im ganzen Land sein."

Edi fiel nichts mehr ein und warf einen Arm in die Luft. „Ich will nicht gegen Argentinien spielen! Das wären die vierten Südamerikaner in Folge. Die spielen immer so emotional und hitzköpfig. Das nervt heftig."

„Was ist denn mit dir?", schaltete sich Iassine wieder ein. „Die lagen uns bisher doch ganz gut."

„Wie wär's, wenn wir einfach auf ein langes Spiel hoffen?", schlug Ruud vor. Alle Drei nickten. Und ihre Hoffnungen erfüllten sich. Nach 90 Minuten fand das Spiel noch keinen Gewinner – 1:1. Die Verlängerung brach an, startete mit einem Paukenschlag. Argentiniens Spielmacher bekam eine Gelb-Rote Karte.

„Das war's", kommentierte Ruud knapp. Aber die weiter aggressive Verteidigung Argentiniens hielt das Unentschieden bis in die 119. Minute. Bei einem eigenen Einwurf überraschten die Südamerikaner plötzlich den englischen Linksverteidiger, als der Rechtsaußen unvermittelt nach vorne sprintete.

Den langen Einwurf kontrollierte der Mittelfeldspieler mit dem ersten Ballkontakt und spielte ihn von der Seitenlinie sofort diagonal in den Sechzehner. Im Vollsprint grätschte der einzig verbliebene Stürmer in den Ball, erwischte den herauslaufenden Torwart auf dem falschen Fuß, sodass er chancenlos zusehen musste, wie die Kugel ins linke Eck rollte.

In der ersten Reihe des Analyseraums sprangen fünf Spieler jubelnd auf. Der Rest nahm das Tor ruhiger zur Kenntnis.

„Das ist doch jetzt aber in Ordnung, oder?", flüsterte Ruud rüber zu Edi.

„Hör dir nur mal die Zuschauer an", stimmte Edi zu. „Die sind todesstill."

„Im Halbfinale sind sie's sicher nicht mehr", bemerkte Iassine.

Vor ihnen drehte sich Bakr um: „Und Chaves fehlt gesperrt. Das hilft uns extrem." Er lächelte Iassine zu.

Vier hitzige Minuten später pfiff der Schiedsrichter das Spiel ab. Durch viele kleine Fouls und provokantes Zeitspiel hatte Argentinien alle Engländer endgültig gegen sich aufgebracht, die Stille in aggressive Pfiffe verwandelt, was die Ivorer grinsend im Analyseraum zurückließ.

Drei Tage Training, Vorbereitung auf den Gegner. Wieder Südamerikaner.

„Die werden genauso spielen wie Chile: Aggressiv, provokant, dreckig."

„Gauchos eben."

„Aber gerade wenn ihr denkt, sie suchen den Körperkontakt, werden sie euch mit einer schnellen Drehung ausdribbeln."

Unfassbar spielstark, besonders die Dreierreihe." Tourés Zeigefinger fuhr über drei kleine Magnete, ganz oben auf der Tafel.
„Wir müssen die Mitte dicht machen, überall unsere Beine haben. Flanken werden die nicht, keiner von denen ist über 1,85.
Falls die also einen von uns ausdribbeln, muss dahinter schon
der Nächste bereitstehen ..."

Dreizehn Defensivspieler nickten im Einklang. Wieder saßen sie im Analyseraum, horchten den Trainern.

„Dribblings sind natürlich die eine Sache. Aber auch auf deren Kurzpassspiel müssen wir aufpassen. Hier:" Auf der Leinwand startete ein Zusammenschnitt aus drei argentinischen
Angriffen. Gegen Costa Rica, gegen den Iran und schließlich
gegen England hatten schnelle Kombinationen am und im
Strafraum als Dosenöffner zum 1:0 gedient. „Das ist immer
das gleiche Schema. Aus dem Zentrum zieht er raus", das Bild
stoppte, Touré zeigte mit einem Laserpointer auf den Mittel-
stürmer. „Den kurzen Pass lässt er zurück in die Mitte abpral-
len, und der Zehner kann bis zum Torwart durchziehen."

„Gut, dass Chaves gesperrt ist."

„Dann macht das halt ein anderer!", tadelte der Chefanalyst.

Touré fuhr fort: „Unsere Innenverteidigung darf da nicht
blind hinterherlaufen. Da geht's nur um zwei Meter. Wenn er
den Ball annimmt, könnt ihr auch während der Drehung die
Lücke schließen. Aber wenn ihr schon hinterhergelaufen seid,
könnt ihr den Abpraller nicht mehr verteidigen."

Langer Blick durch die Runde. „Hier gegen England haben
sie den direkten Weg gesucht. Ob von Links oder Rechts spielt
da keine Rolle. Einer der Außen zieht an und in der Mitte finden
sie eine Lücke, um den Stürmer zentral in den Raum zu schicken. Da muss unsere Kommunikation stimmen. Ein Schritt
hin zum Außen kann reichen." Tourés Blick flog über die Innenverteidiger. „Aber dann müssen auch die Ansagen kommen.
Ein kurzes ‚Hey!' kann ja reichen. Wisst ihr noch, wie Iassine
gegen Brasilien die ganze Zeit rumgeschrien hat?"

„Ich hör die Stimmen heute noch." Die Spieler lachten.

„Trotzdem muss es genauso sein. Wir als Mannschaft werden eins. Dann sind das keine gerufenen Worte innerhalb des Teams, sondern Gedanken eines Gehirns. Wir teilen alles miteinander, um so schnell und effektiv wie möglich zu sein."

„Wie kommen wir von hinten nach vorne?", fragte Iassine.

Elektrisierende Argentinier schrien ihre Mannschaft nach vorne, noch bevor das Spiel angefangen hatte. Doch auch viele lachende Gesichter erkannte Iassine, teilweise hochnäsig, fast arrogant. Gefühlt hatte sich das gesamte Land dort auf den Sitzschalen versammelt.

Demgegenüber trommelten die wenigen Tausend Afrikaner, sangen ihre Lieder, die kaum bis an Iassines Ohren drangen. Neben den Trommeln klatschten Sympathisanten der Elefanten artig Beifall, ohne sich auf einen gemeinsamen Rhythmus zu einigen.

Edi trabte vom Münzwurf zu seiner linken Seite, während er mit beiden Armen letztmals seine Mannschaft animierte. Iassine atmete tief durch. Begleitet von allen Zuschauern hallte der Countdown zum Anpfiff durchs Stadion. Das Spiel begann.

Eine Viererkette ganz hinten, davor drei zentrale Mittelfeldspieler, die die Mitte verdichteten. Bei langen Ballstafetten Argentiniens ließen sich auch die beiden offensiven Außen fallen, um zu verteidigen. Nur Shujaa blieb vorne.

Von diesen langen Ballstafetten gab es viele. Über 70 Prozent Ballbesitz erspielten sich die Südamerikaner, drängten die Elfenbeinküste bis in den eigenen Sechzehner zurück. Wie beim Handball passten sie den Ball vor dem Strafraum von links nach rechts, aber trauten sich noch nicht an die riskanten Pässe, die die Elefanten im Vorfeld analysiert hatten.

Wenn der Ball auf den Außen zirkulierte, rückte Iassine immer wieder in den eigenen Sechzehner, um neben den Innenverteidigern Lufthoheit zu demonstrieren. Wenn der Ball dann wieder flach vor den Strafraum gespielt wurde, zog Iassine nach vorne, um Anspielstationen abzudecken.

Nach drei Minuten eroberte er einen Ball, fand vorne aber keine Mitspieler. Shujaa verschwand im Schatten der Innenverteidigung. Edi und Olutobe mussten erst wieder den Weg nach vorne finden. Iassine schickte Edi in den Lauf, doch er verrannte sich zwischen zwei Gegenspielern.

„Komm weiter zurück!", schrie Iassine Richtung Shujaa.

Der zeigte auf das gegnerische Tor: „Die Wege werden zu lang."

„Soll ich den Ball einfach nach vorne hauen!?"

Mitte der ersten Halbzeit nahm Argentinien mehr Tempo auf. Sie kombinierten direkter und schneller, sodass die Ivorer vermehrt zu spät in Zweikämpfe kamen oder Pässe nicht mehr abfangen konnten. Wenn die blau-weißen Argentinier schon in den Strafraum eingedrungen waren, löste sich Iassine von seiner Position, um der Verteidigung zu helfen. Mit kurzen Sprints tackelte er immer wieder Bälle von gegnerischen Füßen in der Hoffnung, keine zu großen Lücken hinter sich zu lassen.

Die gesamte ivorische Mannschaft ließ großartiges Taktieren hinter sich, arbeitete jetzt den Fußball. Sie liefen Ball und Gegner hinterher, immer wilder, immer unkontrollierter. Die Atmung ging schneller und jedes Mal, wenn das Leder ins Aus sprang, füllten sie ihre Lungen mit so viel Luft wie möglich.

Klare Chancen erspielte sich Argentinien trotzdem nicht. Nur einmal schossen sie innerhalb des Sechzehners aufs Tor. Dabei stand der Stürmer nur noch Zentimeter vor Rami, der die Hände schon fast am Ball hatte. Entsprechend einfach parierte er den Schuss.

Mit großer Dominanz endete die erste Halbzeit. Schon auf dem Weg in die Kabine ließen sich die Elefanten Flaschen zuwerfen, um zu trinken. Die Verlängerung gegen England merkten sie den Argentiniern nicht an. Stattdessen waren sie selbst vollkommen außer Atem.

„Mehr …" Bakr sog die Luft tief ein. „Entlastung."

Iassine nickte, während er die Flasche noch am Mund hielt. Touré pflichtete seinen Spielern bei und schickte sie weiter nach vorne. Ruud und Kouame sollten auf lange Pässe aufpassen. Der Rest des Teams sollte in der gegnerischen Hälfte Druck aufbauen. Etwas mehr als fünf Minuten spielte sich die Elfenbeinküste so rund um den argentinischen Sechzehner fest. Vor einer Ecke beobachtete Iassine die Gesichter der afrikanischen Anhänger. Die grün-weiß-orangene Nationalflagge in den Armen zweier Fans. Eine Trommel um den dicken, unbedeckten Bauch eines Zuschauers in der ersten Reihe.

Die Ecke flog Richtung Elfmeterpunkt, wurde hinausgeköpft und plötzlich liefen die Ivorer einem Konter hinterher. Der argentinische Linksaußen schickte seinen Stürmer in den Lauf. Frei vor Rami tauchte er auf und lupfte den Ball über den Torwart. In letzter Sekunde riss Rami seinen Arm in die Höhe, tippte den Ball nur leicht an, sodass er Millimeter über die Latte hinwegflog.

Erleichtert atmete Iassine aus, bevor er weiter zurücktrabte. Hinten tobte Rami, schrie das defensive Mittelfeld an, weil niemand abgesichert hatte. Die folgende Ecke verteidigten die Ivorer zwar mit Leichtigkeit, aber nach vorne kamen sie nicht mehr.

Iassines erleichtertes Ausatmen wich bald einem aufgeregten Nach-Luft-ringen. Ein einfacher Einwurf löste einen Schalter in seinem Kopf um. Er war müde. Fitnessrückstände, eine lange Saison, ein unerwartet langes Turnier in dem er mittlerweile als Stammspieler agierte.

In den nächsten Zweikampf kam er viel zu spät. Ohne Probleme umrundete ihn sein Gegenspieler. Als der Ball wieder ins Aus sprang, sah er auf die Uhr. Schon 80 Minuten waren gespielt. Plötzlich sank Ruud zu Boden, streckte sein Bein aus – ein Krampf.

Unter den Pfiffen der argentinischen Zuschauer lief Iassine zu seinem Freund, holte sich aber nur eine Flasche von den

Ärzten, die auf den Platz gestürmt waren. Als Zaire nach der Flasche verlangte, um selbst zu trinken, fragte Iassine, wie oft sie gewechselt hatten.

„Ich war der Zweite." Zaire spritzte sich das Wasser ins Gesicht.

Iassine lief einige Schritte zur Seitenlinie, bevor er rief: „Touré! Wechsel mich aus!"

„Ruud muss raus?"

„Nein!", schüttelte Iassine den Kopf. „Der kann noch. Ich bin müde! Nimm mich raus!"

„Auf keinen Fall!", schrie Touré.

„Was zum …? Ich kann nicht mehr!"

„Du musst!"

Damit beendete Touré alle Diskussionen. Unterdessen humpelte Ruud an Iassine vorbei zur Trainerbank. Laute Pfiffe begleiteten ihn, auch als er kurz danach wieder aufs Feld sprintete.

Iassine hielt Sekunden später den Ball in den eigenen Reihen, mit dem Arm einen Gegenspieler von sich fern. Kurz vor der Mittellinie spielte er Edi an, dem der Ball aber sofort wieder abgegrätscht wurde. Beim Kontakt mit dem Gegner schrie der Kapitän laut auf und blieb liegen, woraufhin der Schiedsrichter erneut das Spiel unterbrach.

„Was ist los?" Bakr stand neben Iassine. Keiner der Beiden wollte auch nur einen Schritt zu viel gehen, weshalb sie die Szenerie aus der Ferne betrachteten.

„Krampf?"

Wieder knieten sich Ärzte neben Edi, doch dieses Mal schüttelten sie den Kopf und signalisierten Touré, dass Edi ausgewechselt werden musste. Als Edi auf einer Trage vom Platz gebracht wurde, liefen Iassine und Bakr schnell zu ihm und wünschten ihm eine gute Besserung. Mit schmerzverzerrtem Gesicht riss sich Edi die Kapitänsbinde vom Arm und drückte sie Bakr in die Hand.

„Nimm du sie", drehte sich Bakr zu Iassine.

„Quatsch, gib sie Ruud oder Rami."

„Die sind weit weg. Nimm sie einfach."

Zögernd griff Iassine nach der Binde, bevor er sie dann eilig umlegte. Das Spiel wurde wieder angepfiffen. Noch fünf Minuten. Argentinien nahm unvermittelt Tempo aus dem Spiel, erwartete eine Verlängerung - Lieber in einer halben Stunde weiterkommen, als in fünf Minuten durch einen unnötigen Konter rausfliegen. Schüchtern wagten sich die Elefanten aus der eigenen Hälfte, doch trauten dem tückischen Gegner nicht. Zwar spielten sie den Ballbesitz bis an den Rand des argentinischen Sechzehners aus, aber mehr als vier Spieler boten sich nicht an. Stattdessen legten sie den Ball zurück ins Mittelfeld, in die Verteidigung oder sogar ganz nach hinten zu Rami.

Die Argentinier gingen dem Ball nur halbherzig nach, solange er in ungefährlichen Bereichen zirkulierte, weswegen der Schiedsrichter nach 93 Minuten ohne große Aufregung abpfiff.

Iassine nutzte die fast zehnminütige Ruhe zum Durchatmen. Im Kreis der Mannschaft hörte er die Anweisungen Tourés. Er schrie sie, um das laute Brummen von über 60.000 Zuschauern zu übertönen. Auch sie atmeten durch, diskutierten die gesehenen 90 Minuten, spekulierten über die kommenden 30.

„Wir haben jetzt noch einen Wechsel. Wie fühlt ihr euch?" Bei den Worten fixierten Tourés Augen Iassine. Sie fühlten sich gut.

Plötzlich spürte Iassine wieder die Kapitänsbinde an seinem Oberarm: „Auf welcher Seite fangen wir die Verlängerung an?"

„Zuerst die Fans im Rücken", rief Shujaa.

„Nein, nein, nein", antwortete Ruud. „In der ersten Hälfte wollen wir doch das Tor machen. Da brauchen wir die Fans vor uns. In der zweiten Hälfte verteidigen wir. Dann sollen sie uns den Rücken freihalten."

„Gut, dann machen wir ..." Tourés Worte gingen unter dem grellen Pfiff des Schiedsrichters unter, der die Kapitäne beider Mannschaften zu sich beorderte.

Kurzer Handschlag, rot oder schwarz, Münzwurf. Der Schiedsrichter wandte sich an Iassine: „Auf welcher Seite wollen Sie spielen?"

„Wir bleiben."

Sofort drehte sich der Schiedsrichter zum Argentinier: „Sie haben den Ball." Nochmals gaben sich alle die Hand, bevor sie sich in Ihren Formationen einfanden. Anpfiff zur Verlängerung.

Die angewiesenen Offensivbemühungen in Richtung der eigenen Fans blieben kaum mehr als Theorie. Ein Schuss aus 20 Metern flog genauso weit über die Latte ins Hintertornetz. Shujaa spuckte aus und sah genervt auf den Rasen hinab. Ansonsten übernahm Argentinien wieder die Kontrolle.

Schon nach fünf Minuten war die kurze Pause vergessen. Ruud wurde nach einem weiteren Krampf ausgewechselt, während Iassine immer schwerer atmete. Seine Lungen pressten an den Brustkorb, Seitenstiche unter den Rippen. Mit geeinter Kraft kämpften sich die Elefanten bis zum letzten Seitenwechsel, kaschierten Ruuds Fehlen und Iassines Luftmangel.

„Defensiver jetzt, oder?", fragte Iassine. Bakr nickte nur. Der Schiedsrichter pfiff wieder an.

Rund um den ivorischen Strafraum versammelten sich beide Mannschaften. Doch auch Argentinien fehlte die Kraft für einen letzten Schlag. Der Klammergriff vor dem Tor der Elfenbeinküste glich einer Umarmung zweier Boxer, die das Ende der zwölften Runde herbeisehnten, nur um zu erfahren, dass es noch eine dreizehnte geben würde. Der Schiedsrichter pfiff ein viertes Mal ab. Elfmeterschießen.

Gleich sieben Spieler fielen zu Boden und ließen sich nur mit Mühe von den Assistenten zusammentreiben. Touré lief wie eine umtriebige Ameise von einem Spieler zum nächsten. Immer diese eine Frage auf den Lippen: „Wie fühlst du dich?" Doch auf die Frage nach den Elfmeterschützen warteten sie vergebens.

Schließlich sammelten sich die drei Torhüter und Touré, besprachen sich. Der Trainer hielt einen Zettel in der Hand, eine

Namensliste. Ramis Finger strich mehrfach über den Zettel, er nickte oder schüttelte den Kopf, wenn er bei einem Namen hängenblieb. Die Ersatzkeeper taten es ihm gleich. Mehrfaches Schulterzucken.

Iassine beobachtete das Gespann aus einigen Metern, neben ihm Bakr. An seinen Fingern zählte Touré seine fünf Schützen ab.

„Wir haben doch keine Elfmeter geübt, oder spinne ich jetzt?", fragte Iassine.

„Höchstens spaßeshalber mal einen versenkt."

„Ja, nach dem Training oder zwischen den Übungen."

Sie nuckelten an ihren Flaschen. Unterdessen löste sich Touré von den Torhütern. Zuerst ging er zu Shujaa, dann zu Gibril, Zaire und Matayo. Lediglich Gibril wog seinen Kopf hin und her, doch einige Worte später nickte auch er voll Überzeugung.

Schließlich kam Touré zu Bakr und Iassine.

„Einen Schützen brauche ich noch." Bakr setzte seinen rechten Fuß zurück, aber Touré sah ihm genau in die Augen. „Du sollst der zweite Schütze sein."

Bakr war überrascht. „Ich?"

„Zweiter Schütze, kein Druck. Du kannst nicht gewinnen, du kannst nicht verlieren."

„Was ist mit ihm?" Mit der Flasche wies er auf Iassine.

„Ihn haben unsere Torwarte nie schießen sehen."

Iassine spuckte zur Seite aus, um sein Lächeln zu verbergen.

„Ich habe doch höchstens ein paar Mal geschossen."

„Bakr, mach einfach das, was du immer tust, wenn du einen Elfmeter schießt. Du hast eine Technik, die weder Rami noch Amissah durchschaut haben. Das wird reichen. Nur der zweite Schuss."

Bakr atmete aus. „Also gut."

„Und denk daran: Alles so wie immer machen."

Sofort löste sich Bakr von Iassine und Touré, schloss sich den vier Schützen an. Unterdessen wandte sich der Trainer an Iassine. „Wir wollen gleich nachziehen, okay? Denk beim Münzwurf daran."

„Okay."

„Und du bist auch als Schütze eingeplant. Wenn's nach zehn Schüssen keinen Sieger gibt, warten wir darauf, dass die einen vergeben. Dann machst du deinen rein und wir gewinnen."

„Ziemlich unwahrscheinlich, oder?"

Touré zuckte mit den Schultern und wollte sich abwenden, aber Iassine hielt ihn auf: „Nicht dumm, die Keeper zu fragen."

Auch auf Tourés Gesicht stahl sich ein Lächeln. „Jetzt wissen sie alle, dass sie Elfmeter schießen können."

„Und die hatten keine Ahnung?" Iassine nickte in Richtung Rami.

„Anscheinend haben wir sehr gute Schützen." Touré verschwand und Iassine wurde zum Münzwurf gebeten. Er gewann und entschied, dass auf das Tor vor den ivorischen Zuschauern geschossen wurde – zumindest ein kleiner Vorteil. Ohne zu zögern bestand der Argentinier darauf, dass sie zuerst schießen würden – weniger Druck.

„Alles Teil des Plans", dachte Iassine. Ein kurzer Blickkontakt mit Touré bestätigte ihn.

In zwei Reihen standen die Teams an der Mittellinie. Nur die beiden Torhüter und der Schiedsrichter warteten im und um den Sechzehner herum. Als sich der erste argentinische Schütze aus den Reihen löste, wachte das erschöpfte Publikum schlagartig wieder auf. Sprechchöre für Schützen und Torwart hallten durch das Stadion. Scharf schoss er den Ball in den rechten Winkel. 1:0.

Gibril joggte nach vorne zum Sechzehner, zum Elfmeterpunkt. Er lief an, der Ball flog knapp über die Latte. Beide Arme verschränkten sich hinterm Kopf, bevor er langsam zurück zur Mittellinie schlurfte. Iassine und Kouame liefen nach vorne, fingen ihn ein und trösteten ihn.

Der zweite Argentinier traf trocken ins linke untere Eck. Rami hatte den Schuss nur knapp verpasst.

Bakr lief langsam zum Ball. Der Torwart hopste auf der Linie auf und ab, doch sprang letzten Endes in die falsche Richtung. 2:1.

Auch der dritte Argentinier traf. Dieses Mal war Rami sogar mit den Fingerspitzen am Ball. Demgegenüber verlud Zaire den Torwart zum erneuten Anschluss.

Vierter Durchgang, vierter argentinischer Schütze. Lässig lupfte er den das Leder in die Mitte, in der Rami aber stehenblieb. Fast überfokussiert griff er nach dem langsamen Flugball und atmete erleichtert aus, als er ihn sicher in seinen Händen hielt. Hinter ihm schrien die orangenen Fans frenetisch auf.

Sofort lief Shujaa nach vorne, legte sich die Kugel zurecht. Mit einem strammen Schuss platzierte er die Kugel im linken Winkel. Ein perfekter Elfmeter zum 3:3.

Im Zurücklaufen warf Shujaa nochmal seine Arme in die Luft, motivierte die Zuschauer und vor allem Rami. Beim Schuss des fünften Argentiniers war er allerdings chancenlos. 4:3.

Matchball für Matayo Montplaisir. Wenn er verschoss, flogen sie raus. Fester Schritt, tiefes Durchatmen. Drei Schritte zum Ball – Tor. Sie gingen in die Verlängerung des Elfmeterschießens, ins Sudden Death. Jeder Schuss konnte entscheiden.

Argentinien schickte seinen Rechtsverteidiger Dujovne nach vorne. Rami empfing ihn mit dem Ball in der Hand. Sofort trat der Schiedsrichter zwischen die Beiden und ermahnte Rami, keine Psychospielchen zu spielen. Dujovne wartete vor dem Elfmeterpunkt auf den Pfiff des Schiedsrichters. Rami sah ihm aus elf Metern tief in die Augen. Pfiff, Anlauf, Schuss. Das Leder flog schnell zum linken Eck, aber mit der rechten Hand parierte Rami den Schuss zur Seite.

Vor der Trainerbank zeigte Touré wild auf Iassine. Während er die 30 Meter nach vorne lief, fixierten seine Augen das rotweiße Spielgerät, der gerade zurück in den Sechzehner rollte.

Eine Bö von getrocknetem Schweiß drang in Iassines Nase, als er am enttäuschten Dujovne vorbeilief. Doch seine Augen blieben auf dem Ball fixiert, bis er ihn endlich in der Hand hielt.

Sorgfältig legte er ihn auf den weißen Elfmeterpunkt und ging fünf Schritte zurück. Erst jetzt sah er auf zum Tor. Links der Pfosten, oben die Latte, rechts der andere Pfosten. Er prägte sich die Position ein und sah wieder zum Ball.

„Shaka?", hörte er seinen Namen. Der Schiedsrichter. Iassine nickte. Dann ertönte der Pfiff.

Ausatmen. Anlauf.

Iassine schoss, sah dem Ball hinterher. Der Torwart hatte die Ecke erahnt. Nur den Bruchteil einer Sekunde flog der Ball in Richtung des linken Pfostens. Direkt dahinter schlug er im Netz ein.

4:5.

12. Juli 2030 (25 Jahre alt)

„Es ist mir einfach zu übertrieben. Shujaa, Rami, Ruud. Das sind zwei Mal Juventus und einmal Milan. Bakr in Liverpool, Edi in München."

„Und deswegen waren sie Favoriten aufs Finale?"

„Das behaupte ich nicht. Aber sie als krassen Außenseiter zu betiteln – vor allem nach diesen Auftritten – ist unrealistisch."

„Ich bitte dich. Vor einem Jahr sind sie sang- und klanglos im Afrika-Cup rausgeflogen, gegen Chile hatten sie schon mehr Glück als Verstand und der Großteil des Kaders spielt höchstens auf mittelmäßigem europäischem Niveau. Vergleich das mal mit den Deutschen."

„Tue ich doch. Und ich sage auch, dass sie Außenseiter sind. Aber sie sind nicht chancenlos."

„Niemals verliert Deutschland."

„Das dachten die Argentinier auch, und die Brasilianer."

„Denen fehlten aber auch wichtige Spieler. Wer fehlt denn bei Deutschland? Die haben die perfekte Mischung aus Alt und Jung, erfahren und frisch. Sie haben Anführer–"

„Die Elfenbeinküste hat auch Anführer!"

„Aber bei den Ivorern sind sie nur Anführer, weil sie mit Abstand die besten Spieler sind. Die Deutschen haben eine homogene Truppe bei denen die Erfahrenen die Führung übernehmen."

„Im Halbfinale hat Shaka das Kapitänsamt übernommen."

„Der hat zwar Erfahrung, aber die haben mit Fußball wenig zu tun."

„Bitte?", rief Ruud dem Fernseher entgegen. Iassine grinste in die Massagebank hinein. „Habt ihr die Nachrichten nicht gelesen? Vom König zum Mörder: ‚Le roi d'Afrique' wird ‚La muerte de Sudamericana'! Shaka ist ein Held!"

„Nicht mal hier kannst du dich entspannen?" Seit der Busfahrt nach dem Argentinien-Spiel zogen ihn die Mitspieler mit Titeln aus Zeitschriften, Medien und Fernsehen auf. Sie alle waren über die Elfenbeinküste hergefallen, mit besonderem Fokus auf dem Siegtorschützen Iassine Shaka. Der Personenkult rund um den König erreichte neue Höhen.

„Auf meinen Kapitän lasse ich nichts kommen." Es hätte sarkastisch, missgünstig und hämisch klingen können, aber in Ruuds Worten schwang pure Freude mit. Edi fiel für das Finale aus, am Morgen hatten sie einen neuen Kapitän bestimmt. Eigentlich hätte Co-Kapitän Rami die Binde bekommen müssen, aber er ließ die Mannschaft neu wählen. Sie wählten Iassine.

Nach der Massage trafen sich Mannschaft und Trainerteam für die ersten taktischen Analysen. Touré wirkte bei der Präsentation ungewöhnlich unkoordiniert. Immer wieder stoppte er, wenn er zur nächsten Folie oder einem Videoausschnitt schaltete. Offensichtlich überraschten ihn einzelne Abschnitte.

Schließlich fragte Rami frei heraus: „Sind Sie nervös oder so?"

Touré sah in die Runde, in die vielen kritischen Gesichter, bevor er plötzlich in Lachen ausbrach. Irritiert sahen sich die Spieler an, einigen rutschte ein Grinsen heraus.

„Wir sind unvorbereitet, Leute", erklärte Touré. „Vom ersten Gruppenspiel bis zum Halbfinale konnten wir auf kein Team aus Gruppe B treffen. Jetzt sind wir im Finale und treffen natürlich auf ein Team aus Gruppe B. Und ich weiß, sowas würde man niemals öffentlich sagen, aber wir haben nicht damit gerechnet, ins Finale zu kommen. Bei aller Liebe, Jungs."

„Wow, tolle Leistung", kommentierte Ruud. Die Mannschaft lachte.

„Wie viel haben wir denn?", fragte Boni. Sie wurden ruhiger.

„Also vor dem Halbfinale haben sich die Analysten näher mit ihren Aufstellungen auseinandergesetzt. Wir kennen auch ihre Strategien und Formationen, wie sie worauf reagieren, wie sie gegen uns vermutlich auftreten werden…"

„Dann ist doch alles klar."

„Ich weiß halt nicht, wie lange wir hier noch sitzen", kratzte sich Touré am Kopf. „Die Analysten sollten mir so viel wie möglich geben. Aber ihr habt ja auch schon gemerkt, dass hier der ein oder andere Ausschnitt eher … redundant ist."

Wieder lachte Touré auf, bis auch die Mannschaft mit einfiel. Inklusive zweier Pausen saßen sie knapp fünf Stunden bei der Analyse. Danach durften sie endlich in ihre Zimmer.

Am Tag vor dem Finale zogen sie vom Teamhotel in Manchester nach London um. Direkt nach der morgendlichen Trainingseinheit, damit sie rechtzeitig zur finalen Pressekonferenz ankamen. Dort trafen sich die beiden Trainer und die beiden Mannschaftskapitäne.

„… versuch, den Fokus von dir zu nehmen, die Mannschaften stehen im Vordergrund. Das gilt für euch beide." Der Pressesprecher drehte seinen Kopf nur kurz zu Touré und Iassine, während er weiter den Gang entlanghastete. Wenn sie sich beeilten, kamen sie pünktlich an.

„Ist er schon da?", fragte Iassine.

„Schon seit zwei, drei Minuten, aber alles gut. Er war früh dran."

Iassine grinste in sich hinein. Der Pressesprecher lief schnellen Schrittes vor ihm her, öffnete eine dunkle Tür an der ein Zettel mit der Aufschrift „Finale Press Conference" klebte. Noch bevor sie hineingingen, hörte Iassine aufgeregtes Rascheln hinter dem Türrahmen, instinktives Klicken von Kameras. Dann betraten sie den Raum.

Eine Traube von Fotografen folgte dem frischgewählten Kapitän der Elfenbeinküste hinter der Trennlinie, fotografierte ihn während er das Podest betrat, erst dem offiziellen Pressesprecher und endlich auch Peter Hennings die Hand reichte.

„Pierre", lächelte Iassine, „lang ist's her."

„Da sagst du was, Kleiner"

„Gott sei Dank trägst du den Bart nicht mehr."

Hennings lachte. Hinter ihnen gaben sich auch Trainer und Spieler, Trainer und Trainer die Hände. Doch sie zogen nicht so viel Aufmerksamkeit auf sich, wie Peter Hennings und Iassine Shaka. „Könnten Sie bitte zu uns gucken?", rief jemand hinter den Kameralinsen.

„Was? Nachher denkt man noch, wir könnten uns leiden", witzelte Pierre, doch drehte sich schließlich zu den Fotografen, die ihrerseits auflachten. Bevor beide Kapitäne ihre Hände voneinander lösten, lehnte sich Pierre nach vorne und flüsterte Iassine ins Ohr: „Du warst viel zu lange weg."

Iassine antwortete stumm, nickte, ehe er sich neben den Offiziellen setzte. Auf der anderen Seite saß Hennings.

„Danke, genug Fotos", meldete sich der Pressesprecher, sah hinab auf die vielen Journalisten, die fast alle ihre Hand hoben, um Fragen zu stellen.

„Phil Davies, London." Ein Erwählter stellte sich vor, fragte: „An beide Spieler: Seit fünf Jahren haben Sie nicht mehr zusammengespielt. Damals galten Sie als das beste defensive

Mittelfeld ihrer Generation, vielleicht sogar der Geschichte. Wie fühlt es sich an, jetzt, im Finale einer Fußball-Weltmeisterschaft, wieder aufeinander zu treffen."

Rasch räusperte sich Hennings, weswegen Iassine ihm die erste Antwort überließ: „Also, zwei Dinge vorweg. Ich glaube damals hieß es, dass wir das Potenzial hätten, die beste Doppelsechs aller Zeiten zu werden. Auf dem Level waren wir noch nicht. Dafür war er zu grün", grinsend drehte er seinen Daumen in Richtung Iassine. Die Journalisten lachten auf. „Und Zweitens: Deutschland gegen die Elfenbeinküste … und die erste Frage kommt von einem Engländer?" Mit einem gespielt bösen Blick strafte er den Offiziellen, der entschuldigend seine Arme hob. Wieder lachten viele im Raum.

„Aber mal im Ernst: Seit er damals Paris verlassen hat, habe ich gehofft, einmal gegen ihn spielen zu können. Zugegeben, anfangs wollte ich ihm einfach nur die Bänder durchgrätschen … aber jetzt, wo er scheinbar so gut ist wie nie zuvor, hat die Geschichte einen neuen Reiz. Wissen Sie, neben ihm, im selben Team, war es immer relativ einfach. Wenn einer fehlerlos spielen konnte, dann war er es … viele Tacklings, die ich setzen konnte, gelangen nur, weil er sie provoziert hat … und außer tackeln kann ich ja nicht viel. Was ich sagen will … mit ihm zu spielen, war immer eine Freude. Aber gegen ihn? Das wird eine Ehre."

„Danke, Pierre", Iassine schluckte kurz. „Der Fußball schreibt tatsächlich seine eigenen Geschichten … Von allen Spielern, die ich in Paris kennenlernen durfte, warst du wohl, … gemeinsam mit Traoré, der Wichtigste. In der abgelaufenen Saison stand ich beide Male nicht auf dem Feld, als wir gegen euch antreten mussten. Jetzt gegen dich spielen zu dürfen, zum ersten Mal in meiner Karriere, auf dieser Bühne, ist einfach unbeschreiblich."

Wieder meldeten sich Viele: „Abidjan, an Iassine Shaka. Sie haben für unser Land, für unseren Kontinent bereits Geschichte geschrieben. Beeinträchtigt das Ihre Motivation vor diesem Finale?"

„Nein, nein, auf keinen Fall", schüttelte Iassine seinen Kopf. „Auch wenn ich immer vom Halbfinale geträumt hatte, war das immer nur ein Zwischenziel zum Titel. Alles darunter würde mich enttäuschen."

„New York, ebenfalls Iassine Shaka. Glauben Sie tatsächlich, dass sie gegen die Deutschen morgen eine Chance haben?"

„Glauben Sie tatsächlich, dass ich etwas Anderes glauben sollte? Seit dem Achtelfinale sind wir aus dem Turnier geschrieben und moderiert worden. Wir haben uns trotzdem durchgesetzt … Und wir haben uns nicht durchgewackelt, sondern ein paar wirklich überzeugende Auftritte hingelegt. Ich glaube solange an den Sieg, bis der Schiedsrichter abpfeift."

„München an Peter Hennings, bitte." Pierre nickte. „Wie wollen Sie Iassine Shaka morgen aufhalten?"

„Bei allem Respekt vor meinem Freund Iassine, aber wir sollten uns nicht nur um ihn sorgen. Vielleicht überstrahlt er das gerade ein wenig, aber die Elfenbeinküste hat eine goldene Generation aufgezogen, die gemeinsam nach diesem Titel lechzt. Wenn ich mich nur eine Sekunde zu lange um Iassine sorge, während neben mir ein anderer Spieler davonläuft, dann haben wir ein riesiges Problem."

„Abidjan für Iassine Shaka. Was haben Sie im Falle des Titelgewinns geplant?"

„Noch gar nichts, tut mir leid."

„Paris, ebenfalls Shaka. Für wie lange reicht morgen die Luft?"

„Solange es nötig ist."

„Marseille, nochmal für Iassine Shaka. In Frankreich, besonders in Marseille, wird natürlich auch über Ihre Zukunft gesprochen. Ihr Vertrag im Süden läuft aus. Können Sie sich vorstellen, zu verlängern oder warten Sie auf ein Angebot eines größeren Vereins?"

Iassine atmete aus: „Ich weiß, dass sowas in den Medien dieser Welt diskutiert wird. Ich möchte mich aber gerne aus diesen Diskussionen heraushalten. Ich werde nichts bestätigen, nichts relativieren. In diesem Moment denke ich nur an das Finale morgen, alles andere kommt... muss danach kommen." Noch knapp zehn Minuten beantworteten beide die Fragen der Anwesenden, ehe sie sich wieder zurückziehen durften. Die beiden Trainer blieben noch einige Minuten länger bei der PK. Hinter verschlossenen Türen herzten sich Iassine und Pierre zum Abschied, wünschten sich viel Glück, aber keinen Erfolg. Niemand wollte ohne die Trophäe nach Hause fahren.

Zurück im Zimmer ruhte sich Ruud auf dem Bett aus. Einige ausgedruckte Fotos lagen auf seinem Bauch. Zwei hielt er in den Händen.

„Gute PK", murmelte er, ohne aufzusehen.

„Danke", Iassine schloss die Tür hinter sich, setzte sich auf einen kleinen schwarzen Sessel am Fenster, schielte auf die Fotos, die auf Ruuds Bauch langsam auf und ab sanken. „Was hast du da?"

„Bilder von ...", er drehte eines der Bilder.

„Ja?"

„Weißt du, was den WM-Pokal so besonders macht?" Seine Augenbrauen hoben sich. Iassine zuckte fragend mit den Schultern. „Er ist so klein ... viel zu klein."

„Okay ..."

„Die besten Spieler der Welt, nein, alle Spieler der Welt wollen diesen kleinen Pokal in der Hand halten. Dieses Gold."

„Guckst du dir den Pokal gerade an?"

Ruud besah erst das Foto in seiner linken Hand, dann das in seiner rechten Hand, ehe er beide Fotos neben sich fallen ließ: „Beckenbauer, Zoff, Maradonna. Das sind wahre Größen. Schon mal was von Jules Rimet gehört?"

„Nee ...", antwortete Iassine zurückhaltend.

„Nach ihm war der erste WM-Pokal benannt, der bis 1970 vergeben wurde. Pelé und Bobby Moore durften ihn in die Höhe recken. Das kleine Ding war kaum 35 cm groß. Aber sie ehrten ihn, als wäre es ihr eigenes Kind. Während des zweiten Weltkrieges hatte ihn der Vizepräsident des Weltverbands in einem Schuhkarton unter seinem Bett aufbewahrt, damit er nicht verloren ging. Wenn man ihn dreimal gewann, sollte er auf ewig einer Nationalmannschaft übergeben werden. 1970 wurde Brasilien diese Ehre zuteil. Aber 1983 stahl man ihn und Polizeiberichten zufolge haben ihn die Diebe eingeschmolzen …", Iassine bemerkte einen geradezu entsetzten Ausdruck auf dem Gesicht seines Freundes, der mit Nachdruck sagte: „Eingeschmolzen! Wer tut sowas? … Was würde ich geben, um diesen Pokal einmal zu berühren… So klein. Kleiner als ein Neugeborenes."

„Dann ist der alte Pokal von Jules Rimet wohl noch wertvoller als der Neue."

Ruud lachte zynisch auf: „Möglich, ja. Aber die neue Trophäe steht für dasselbe Verlangen. Nur alle vier Jahre bekommt man eine Chance auf ihn. Jeder Fußballer auf der Welt kann sich dafür qualifizieren … So viele scheitern … Gott, wer schon alles gescheitert ist! Eusebio, Cruyff, Messi, Maldini, Kahn, Drogba, Shevchenko, Verón, Figo, Weah, Giggs, Cantona, Zico, Best, Platini, di Stefano, Puskas, …" Ruud holte Luft.

„Ruud Van Nistelrooy", grinste Iassine.

„Verdammt!", schrie Ruud, bevor er den großen Hünen im Sessel, der von seinem Vater liebevoll Ziné genannt wurde, fixierte. „Aber Zidane hat gewonnen … Zinédine Zidane … Du musst gewinnen, Iassine! Wir müssen gewinnen!" Rasch suchte Ruud alle Fotos auf, die auf und neben ihm lagen, kletterte aus dem Bett, lief hinüber zu Iassine und warf sie ihm auf die Oberschenkel. „Wenn dich das nicht motiviert …"

Zögernd nahm er alle Fotos auf. Darauf waren Momente für die Ewigkeit gebannt. Franz Beckenbauer, wie er 1990 über den römischen Rasen im Olympiastadion lief. Einsam, allein mit seinen Emotionen, nachdem er seinen zweiten WM-Titel gewonnen hatte. Einen als Spieler, den zweiten als Trainer.

Auf einem anderen Foto war Pelé zu sehen, Spieler und Fans trugen ihn auf seinen Schultern. Er lachte, jubelte, Jules-Rimet dem Himmel entgegengestreckt. Man feierte ihn als frischgekürten Weltmeister, zum dritten Mal, im ausverkauften, legendären Azteken Stadion in Mexiko.

Iassines Hände senkten sich: „Egal was du dir heute einredest, morgen ist es vergessen. Das hat keiner von uns je erlebt und wahrscheinlich wird es auch niemand von uns je wieder erleben … Wenn wir morgen den Rasen betreten, schreiben wir Geschichte."

Ruud nickte.

Iassine rieb die Fotos zwischen Daumen und Zeigefinger. „Woher hast du Polaroid-Fotos?"

Am nächsten Morgen, 8:15. Der Wecker klingelte, doch verstummte bevor Iassine reagieren konnte.

„Die Sonne scheint, siehst du?"

Verworrene Traumfetzen hingen wie Wolken zwischen Iassines Gedanken, die kurze Zeit brauchten, um aufzuklaren. Ruud hatte ihm eine Frage gestellt. Er öffnete seine verschlafenen Augen, drehte sich auf die Seite. Am Fenster stand sein Mitspieler, Zimmernachbar, Freund.

„Ja, da scheint sie … wie jeden Morgen."

„Alles ist wie immer. Da fliegen die Vögel, dort schweben die Wolken, das Wasser schwappt ans Ufer. Alles ist so normal." Ruud drehte sich um. „Sollte es nicht anders sein?"

Iassine fuhr aus seinem Kissen hoch: „Bist du etwa nervös?"

„Irgendwas müsste doch anders sein!"

„Verdammt nochmal" Rasch sprang Iassine auf, griff nach dem Arm seines Freundes und zog ihn aus dem Zimmer.

„Mensch, Iassine, wir tragen beide nur unsere Unterhosen, wo willst du denn hin?"

„Nur weg von der Themse." Barfuß tappten sie durch die Hotelflure. „Damit du siehst, wie normal der Tag wirklich ist."

Am Ende des Ganges, vorbei an den Fahrstühlen, erstreckte sich eine weite Fensterfront, die vom ersten bis zum letzten Stockwerk reichte.

„Siehst du das?" Iassine wies gerade hinüber zu dem gegenüberliegenden Gebäude. Dort hingen zwei große Fahnen. Die Nationalflagge der Elfenbeinküste und die der Deutschen verdeckten den Nachbarn den Ausblick. „Wenn dir das noch zu normal ist, guck doch mal nach unten." Mit einer Hand stieß er Ruud von hinten in die Schulter, sodass er ganz nah ans Fenster stolperte.

22 Stockwerke unter ihnen lag ein orangenes Meer. Tausende Zuschauer, Bürger und Fans der Elfenbeinküste standen dort. Fahnen wurden geschwungen, Trommeln geschlagen. Immer wieder wogen die Menschen gegen die Türen des Hotels, ohne Absicht, einfach weil zu viele Menschen dort waren. Ruud konnte das Ende des Meeres, den anderen Strand nicht sehen. Es war, als wären sie schon immer dort gewesen, als wären die umliegenden Gebäude auf ihnen errichtet worden.

Leise, ganz leise nur drangen die Chöre, die Musiker, die Bläser und Trommeln an ihre Ohren. Gedämpft, wie unter Wasser, hinter dem zentimeterdicken Glas.

„Das … Das ist Wahnsinn", stammelte Ruud.

„Ich dachte, das wäre normal." Iassine atmete aus.

Hinter ihnen schlug eine Tür auf. Plötzlich hörten sie alles Trommeln, alles Tröten, alles Singen ganz deutlich, nur übertönt von Jonathan Rami: „Was ist denn hier los!?" Verdutzt bemerkte er Iassine und Ruud in ihrer Unterwäsche am Fenster stehen.

„Sieh selbst", lud ihn Iassine ein.

Zögernd setzte Rami einen Fuß vor den anderen, bis er das Fenster erreichte: „Mein Gott …"

Plötzlich stürmte Ruud davon, raste über den Gang, schlug gegen jede Tür und schrie: „Es geht los, Männer! Es geht los! Heute werden wir Weltmeister!"

Nach und nach, teils mit verschlafenen Augen, trotteten seine Teamkameraden aus ihren Zimmern. „Was soll denn das?", murmelten sie, „Wir haben doch bis neun Uhr Zeit."

Doch alle wurden an das Fenster geführt, hin zu dem orangenen Meer mitten in London. Am Fenster entzündete sich ein Feuer. Sofort fokussierten sie sich, erinnerten sich, wofür sie spielten, wen sie repräsentierten. Nicht nur sich selbst, nicht ihre Familien oder ihr Land, sondern ganz Afrika. Beim Frühstück herrschte konzentrierte Stille. Stumm aßen sie, was ihnen gegeben wurde. Kurz danach wurden einige Gruppen, teilweise einzelne Spieler zusammengerufen, um die letzten taktischen Details zu klären. Danach entließ man sie wieder in ihre Zimmer.

„Was machen wir jetzt die nächsten sechs Stunden?" Ruud lag auf seinem Bett. Die Realität hatte sie eingeholt. „Keine Witze mehr machen? Däumchen drehen?"

„Komm, wir spielen 'ne Runde." Iassine schnappte sich einen Controller der Konsole.

„Ein vorgezogenes Finale, hm?" Rasch setzte sich Ruud neben seinen Freund auf die Bettkante.

„Wenn du mit Deutschland spielen willst …"

„Wir können ja Hin- und Rückspiel machen."

„Abgemacht, aber dann bin ich zuerst Deutschland."

„Kleinen Moment noch …" Plötzlich verschwand Ruud aus dem Zimmer. Von draußen hörte Iassine einige Stimmen, die stetig lauter wurden, bis der Verteidiger zurück ins Zimmer kam. Ihm folgte fröhlich singend die gesamte Nationalmannschaft der Elfenbeinküste.

„Wir bräuchten eine Trommel", lachte einer, während sie weitersangen. Beide Spieler wählten ihre Aufstellungen für das vorgezogene Finale.

„Erstmal muss dieser unbewegliche Shaka auf die Bank", grinste Ruud.

„Jeder würde ihn rausnehmen. Der hat ja nur 75. Die haben das ganze Jahr über gepennt."

„Immerhin ist er dabei. Am Anfang der Saison hat der mit 66 oder so in Marseille auf der Bank gedümpelt."

„Die hättest du aber auch verdient", provozierte Ruud.

„Mit dem Jungen kommst du jedenfalls nicht an Hennings vorbei", spottete Iassine selbstironisch.

„Deswegen nehme ich dich … Äh, Shaka ja auch raus."

Auf einmal schrie einer der Zuschauer auf: „Häh? Und dann bringst du Koné? Willst du mich verarschen?"

„Ruud weiß halt, was er tut", gab Koné prompt zurück.

„Schh, schhhh …" Auf dem Bildschirm formierten sich die Spieler gerade für die Nationalhymnen. Der ganze Raum stand davor und begann zu singen. Dann spielten sie endlich. Iassine war total unterlegen, denn Ruud wusste genau, wie er seinen Freund ausspielen konnte – sehr zur Freude der Teamkameraden. Jeden erfolgreichen Pass der Elfenbeinküste zelebrierten sie, Tricks quittierten sie mit euphorischem Gegröle und die beiden Tore, die Ruud erzielte, bejubelten sie, als wäre es schon das echte Finale.

„Fuck it, gegen uns kann man nicht gewinnen", warf Iassine den Controller nach dem Abpfiff hinter sich aufs Bett. Höhnisch lachte und sang die Mannschaft, während Iassine unter den Schmähgesängen grinsend den Raum verließ. Als er die Tür hinter sich geschlossen hatte, hörte er auf der anderen Seite einen lauten Schrei der Freude.

Sobald er seine Teamkollegen abgelenkt wusste, lief Iassine schnurstracks hinüber zu den Fahrstühlen. Ihm war eine Idee gekommen. Unten im Foyer bemerkte er sofort die Sicherheitskräfte im Inneren des Gebäudes. Außerdem tummelten sich zahlreiche Polizisten in dem orangenen Meer vor den Türen. Dennoch lief er genau auf dieses Meer zu. „Shaka!", meldete sich jemand in einem schwarzen Anzug. „Wohin wollen Sie?"

„Nur mal kurz Hallo sagen", gab Iassine freundlich zurück, weiter der Tür entgegengehend.

„Das …", stammelte die verwirrte Sicherheitskraft, „… sollte in Ordnung gehen … Du! Geh mit ihm. Öffnet die Tür, aber lasst niemanden herein."

Die orangenen Fans merkten, dass der Kapitän ihrer Mannschaft im Inneren herumlief. Als sich die große Tür nur einen Spalt öffnete, schrien sie sich ihre Seele aus dem Leib. Ausgestreckten Fingern reichte Iassine seine Hand, während er in das Meer zurückrief: „Hat jemand eine Trommel? Wir brauchen eine Trommel!"

Aus dem unkontrollierten, wirren Geschrei entwickelte sich ein Fangesang zu Ehren des Mittelfeldspielers. Unter diesem wurde eine große Trommel über die Köpfe des Meeres gereicht, zusammen mit drei nicht zusammenpassenden Schlagstöcken.

„Danke", rief Iassine. „Danke, einer hätte gereicht". Mit diesen Worten schloss die Tür hinter seinem Rücken.

„Natürlich wird er ein Faktor werden, ein wichtiger wahrscheinlich. Aber am Ende des Tages spielt die Elfenbeinküste eben gegen Deutschland. Und, so gut sie sich auch im Laufe dieses Turniers geschlagen haben, da haben sie einfach keine Chance."

„Damit haben wir eine klare Meinung, liebe Zuschauerinnen, liebe Zuschauer. Aber was denken Sie zu diesem Thema? Wie Sie wissen, haben wir im Laufe des Tages mehrere Fragen gestellt, zu denen Sie sich bereits zahlreich gemeldet haben. Die nächste Frage wird diese sein: ‚Wird Iassine Shaka die Elfenbeinküste heute zum WM-Titel schießen?'. Folgen Sie der Diskussion unter dem Hashtag #WCFINAL. Unterdessen widmen wir uns … Ah! Wie ich höre, ist der Mannschaftsbus der Elfenbeinküste soeben im Stadion angekommen … Hier sehen wir das große orangene Gefährt. Die Türen öffnen sich … und natürlich kommt der Nationaltrainer zuerst heraus. Wir schalten schon mal hinunter zu unserem Reporter im Innenraum, Ben Channings … Ben, was kannst du uns mitteilen?"

„Ja, ähm hier sind gerade alle Reporter, Journalisten und Fotografen gleichzeitig aufgesprungen. Wie ihr wisst, warten wir schon seit

einer Stunde auf die Teambusse, jetzt ist es endlich soweit. Im Gegen-
satz zu dir können wir aber noch niemanden sehen ... Doch, da kommt
Touré mit einem großen Lächeln auf den Lippen ... Mister Touré! Eine
Frage, eine Frage, bitte. Mister! ... Tja. Mehr als ein Winken war wohl
nicht drin. Vielleicht haben wir bei den Spielern etwas mehr Glück.
Die ... Moment ... Ich weiß nicht, ob ihr im Studio oder Sie zuhause
das über die Mikrofone hören könnt, aber hier hört man auf einmal ...
eine ... eine Trommel? ... Denke ich ... Ja, das müsste eine Trommel
sein. Haben die ihre Fans direkt mit ins Stadion genommen? Nein,
die warten natürlich noch draußen ... Aber ... Oh, jetzt sehen Sie sich
das an! Iassine Shaka, der Kapitän, trägt eine große Trommel um den
Bauch, ein Gewand, ein, ich würde sagen, ein traditionelles Gewand
der Elfenbeinküste ... was kommt jetzt? Hören wir mal rein."

Mit festen Schritten trat Iassine vor die Medienvertretern. Im
Takt schlug sein Schlagstock auf das Trommelfell. Die Reporter vor ihm wunderten sich, grinsten sogar. Kameras klickten
und blitzten. Alle fragten sich, was sie erwartete. Da begann
Iassine zu singen:

> „There's a keeper, the greatest keeper, his name is Jo'
> Rami, Theres's a keeper, the greatest keeper, his name is Jo'
> Rami …"

Die Journalisten, Reporter, Experten im Studio und Fans welt-
weit vor ihren Fernsehern erkannten sofort die Melodie von
Tokens „The Lion Sleeps Tonight". Entsprechend der Melodie
schrie Iassine schrill auf, doch wurde nun begleitet vom eben
besungenen Rami, der mit einem ähnlichen Gewand den Pres-
segang betrat.

> „Aah Uuuuuuuuuuh uuh uh uh, we have Jo' Rami,
> Aah Uuuuuuuuuuh uuh uh uh, we have Jo' Rami"

Zwei Takte des stummen Trommelns.

> „Second goalie, and what a goalie, his name is Bacary,
> second goalie, and what a goalie, his name is Bacary …"

Baramhe stieg in den Gesang mit ein.

> „Aah Uuuuuuuuuuh uuh uh uh, we have Bacary,
> Aah Uuuuuuuuuuh uuh uh uh, we have Bacary."

In diesem Rhythmus, mit dieser Melodie, stellten sich die Elefanten aus der Elfenbeinküste nacheinander vor:

> „In the centre, plays the defender, his name is Ruud Koné,
> In the centre, plays the defender, his name is Ruud
> Koné…"

Von der Defensive gelangten sie zur Offensive, übersprangen Iassine, und nach den Stürmern sangen sie:

> „There's a captain, he's still our captain, his name is Dieumerci,
> There's a captain, he's still our captain, his name is Dieumerci …"

Mit großer Erwartung antizipierten die Journalisten die Ankunft Edis, der singend, lachend und als einziger in modernem Anzug auf Krücken in den mittlerweile prallgefüllten Gang gehumpelt kam. Alle seine Mitspieler begannen respektvoll zu klatschen, während sie weiterhin sangen:

> „Aah Uuuuuuuuuuh uuh uh uh, he's our cap, Edi,
> Aah Uuuuuuuuuuh uuh uh uh, he's our cap, Edi."

Nach dem Kapitän wurde schließlich auch der Mann mit der Trommel vorgestellt:

„With the drumsticks, le roi de Afrique, he is Iassine Shaka,
With the drumsticks, le roi de Afrique, he is Iassine Shaka,
Aah Uuuuuuuuuuuh uuh uh uh,call him Iassine Shaka
Aah Uuuuuuuuuuuh uuh uh uh, call him Iassine Shaka."

In den langen Gewändern lachten die Spieler auf, winkten den Journalisten zu, bevor sie sich weiter in Richtung Innenraum verabschiedeten. In den Kabinen lagen bereits die Taschen, Stutzen, Schienbeinschoner, standen die Schuhe und hingen die orangenen Trikots.

„Okay, Männer, wir können raus auf den Platz", rief Touré durch den Raum. Manch einer schnappte sich seine Kopfhörer, so auch Iassine. Mit Bässen auf den Ohren beobachte er die heiligen Wände Wembleys, die Logos der Three Lions auf beiden Seiten. Erst jetzt realisierte er, wo er sich befand. Nur hier hatten die Engländer eine Weltmeisterschaft gewinnen können, mit dem bis heute wohl umstrittensten Tor aller Zeiten. Das Wembley Tor.

Ganze Studien wurden zu diesem Thema unternommen, doch bis in die 1990er sollte es dauern, bis eine Gruppe von Ingenieuren aus Oxford, England, offiziell bestätigten, dass der Ball die Torlinie nie überschritten hatte. Grinsend bestreiten die Engländer noch heute die Richtigkeit dieser Studie, während die Deutschen auf ihre vier anderen Titelgewinne verweisen müssen.

Mit 4:2 hatte England am Ende gewonnen. Im eigenen Zuhause hatte ihnen Queen Elizabeth II. den Jules Rimet übergeben. In Ehren halten sie diesen gefühlt einmaligen Sieg gegen Fußball-Deutschland.

Gedankenverloren hatte Iassine nicht gemerkt, dass er den Platz betreten hatte. Um sie herum wurden allerhand Arbeiten erledigt. Choreographen der Final-Show prüften letzte Details, ebenso fokussiert wie die Fußballer. Plötzlich tippte jemand Iassine auf die Schulter. Der zog die Kopfhörer herunter, als er Ruud vor sich sah.

„Hättest du", lächelte er, während er mit großen Augen ins Rund schaute, „jemals gedacht, dass wir in Wembley ein WM-Finale spielen?"

„Wirklich nicht ... Schon gar nicht in diesem Aufzug." Auch Iassine sah sich um.

Grellrote Sitzschalen zierten das Stadion, hinter den Toren teilweise schwarz, sodass sie auf beiden Seiten das Wort „Wembley" bildeten. Große Bildschirme dahinter und natürlich der riesige Bogen über der Längsseite des Stadions. Rund herum unter dem Stadiondach hingen Flaggen aller WM-Teilnehmer dieses Jahres, auf Höhe der Mittellinie – in Extragröße – die Flaggen Deutschlands und der Elfenbeinküste.

Beeindruckend, atemberaubend, einschüchternd.

„Ich glaube, unsere Flagge haben sie extra anfertigen lassen", witzelte Ruud, während er an den weiten Ärmeln seines Gewands herumzupfte.

„Die haben einfach die vor unserem Hotel genommen."

„Das kann sein", lachte Ruud auf.

Schließlich wurden sie zurück in die Kabine gerufen. Schuhe, Stutzen, kurze Hosen, Jacken. Aufwärmen.

Als die Spieler noch durch die Katakomben liefen, hörten sie, dass Teile des Stadions bereits gefüllt waren. Kurz bevor sie hinausdurften, hielt sie allerdings ein Offizieller zurück.

„Was ist?", fragte Iassine.

„Sorry, Announcement", die knappe Antwort des Mannes mit den Papieren um den Hals.

Plötzlich hörten sie weit hallend aus den Lautsprechern des Stadions „Ladies and gentlemen, boys and girls ... Cooooooooaast Ivoryyy"

„Okay, go", winkte sie der Offizielle unter lautem Getöse durch. Der Pegel stieg sogar noch, als die Männer mit den grell orangenen Jacken auf den Rasen liefen. Ziemlich genau die Hälfte der Menschen auf den Rängen, getrennt von der Mittellinie, feuerte sie in eben solchem Orange an.

„Kommt schon, Männer", klatsche Iassine in seine Hände, „Jetzt geht's los!" Damit schossen die Spieler Bälle aufs Feld und liefen einige Bahnen, um die Muskeln auf Temperaturen zu bringen. Im Sechzehner ruderte Rami mit den Armen, bevor er sich von den Ersatztorhütern einige Bälle in die Hände schießen ließ.

„Ladies and gentlemen, boys and girls. Please Welcome, Ger-ma-ny!" Die schwarz-weiße Seite des Stadions brandete in Jubel auf. Instinktiv machte Iassine einen Schlenker weg von seiner Bahn und lief den ebenfalls applaudierenden deutschen Spielern entgegen. Wortlos reichten sich Iassine und Peter Hennings die Hände, tauschten eine kurze Umarmung aus, ehe sie sich wieder ihren Mannschaften anschlossen. Nichts Neues, keine Experimente beim Warmmachen. Einige Passübungen, kurze Sprints, lange Pässe und Torschüsse, dann riefen sie die Trainer zurück in die Kabine. Dort angekommen streiften sich die Spieler ihre Trikots über, spürten die offizielle Final-Aufschrift auf der Brust:

CÔTE D'IVOIRE VS ALLEMAGNE
WORLD CUP 2030 - FINALE
WEMBLEY STADIUM

„Langsam fühlt es sich echt an", raunte Ruud durch den Raum. Dann schlug die Kabinentür zu.

„Männer", machte Touré laut auf sich aufmerksam, sprach aber leise, bedächtig weiter: „Ich weiß, dass wir dieses Spiel nicht erwartet haben. Wir hatten kein Hotel in London gebucht, wir hatten keine T-Shirts bestellt, wir hatten keine Einlaufkinder für sieben Spiele organisiert … Wir hatten Deutschland nicht mal gescoutet … Und trotzdem sind wir hier hergekommen …

Wisst ihr, was das bedeutet?" Zwischen den Bänken hätte man eine Feder fallen hören, so leise war es geworden, und dementsprechend flüsterte Touré: „Wir haben Geschichte geschrieben."

„Ja!", puschten sich die Spieler. Und auch Touré begann jetzt lauthals zu rufen: „Wir haben Geschichte geschrieben für den Fußball! Wir haben Geschichte geschrieben für unsere Heimat! Wir haben Geschichte geschrieben für ganz Afrika! … Sie nennen uns Helden! Sie nennen uns Könige! Sie nennen uns den Tod Südamerikas! … Wir sind Krieger! … Und noch einmal müssen wir kämpfen, Männer! … Weil wir noch nicht fertig sind! Weil noch eine Seite frei ist, in diesem Geschichtsbuch! … Eine Seite, Männer! Ein Spiel, Männer! Und das werden wir gewinnen!"

Alle in der Kabine traten mit den Stollenschuhen auf den Boden, klatschen und jubelten einander zu. Dann liefen sie hinaus in den Spielertunnel.

Dort warteten sie auf die Deutschen, die sich offensichtlich Zeit ließen. Nachdem er die Spieler der Elfenbeinküste begrüßt hatte, ließ der Schiedsrichter den Gegner aus der Kabine herausrufen.

Unterdessen wandte sich Iassine von vorne nochmal an die Elefanten in Orange: „Niemand fasst diesen Pokal an, bevor er euch nicht entweder vom Verbandschef oder einem Mitspieler überreicht wird! Alles andere bringt Unglück! Vor dem Spiel können die Deutschen den Pokal haben. Aber nach dem Spiel gehört das Ding uns!"

Wieder klatschten die Spieler kräftig in die Hände, als just in diesem Moment die Deutschen kamen und ihre Gegenspieler begrüßten. Am Start der beiden Reihen standen Iassine Shaka und Peter Hennings, erneuter kurzer Handshake, bevor sie ihre Blicke nach vorne richteten. Die drei Schiedsrichter führten die Mannschaften unter großem Jubel hinaus aufs Feld.

„Are you readyyyyyy", schallte eine Stimme durchs Stadion. Links liefen die orangenen Elefanten, starrten auf Höhe des goldenen Pokals stur nach vorne, geradezu provokant ignorant. Rechts liefen die ganz in schwarz gekleideten Deutschen, stierten aufs Gold. Einer nach dem anderen streckte die Hand nach ihm aus, küsste die Finger und berührte damit die Oberfläche, bevor sie sich neben die Schiedsrichter stellten.

Sie spielten die Nationalhymnen. Voller Inbrunst sangen Fans und Mannschaft jeweils Arm in Arm L'Abidjanaise. Iassines Mund blieb geschlossen. Alle Gedanken, die nichts mit dem Spiel zu tun hatten, verdrängte er.

Danach liefen die deutschen Gegner nacheinander an ihm vorbei und ein letztes Mal vor dem Anpfiff trafen sich Iassine und Pierre zur Seitenwahl. Erneut gaben sich beide die Hand, überreichten die Wimpel, umarmten sich.

„Schwarz oder weiß – Sie haben die Wahl, Herr Shaka." Zwischen Zeigefinger und Daumen des Schiedsrichters lag das Plastikplättchen. Der Franzose zeigte beide Seiten. Ausgerechnet ein Franzose.

„Noir."

„Alors", grinste der Mann im schwarzen Trikot, flippte das Plastik durch die Luft.

„Es ist weiß, Herr Hennings. Anstoß oder Seitenwahl?"

„Wir haben Anstoß."

„Wir bleiben stehen", füllte Iassine die nicht gestellte Frage.

„Auf ein faires Spiel." Der Schiedsrichter reichte beiden die Hand, bevor er sich zurückzog. Erneut gaben sich auch Iassine und Hennings die Hand, dann den beiden Assistenten, ehe sie die Wimpel abgaben und Trainingsjacken auszogen. Sie trabten zurück aufs Feld. Iassine stellte sich hinter die beiden Stürmer.

Erst jetzt bemerkte er die aufreizend weißen Trikots, die die Deutschen unter den schwarzen Jacken verborgen hatten. Sie blendeten unter der hellen Abendsonne.

„Zehn!

Neun!

Acht!

Sieben!

Sechs!"

Iassine füllte seine Lungen mit frischer Luft.

„Vier!

Drei!"

Iassine atmete aus.

„Eins!"

Anpfiff.

Mit dem Anstoß gelang es der Elfenbeinküste, die Spielkontrolle zu übernehmen. Gemächlich ließen sie nach Balleroberung das Leder in der eigenen Viererkette zirkulieren. Hin und wieder spielten Ruud und Co. eine Station nach vorne, sodass Iassine Sicherheit und Kreativität vorleben konnte. Doch eine dicht gestaffelte Defensive der Deutschen ließ keine Pässe in die Spitze zu. So spielte Iassine den Ball zur Seite oder zurück in die Verteidigung, während die ersten zwei, drei Minuten vor sich hintrieben.

Die Ivorer waren überrascht von der ungewöhnlich defensiven Ausrichtung der Deutschen. Normalerweise nahmen sie Ball und Spiel in Besitz, ließen den Gegner laufen und lauerten auf mögliche gefährliche Angriffe.

Plötzlich spielte Iassine einen langen Diagonalpass auf die linke Seite. Blitzschnell sprintete der angespielte Gibril über den Platz, dem Pass hinterher und erreichte ihn kurz vor der Eckfahne. Nach einer kurzen Verzögerung setzte er zur Flanke an, doch wurde abgeblockt. Der Schiedsrichter pfiff zur Ecke.

Obwohl die folgende Flanke selbst ungefährlich war, konnte die Elfenbeinküste geschlossen vorrücken und sich in der gegnerischen Hälfte einnisten. 40 bis 35 Meter entfernt vom Tor der Deutschen wurde Iassine wiederholt angespielt. Immer wieder leitete er die Kugel weiter, bis sich eine Lücke auftat und er einen der drei Stürmer scharf anspielen konnte. Mit dem Rücken zum Tor versuchten sie, den Ball zu behaupten, legten ihn ab oder drehten sich um die eigene Achse, um bald abschließen zu können.

So erhöhte die Elfenbeinküste im Minutentakt den Druck. Sie spielten viele Pässe in Strafraumnähe. Der erste lose Schuss, der erste Schuss aufs Tor, und schließlich die erste richtig dicke Chance, die die Elefanten allerdings liegen ließen. Es raunte im Stadion, ehe die Anfeuerungsrufe von neuem starteten.

Wenn ein Deutscher den Ball hielt, sah er sich direkt zwei, drei Orangenen gegenüber. In der Folge spielte er einen schlechten Pass oder schlug das Leder einfach hinten raus. Es war wacklig, unkontrolliert, wild. Durchgängig drangen die heiseren Schreie Hennings' an Iassines Ohren, der versuchte, die Defensive, die gesamte Mannschaft zu ordnen.

Nach zwölf Minuten schien sich Deutschland zu befreien. Über Mbawé leiteten sie einen Konter ein, den Ruud aber noch in der Vorwärtsbewegung unterband. Rasch spielte er den Ball nach vorne zu Iassine, dem sich plötzlich viel Freiraum bot. Zwei Meter legte er sich das Leder vor, beobachtete die Laufwege seiner Vordermänner, holte zum Pass in die Schnittstelle aus, aber spürte dann, wie er von der Seite umgegrätscht wurde.

Taktisches Foul.

„Verdammt!", rief Iassine. „Schiedsrichter! Was ist das?" Sein Blick folgte dem Spieler, der ihn gefoult hatte. Hennings klatschte in die Hände, motivierte seine Hintermannschaft, sortierte sie, gab taktische Anweisungen. „Der unterbindet einen Konter!", rief Iassine noch einmal.

Ein gellender Pfiff zog über das Feld, erst jetzt drehte sich Hennings um. Der Schiedsrichter lief auf ihn zu, belagert von vielen orangenen Trikots, die allesamt eine Gelbe Karte forderten. Aber davon ließ sich der Franzose nicht beirren, bedeutete Hennings lediglich, dass er nicht noch einmal foulen dürfe.

Iassine legte den Ball zurecht, um den Freistoß auszuführen. Plötzlich stand der Schiedsrichter wieder vor ihm.

„Ein taktisches Foul, Sie wissen, was das bedeutet."

„Das war im ganzen Spiel das erste Foul. Wenn's noch einmal vorkommt, wird er verwarnt. Beruhigen Sie ihre Gemüter."

„Sagen Sie ihm das"

„Habe ich schon", der Schiedsrichter lächelte, darauf bedacht, das Spiel fair zu halten, und gab den Ball frei. Nach dem Foul änderte, wendete sich das Spiel von Grund auf. Deutschland übernahm die Kontrolle, hatte Ballbesitz, war feldüberlegen und spielte sich einige Chancen heraus.

„Geh' mit!", rief Iassine Mittelfeldspieler Koné neben sich zu, der sofort auf die Außenbahn lief, um den deutschen Außenverteidiger zu decken. Der hinterlief seinen Vordermann allerdings mit hohem Tempo, sodass weder Gibril noch Koné hinterherkamen.

Auf Höhe des Sechzehners traf Johannes Edelmann auf den Pass. An der Strafraumgrenze, sechs Meter vor dem Toraus, flankte der deutsche Außenverteidiger scharf, flach in die Mitte. Verteidiger und Stürmer warfen sich gleichermaßen in die Flugbahn, aber nur Ruud erwischte tatsächlich den Ball. Langsam hoppelte das Leder in Richtung Eckfahne, doch Edelman las die Kugel wieder auf und zog überraschend aus spitzem Winkel ab. Zu schnell für Rami streichelte der Ball die Latte, bevor er direkt hinter ihr im Netz zappelte. 0:1 für Deutschland.

Iassine spuckte aus. An der Eckfahne sammelten sich die Deutschen zum Feiern, während fast alle Elefanten bedröppelt im eigenen Sechzehner standen.

„Kommt schon, Männer, weiter geht's!", rief Rami, während er Ruud auf die Beine half. An der Seitenlinie fuchtelte Touré mit den Armen, bedeutete seinen Spielern den Kopf oben zu halten und sich nach vorne zu orientieren. Iassine stützte seine Hände in Bakrs Rücken und schob ihn mit einigen motivierenden Worten nach vorne.

Doch auch nach dem Anpfiff gelang es den Elefanten nicht, sich richtig zu sammeln. Die defensive, aber bislang so erfolgreiche Ausrichtung mit Bakr, Koné und Shaka im zentralen Mittelfeld hielt dem deutschen Sturmlauf kaum stand. Und nach vorne sorgten sie nur selten für Entlastung.

Immer wieder brachen die Mannen um Peter Hennings durch die Linien der Elfenbeinküste. Über die Außen zogen sie die dichte Zentrale auseinander, ehe sie mit strammen Vertikalpässen in den Sechzehner eindrangen. Zumindest in der letzten Reihe hielten Ruud, Kouame, Boni und Coulibaly meist die gegnerischen Wellen ab. Wenn aber doch einer der Deutschen zum Abschluss kam, rettete Rami auf höchstem Niveau, blieb fehlerlos, bis der Schiedsrichter zur Halbzeit pfiff.

„Wenn", begann Bakary Touré seine Pausenansprache, „wir so weitermachen, gehen wir unter. Das wisst ihr ebenso wie ich. Ich mach's kurz: Zaire kommt für Bakr, Matayo macht rechts Druck statt Olutobe. Tut mir leid, Jungs." Touré bedachte beide Auswechslungen mit einem entschuldigenden Blick. „Aber die zweite Halbzeit muss offensiver werden. Ich weiß gar nicht, was mit euch los ist! Shujaa, mach jetzt endlich die Bälle fest! Leg ab nach hinten, zur Seite, aber hör auf, das Dribbling zu suchen! Hennings und Schröder sind zu geschickt, als dass sie jemanden einfach um sich herumlaufen lassen.

Iassine – Bei dir genau dasselbe!" Der Kapitän sah vom Massagetisch auf, während ihm die Oberschenkel durchgeknetet wurden. „Ständig nimmst du den Ball auf, siehst dich um, als könntest du hier nach zwei Ballkontakten den einen Traumpass spielen. So läuft das nicht! Nicht hier! Das ist nicht der französische Abstiegskampf! Das ist das verdammte WM-Finale! Hier wird die beste Mannschaft der Welt ermittelt! Also spiel das Ding direkt weiter, lauf dich frei, bekomm es wieder und spiel den nächsten Pass! Pass für Pass bis wir bei denen im Strafraum stehen … Wie in den ersten zehn Minuten. Das war richtig stark! Daran knüpfen wir an! Wir halten den Ball im Zentrum, viele kurze Pässe, bewegen uns nach vorne und im letzten Drittel machen wir das Spiel breit über Matayo und Gibril. Bei den Flanken", wieder sah er zu Iassine, „läufst du da mit rein. Ich will keinen Distanzschuss von dir sehen, weil einmal im Spiel ein Ball blöd rausgeköpft wird. Du suchst die Kopfbälle! Ich will drei Anspielstationen im Sechzehner! Shujaa, einer der Außen, Iassine! Im Rückraum können Bakr und Koné lauern. Dann sind sieben Spieler vorne, die ordentlich Druck machen können. Keine Entlastung für unsere Gegner! Höchstens mit den Verteidigern könnt ihr mal austauschen. Wenn wir den Ausgleich erzielen, wird nicht abgebrochen. Wir spielen auf Sieg! Keine Formationsänderungen, denn wir glauben an das, was wir tun! Glaubt ihr an mich?"

„Jaaa!", riefen die Spieler im Chor.

„Verdammt, glaubt nicht an mich, sondern an euch!" Die Spieler lachten kurz auf. „Heute werden wir Weltmeister! Und jetzt raus hier!"

Eilig wandten sich die Einwechselspieler an die Co-Trainer, um noch einige taktische Vorgaben mit auf den Weg zu nehmen.

Vor Iassine kniete Touré: „Hey, der Hennings ist nicht ganz auf der Höhe. Denkst du, der wollte schon in der zwölften Minute die Gelbe Karte riskieren? Der kommt nicht hinterher! Aber das musst du auch nutzen! Nicht lange umschauen, sondern machen! Antreiben, antreiben, antreiben, bis du keine Luft mehr hast. Und wenn du keine Luft mehr hast, gibst du noch mehr Gas! Alles klar?"

„Alles klar", nickte Iassine und schwang sich von der Massagebank. Am Wappen der Three Lions vorbei betraten beide Mannschaften den Rasen.

„Noch einmal, Männer! Eine Halbzeit – dann sind wir Weltmeister!", schrie und klatschte Iassine über das Feld. Der Schiedsrichter gab den Ball schrill pfeifend frei. Wiedermal war unklar, ob Deutschland einfach defensiver spielte oder die Veränderungen in der Aufstellung die Elfenbeinküste stärkten. Deutschland konnte sich zurücklehnen, auf Konter setzen, Kräfte sparen, während die Elfenbeinküste alles daransetzen musste, zumindest den Ausgleich zu erzielen.

Entsprechend übernahmen die Afrikaner einmal mehr das Spielgeschehen und setzten die Favoriten unter Druck. Allerdings fuhren die Deutschen keine Konter mehr. Stattdessen igelten sie sich immer tiefer im eigenen Strafraum ein. Einsam zog der deutsche Stürmer Keita seine Kreise im Mittelkreis, während seine zehn Mitspieler verteidigten.

„Das ist halbherzig, das ist unbedacht, das ist blind, wie sich die Deutschen in dieser zweiten Halbzeit präsentieren. Wieder wird der Ball weit hinausgeschlagen, wo Rudolph Koné die Kugell in aller Ruhe annehmen kann. Was Keita da macht, hat nichts mit Pressing zu tun. Der trabt ja nicht mal zum Gegner! Sein Bewegungsradius ist weniger der Mittelkreis als vielmehr der Mittelpunkt!

Und auch im Zentrum, 30 Meter vor dem Tor, fast vollkommene Bewegungsfreiheit. Haben die noch nie was von Shaka, von Konaté und Dawda Koné gehört? Die können doch kicken. Shaka spielt den Ball nochmal raus, aber die Flanke findet keinen Abnehmer.

Tja, zumindest das schaffen die Deutschen. Der Strafraum ist dicht. Absolut dicht. Da kommt nichts rein. Bis auf die zehn Deutschen natürlich. Distanzschussversuch ... aber abgeblockt. Ecke. Schon die dritte allein in dieser kurzen zweiten Halbzeit. Gibril bringt den Ball hinein ... aber viel zu flach. Die Kugel fliegt weit raus. Kouame wieder hintengeblieben, Pass zu Shaka, der vor dem Sechzehner steht. Dörflinger gibt ihm etwas Platz ... Achtung! Tor! Einfach so! Tor! Ausgleich durch Iassine Shaka!

Der Junge ist ein Wunderkind! Nein! Die Zuschauer belehren mich eines Besseren. Kein Wunderkind, sondern ein König! Sie verbeugen sich vor ihm und Shaka kichert sich ins Fäustchen, weil er so viel Freiraum bekommt. Aber jetzt müssen sie auch dranbleiben! Jetzt geht's erst richtig los! Und jetzt müssen die Deutschen auch wieder!

Aber sehen sie sich dieses Tor an ... Eine Drehung und aus 19, 20 Metern knallt er das Dingl in den Winkel, als hätte er eine Waffenlizenz für seinen Schuss. Dörflinger kommt zu spät und ... Nein, Maxim hat bei so einem Schuss keine Chance.

Knapp hinterm Mittelkreis klatschte Rami mit Shaka ab.

„Wir sind noch nicht fertig! Mehr Druck! Mehr Druck! Mehr Druck!", schrie Touré von draußen, ruderte mit den Armen in Richtung des deutschen Tores.

Wenige Sekunden später pfiff der Schiedsrichter die Partie wieder an. Mit frischem Schwung brachte die Elfenbeinküste Deutschland weiter in Bedrängnis. Iassine lenkte die gesamte Mannschaft mit seinen Pässen, er gab das Tempo vor. Pierre kam oft einen Schritt zu spät und ging wegen einer Gelben Karte nicht das letzte Risiko.

„Bleiben!", orderte Iassine lauthals an. Bakr folgte blindlings dem Befehl, sodass eine Lücke entstand. Sofort flog der Ball von außen zwischen Bakr und den Stürmern hindurch geradewegs auf Iassine zu. Der große Mittelfeldspieler nahm den Ball direkt aus der Luft, traf ihn allerdings falsch. Unter den höhnischen Rufen der Deutschen landete das Leder auf der Tribüne.

„Nächster, Junge!", rief Shujaa, während Iassine rückwärtslaufend nach Außen deutete, Olutobes Flanke lobte. Als Iassine sich im Mittelfeld positionierte, sah er schon wieder den Abstoß auf sich zukommen. Ohne Gegenspieler köpfte er den Ball zur Seite. Die Elefanten blieben in Ballbesitz.

Rasch verging die Zeit, aus der 60. wurde bald die 70., die 75. Minute. Deutschland hatte ebenfalls zweimal gewechselt. Touré seinerseits wagte den dritten Wechsel während eines Einwurfs.

Über die vielen Stimmen der Zuschauer hinweg verkündete der englische Stadionsprecher: „76. Minute, die Elfenbeinküste wechselt zum dritten Mal. Raus geht, mit der Nummer 21, Gibril Soumahoro. Für ihn ins Spiel kommt die Nummer 11, Yoyo Konaté!"

Von der Gegenseite des Feldes lief Gibril den langen Weg hinüber zur Trainerbank, bedankte sich beim Schiedsrichter und klatschte den Zuschauern Beifall. Höflich applaudierten die Fans auf den Rängen Wembleys, verabschiedeten den

Linksaußen und begrüßten Yoyo, der in einem kurzen Sprint hinüber auf seine neue Position lief.

Olutobe warf den fälligen Einwurf zu Dawda Koné, der seinerseits weiterleitete zu Iassine. Mit viel Platz im Rücken nahm der große Mittelfeldspieler den Ball an und sah auf. Auf der rechten Seite verwirklichten sich vielfach trainierte Abläufe, doch Iassine sprang der Laufweg des gerade eingewechselten Konatés ins Auge.

Rasch zuckten seine Augen zu den Innenverteidigern, doch niemand folgte dem Linksaußen. Mit einem steilen Pass, praktisch gerade über das Feld in die Arme des Torwarts, schickte Iassine seinen Mitspieler. Dieser lief quer hinter der Verteidigung durch den Sechzehner und erreichte den Ball gerade so vor dem herausstürmenden Maxim. Mit dem ersten Ballkontakt zog Konaté am rutschenden Torwart vorbei, mit dem zweiten legte er den Ball ins Netz.

Tor.

Wild sprangen und liefen die Spieler der Elfenbeinküste auf Yoyo zu, der mit ausgebreiteten Armen seine Mitspieler empfing. Auf den Rängen umschlangen sich Zuschauer in orangenen und purpurnen Trikots, lachend, freudeschreiend. Doch all dies unterbrachen mehrere, grelle Pfiffe. Verwirrt, erschrocken folgte Iassines Blick dem Klang der Trillerpfeife zum Schiedsrichter, der mit seinen Armen ein großes Quadrat formte.

Sofort applaudierten die Deutschen dem Schiedsrichter, nachdem sie sich zuvor lautstark bei ihm beschwert hatten. Videobeweis. Der Linienassistent hielt seine Flagge nervös in der rechten Hand, doch zeigte er weder Foul noch Abseits an.

Als Kapitän trabte auch Iassine zum Schiedsrichter, drängelte sich vorbei an Gegenspielern, schob seine aufgebrachten Mitspieler zur Seite, bevor sie etwas Dummes sagten.

„Was ist denn?", rief er dann dem Franzosen zu.

„Moment", antwortete dieser mit einer Hand am Ohr, die andere hielt er den Spielern entgegen, damit sie Abstand hielten.

„Okay ... okay", hörte Iassine die Stimme. „Alles klar, danke." Dann pfiff der Schiedsrichter erneut, hob seine Hand und bedeutete den Mannschaften und den Zuschauern damit Abseits. Konaté hatte sich bei dem Pass einen Tick zu früh von der Verteidigung gelöst. Oder hatte Iassine schlicht zu spät gepasst?

„J'suis désolé", entschuldigte sich der Schiedsrichter bei Iassine. „Es war nur die Fußspitze."

„Verdammt", murmelte Iassine. Keine Führung,

Plötzlich rief Ruud über den Platz: „Kommt schon, Männer, wir haben nichts verloren! Wir sind besser als die!"

„Er hat recht!", schrie Iassine zurück. „Wir gewinnen das! Einfach noch eins nachlegen!"

Nach dem nicht gegebenen Tor gingen die Deutschen härter in die Zweikämpfe. Obwohl sich Hennings mit der Gelben Karte zurückhalten sollte, grätschte er fröhlich über den Platz. Seine alten Qualitäten schienen durch, gepaart mit seiner großen Erfahrung. Mit dem Geschick eines Zirkusathleten balancierte er auf dem schmalen Grat zwischen Dunkelgelb und Rot und provozierte mit seinen Grätschen. Zwei leichte Fouls erlaubte er sich, wohlwissend, dass ihn der Schiedsrichter nicht ohne letzte Ermahnung des Feldes verweisen würde. Ähnlich verhielten sich auch seine Mitspieler. Aber sie foulten nicht um unfair zu sein, sondern um den Spielfluss der Orangenen zu stören, um unter ihre Haut zu kommen. Und die Orangenen antworteten.

Erst beschwerten sich die Spieler der Elfenbeinküste, dann packten sie ihrerseits die Grätschen aus. Sie hielten dagegen, rutschten über den Platz, warfen ihre Arme in den Gegenspieler und zogen an Trikots. Nach einem unkonzentrierten Ballverlust in der 86. Minute eilte Iassine seinem Gegenspieler hinterher, stellte Hennings ein Bein, sodass dieser zu Fall kam.

Hennings sprang auf die Beine, um sich zu beschweren, doch als er Iassine sah, grinste er und rief: „Und ich dachte, ich sei der Böse."

Iassine winkte ab, doch wurde vom Schiedsrichter zu sich gepfiffen.

„Taktisches Foul", hielt er ihm die Gelbe Karte vors Gesicht, sah auf die Uhr, kritzelte in seinen Notizblock.

„Wenn's in der Verlängerung so weiter geht, kommen Sie an Roten Karten nicht mehr vorbei."

„Ich bin froh, wenn's bis zum regulären Spielende reicht", sah der Franzose auf.

Iassine lächelte, lief zurück, rief seinen Mitspielern zu: „Lasst euch nicht auf diese Spielchen ein! Fair bleiben!"

Den fälligen Freistoß führten die Deutschen kurz aus, legten den Ball nach hinten. Innenverteidiger Schröder hielt die Kugel eng am Fuß, unbedrängt von Shujaa oder Yoyo. Statt das Spiel über die Außen oder einen der Sechser kontrolliert aufzubauen, drosch er das Leder scheinbar blind nach vorne auf Keita. Der Stürmer hatte keine Chance im Kopfballduell mit Ruud, aber der Verteidiger konnte das Spielgerät nur in die Mitte klären. Den zweiten Ball nahm Spielmacher Atiken auf, täuschte einen Schuss an, um Dawda zu verladen, schien nochmal über einen Schuss nachzudenken, spielte den Ball aber doch flach durch eine Lücke auf den links einlaufenden Hakeem.

Plötzlich völlig frei lief er auf Rami zu, der herauslaufend den ohnehin spitzen Winkel verkürzte, sich groß machte, um den Schuss zu blocken, das Tor zu verhindern. Doch statt zu schießen legte Hakeem den Ball in die Mitte vorbei an Rami, wo Keita vollkommen alleingelassen den Ball ins leere Tor schob.

1:2

Iassines Gedärme zogen sich schlagartig zusammen. Übelkeit stieg in ihm auf, als Keita, wie so oft in diesem Turnier, mit der Hand seinen Schuh putzte. Lachende Deutsche umrundeten ihn, euphorisch, überzeugt, siegessicher. Von der Seitenlinie sprangen Trainerteam und Ersatzspieler auf das Spielfeld, vorbei am machtlosen vierten Offiziellen.

Nur wenige Schritte entfernt schleuderte Touré seine Trink-
flasche in die Trainerbank. Spieler mit Leibchen schlugen ihre
Hände über den Köpfen zusammen, versanken in Enttäuschung. Teile des Trainerteams standen reglos vor der Bank.

Rami las den Ball aus dem Netz auf, warf ihm in Richtung
der Mittellinie. Parolen drangen über das Spielfeld. Dumpf
klangen sie in den Ohren Iassines. Plötzlich spürte er das Leder
am Fuß. Das Spiel lief schon wieder. Eilig legte er es hinaus auf
Olutube, der sich in der anbrechenden 89. Minute in ein wildes,
verzweifeltes Dribbling stürzte – den Ball verlor.

„Ruhig bleiben!", schrie Touré von außen, mehr fiel ihm
auch nicht ein.

Wie eine leere Hülle trottete Iassine über den Platz. Forderte
keine Bälle, kam nicht mehr in die Zweikämpfe, spielte Sicherheitspässe. Sollte es das sein? Nachdem er sich zurückgekämpft
hatte, nicht nur in den Profifußball, sondern auf das höchst-
mögliche Niveau? Sollte er da doch wieder scheitern? Im wichtigsten Spiel seiner Karriere? Ein Spiel, das schon so oft ausge-
rufen wurde. Dies sollte es doch sein. Als Führungsspieler, als
Kapitän, als König – sollte er jetzt wieder scheitern?

„Three minutes additional time", hallte es durch Wembley.
An der Seitenlinie hielt der Linienrichter die rot leuchtende Drei
in die Höhe. Der Plan der Deutschen war eindeutig. Sie hielten
den Ball, ließen die Elefanten träge hinterherlaufen. Aus den
starken Herdentieren wurden schwache, langsame Einzelgänger.

Auf den schwarz-weißen Rängen wurde jeder Ballkontakt
der Deutschen lautstark bejubelt, auf der Trainerbank umarmten sie sich. Rasch verging die Zeit, weshalb sie bald auf ihre
Handgelenke tippten, als trügen sie Uhren. Sie wollten den Abpfiff erzwingen.

An Iassine vorbei wurde die Kugel gespielt, abgefälscht, sodass sie ins Seitenaus segelte. Einwurf Deutschland. Iassine sah
hinter das eigene Tor, die eigenen Fans. Das orangene Meer,
kein tosender Sturm, sondern eine ruhige See.

Auf einmal fuhr ein Ruck durch Iassine. Wie ferngesteuert sprintete er zu den Gegenspielern an der Seitenlinie, die gerade in Richtung Eckfahne liefen. Kouame lief mit ihnen, begleitete sie mehr, als dass er sie angriff. Geschickt stellte Hakeem seinen Körper zwischen Gegenspieler und Ball, sodass die Ivorer ihn nicht erreichten. Doch dann kam Iassine.

Wuchtig stemmte er seinen Rücken in den des überraschten Hakeem. Mit dem linken Fuß spitzelte er den Ball zwischen den Beinen des Deutschen hervor, sodass er offen vor ihm lag. Sofort legte sich Iassine das Leder weit vor, setzte einen Sprint an. Hinter ihm hörte er noch die Beschwerde des liegengebliebenen Hakeem, doch spielte einfach weiter. Mit schnellen Blicken überflog Iassine das Spielfeld, suchte Anspielmöglichkeiten. Shujaa lauerte bereits auf einen Pass in die Schnittstellte, doch die deutsche Verteidigung stellte ihn gut zu. Olutobe winkte wild hinter seinem Gegenspieler, aber Iassine glaubte nicht, dass ein langer Diagonalpass ankommen würde. Plötzlich nahm Konaté auf der linken Seite Geschwindigkeit auf. Rechtsverteidiger Edelmann folgte ihm zwar, doch wenn Iassine den Ball innen an ihm vorbeispielen könnte, würde ihn Konaté zuerst erreichen und frei in den Strafraum eindringen können.

Ein letztes Mal sah Iassine hinunter zur vor ihm rollenden Kugel, sah wieder in Richtung Konaté, als plötzlich drei gellende Pfiffe die Ohren Iassines trafen. Kaum Pfiffe, doch eher Messer, die mitten in Iassines Herz stachen. Irritiert schaute Iassine zum Schiedsrichter, der die Pfeife wieder von den Lippen löste, seine Hand mit dem Messer fallen ließ. Er hatte abgepfiffen.

Abrupt blieb Iassine stehen. „Was?", flüsterte er. Männer in orangenen Trikots fielen zu Boden, brachen zusammen, ihre Oberkörper zuckten unkontrolliert auf und ab. Tränen schossen in ihre Augen, rannen über die Wangen, während Iassine fassungslos stehenblieb.

„Wie … wie … kann … wer …", Worte ohne Sinn, ohne Zusammenhang flossen über die Lippen Iassines. Wie ein Verrückter stand er dort, faselte vor sich hin. Dann sah er wieder den Schiedsrichter, die Schiedsrichter, alle vier, die sich am Mittelpunkt sammelten. Schnellen Schrittes lief er auf den Franzosen zu, baute sich vor ihm auf, atmete tief ein und sagte dann mit leiser Stimme: „Gutes Spiel, gut gepfiffen."

„Tut mir leid", antwortete der sichtlich berührte Schiedsrichter. Einander reichten sie sich die Hand, ebenso den anderen Männern in den schwarzen Trikots.

Iassine atmete aus, bevor er über den gesamten Platz taumelte. Allen Gegenspielern, die er traf, gratulierte er. Mitspieler, die meist auf dem Boden lagen, tröstete er, richtete sie wieder auf, half ihnen auf die Beine.

„Klasse Pass", flüsterte er Atiken ins Ohr, der nickte, bedankte sich. Unterdessen rollten Fernsehteams ihre Werbetafeln auf den Platz, vor denen sie Interviews abhalten konnten. Eilig entfernte sich Iassine von den Menschen mit Mikrofonen. In der eigenen Hälfte sah er Ruud, der auf seinen Knien saß.

Iassine kniete sich direkt vor ihn, dann umarmten sie sich. Heftiges Zucken, Schluchzen an der Schulter Iassines, der seinerseits ganz ruhig blieb, still.

„Ich hab's nicht geschafft", seufzte Iassine. Als er aufsah, bemerkte er einen Kameramann, der um sie herum kreiste.

„W-w-w-w …", stotterte Ruud, doch brachte keine Worte hinaus, geschüttelt von den Heulkrämpfen.

„Komm schon, Großer." Iassine stand auf, zerrte an Ruud, bis er neben ihm stand, sich an die Schultern des Kapitäns lehnte. Mit Daumen und Zeigefinger verwischte er die Tränen für einen Augenblick, ehe frische die Wangen hinabliefen.

Gemeinsam liefen sie zur Trainerbank. Touré stand nicht dort, hatte eine ähnliche Reise über den Platz zurückgelegt wie sein Kapitän. Doch fing sie nun auf halbem Wege ab.

Mit beiden Händen griff er die Köpfe der Freunde, als wäre es nur ein Kopf und sagte: „Ich bin stolz auf euch, Jungs. Super Spiel, super Turnier. Wir haben Geschichte geschrieben, vergesst das nicht." Die Hände des Trainers lösten sich. „Gleich bekommen wir die Silbermedaille. Danach müssen wir diesen Gang bilden, damit wir den Deutschen ordentlich applaudieren können."

„Scheiß Fairplay", flüsterte Ruud. Gemeinsam liefen sie weiter an eine der Werbetafeln vorbei. Ein Mann im Anzug lief mit erhobenem Finger auf Iassine zu.

„Keine Interviews", rief Iassine frühzeitig, der Mann ließ enttäuscht den Finger hängen. Doch an der Werbetafel schnappte Iassine die Worte eines Deutschen auf, der einem französischen Sender ein Interview gab. Kaum spürbar wurde er langsamer, bis er schließlich stillstand.

Aufgrund der Lautstärke um ihn herum schrie Pierre nahezu ins Mikrofon: „… hat's auf jeden Fall verdient! Ich meine, der hatte nur ein Jahr, um sich auf dieses Turnier vorzubereiten und spielt uns alle an die Wand! Iassine ist für mich einfach der kompletteste Spieler, den ich je gesehen habe!"

„Vielen Dank, Peter Hennings!"

„Bitte, gerne", wandte sich Pierre ab und bemerkte Iassine. Schnellen Schrittes ging er auf ihn zu, stand eine Sekunde vor ihm, bevor er ihn in den Arm nahm.

„Tut mir leid", rief er tief in Iassines Ohr.

„Alles gut. Ihr habt es verdient.

„Phrasendrescher …" Beide lächelten. „Ich kann gar nicht richtig feiern, wenn ich dich so sehe."

„Wenn du den WM-Titel nicht feierst, hast du aber ein Problem mit mir", drohte Iassine.

„Schon gut, schon gut." Pierre hob abwehrend seine Hände, ging einen Schritt zurück. „Wir sehen uns."

Damit verschwand er wieder unter den jubelnden Deutschen. Auf der Haupttribüne wurde schnellstmöglich eine kleine Bühne aufgebaut, auf der der Weltmeister später präsentiert wurde. Unterdessen versammelte sich die ivorische Nationalmannschaft hinter dem eigenen Tor.

Einige Minuten lang bedankten sich die Elefanten bei den zahlreich anwesenden mitgereisten Fans. Einer nach dem anderen wurde dankbar in das orangene Meer gehoben, getröstet. Gemeinsam trauerten sie, versuchten, den Schmerz zu bewältigen.

Dann riefen die Offiziellen zur Siegerehrung. Der Stadionsprecher verkündete, dass erst die individuellen Preise vergeben würden, ehe die Mannschaften hinaufgerufen werden.

„And now, the best goalkeeper of the 2030 FIFA World-Cup, as voted by you, Alexandeeeeeer Maaaaaaxiim!" Tanzend lief der lange Deutsche hinauf zum Siegerpodest, nahm breit grinsend die kleine, goldene Trophäe entgegen und lief wieder hinunter.

„The best scorer of the 2030 FIFA World-Cup, scoring eight goals, including the winner tonight, A-bra-ham Keeeeeeeiiitaaaaaa!" Auf den Rängen schrien die Deutschen frenetisch auf, als sie an den Titelgewinn erinnert wurden. Keita stachelte sie weiter an und nahm dann die kleine Torjägerkanone entgegen. Dankend lief er hinab.

„The best overall player of the 2030 FIFA World-Cup, as voted by you, the king of football: Iassine Shaaaaaaaakaaaaa!"

Elefanten klopften dem überraschten Iassine auf die hohen Schultern. Zögerlich lief er die vielen Treppen hinauf. Um ihn herum wurde artig applaudiert, sogar gejubelt, doch so recht freuen konnte sich der Kapitän der Elfenbeinküste nicht.

Oben angekommen stand eine ganze Reihe von Vertretern. Da waren bekannte englische Fußballer und französische Spieler. Der französische Präsident ebenso wie der englische König, die Iassine die Hand gaben. Und schließlich Offizielle des Weltverbands, Vizepräsident und Präsident, die Iassine eine kleine goldene Trophäe überreichten.

Sie alle drückten ihr Beileid aus, lobten aber auch die großartige Leistung des Mittelfeldspielers und Kapitäns, der die Elfenbeinküste erst in das Finale gebracht hatte.

„Danke", nickte Iassine lediglich, bevor er zahlreiche Treppen hinablief und sich wieder seiner Mannschaft anschloss. Einer aus dem Mitarbeiterstab der Elfenbeinküste nahm ihm die Trophäe ab. Sekunden später wurde das Team als zweitbeste Mannschaft der Welt hinaufgerufen. Trainer und Spieler bekamen Silbermedaillen um den Hals gehängt. Einige nahmen sie mit Stolz entgegen, bei manchen überwog noch die Enttäuschung, sodass sie das Bändchen sofort wieder vom Hals zogen. Als sie wieder unten auf dem Platz standen, bildeten sie den obligatorischen Gang, durch den die Weltmeister zur Siegerehrung liefen.

Freudestrahlend marschierten die Deutschen durch den Gang der Orangenen. Unterdessen klatschten die Verlierer den Gewinnern Applaus. Wenn einer der Spieler einen der Verlierer aus dem Verein kannte, lief er kurz an den Rand, herzte ihn, drückte ihn, sprach ihm Mut zu, bevor er weiter zu den Treppen lief. Iassine kannte niemanden.

Zuletzt lief allerdings Hennings durch den Gang. Mitfühlend nahm er sich Zeit für jeden einzelnen Verlierer, gab ihnen allen die Hand und flüsterte ihnen einige Worte ins Ohr. Nacheinander lief er an Shujaa, Ruud, Rami, Bakr vorbei, bis er endlich vor Iassine stand. Doch er lehnte sich nicht nach vorne, reichte ihm nicht die Hand, flüsterte ihm nichts ins Ohr.

Stattdessen sank er plötzlich auf ein Knie, mit beiden Händen ausladend in die Höhe gestreckt verbeugte er sich tief Richtung Boden. Iassine sah sich peinlich berührt um, überall blitzten Kameras. Rasch ging er einen Schritt nach vorne, packte Pierre unter der Achsel und versuchte, ihn aufzurichten. Nach kurzem Widerstand folgte er dem Zerren seines Freundes, stand wieder aufrecht vor Iassine.

„Was soll denn das?", lachte Iassine.

„Mein König", antwortete Pierre. „Die machen's doch auch."

Iassine folgte dem Blick seines Freundes auf die Tribünen. Überall verneigten sich Menschen, ob deutsch, ivorisch oder englisch. Sie alle beugten ihr Knie.

„Ich geh jetzt rauf", sagte Pierre, Iassine nickte. Die Deutschen nahmen den Pokal entgegen, reckten ihn in die Höhe.

Konfetti regnete auf die enttäuschten Spieler der Elfenbeinküste, die sich masochistisch die Feier ansahen. Laut knallte es, als Feuerwerk über Wembley in den Nachthimmel Englands geschossen wurde.

EPILOG

Duschen, anziehen, Taschen packen, zum Hotel fahren. Noch in der Nacht ging der Flug zurück in die Heimat, in die Elfenbeinküste, in die Hauptstadt Yamoussoukro. Während des Fluges erholte sich die Mannschaft, schlief.

In den späten Morgenstunden erreichten sie den Aéroport international de Yamoussoukra. Über das Rollfeld liefen sie, im Terminal verschwanden sie. Die Mannschaft hatte ihren Erfolg noch nicht realisiert. Die Trauer über das verlorene Finale überwog noch immer. Doch dann sahen sie die erste Welle. Schreiende, jubelnde Menschen, einige Hundert. In orangenen Trikots, mit Tröten, diesen Klappern, die ein Klatschen imitierten.

Kurz danach stiegen sie in einen offenen Bus. Durch die gesamte Stadt fuhren sie. Umständlich. Einen Weg von etwa 20 Minuten erweiterten sie auf eine Strecke von einer Stunde, die nochmal länger dauerte, weil überall Menschen auf den Straßen standen. Die zweite Welle, größer. Stockend bahnte sich der Bus einen Weg durch das Orange. Menschen brüllten, fielen zu Boden, wurden mit Süßigkeiten beworfen.

Irgendwann hielten sie an einem großen, mächtigen, steinernen Gebäude. Von Sicherheitskräften, von Offiziellen begleitet liefen sie hinein. Ein Bischof weihte die Spieler, lobte sie, entpuppte sich als großer Fußballfan. Gemeinsam wurden sie durch die Basilika geführt. Die Kirche war dem Petersdom im Vatikan nachempfunden worden, fast eine Kopie des Gebäudes. Die Spieler sammelten sich vor dem Altar. Dort konnten rund 18.000 Menschen Platz finden, stehen und sitzen, Bischöfen und Päpsten lauschen.

Schließlich wurde die Mannschaft wieder hinaus hinter eine große Bühne geführt. Dort, direkt vor der Basilika, präsentierten sie sich dem Land. Nacheinander, unter großem Jubel, wurden die Spieler hinausgerufen. Zuletzt rief man die beiden Kapitäne.

Iassine sah hinaus in die Sonne und auf das Meer. Das orangene Meer, die dritte Welle. Hunderttausende standen dort, jubelten, schrien. Beinahe alle in Orange, ab und an in Purpur, teils in Grün. Doch als sie Iassine erblickten, sanken sie auf die Knie. Einer nach dem anderen fiel zu Boden.

Iassine wusste nicht, was er tun sollte, ob dieses königlichen Empfangs. Er hob einen Arm, alle Menschen schrien gleichzeitig auf, als hätten sie die Erlaubnis, den Befehl dazu erhalten. Sprechchöre drangen an Iassines Ohr. Eine Mischung aus einem langgezogenen „Shaka" und dem drängenden „Roi d'Afrique!" Tränen der Freude füllten seine Augen.

Sie kürten ihn zum König.

KÖNIG VON PARIS

IASSINE
SHAKA

STEFAN ZACKARIAT

Sie wollen mehr von Iassine Shaka?

Erfahren Sie in „Iassine Shaka - König von Paris" den Aufstieg des jungen Ivorers zum größten Fußballtalent der Welt. Begleiten Sie ihn von den Sandplätzen Abobos bis in den Prinzenpark.

Hardcover:
ISBN: 978-3752820171

E-Book:
ASIN: B07FFH7K9R